Es geschah in
Berlin
1960

Petra Gabriel

Tod eines Clowns

Der 26. Kappe-Fall

Kriminalroman

Jaron Verlag

Petra Gabriel, geboren in Stuttgart, ist gelernte Hotelkauffrau, Dolmetscherin und Journalistin. Als freiberufliche Autorin lebt sie in Laufenburg und Berlin. Sie schreibt historische Romane, Jugendbücher und Krimis, zudem verfasst sie Kurzgeschichten. Ihren ersten Roman, «Zeit des Lavendels», veröffentlichte sie 2001. Im Jahr 2010 erschien ihr Mystery-Roman «Der Klang des Regenbogens», ihren siebten historischen Roman «Der Ketzer und das Mädchen», zur Geschichte des Konstanzer Konzils, brachte sie 2014 heraus. Zur Krimireihe «Es geschah in Berlin» trug sie bereits drei Bände (zuletzt: «Kaltfront», 2014) bei. (www.petra-gabriel.de)

Originalausgabe
1. Auflage 2015

www.jaron-verlag.de
Umschlaggestaltung: Bauer+Möhring, Berlin
Satz: Pinkuin Satz und Datentechnik, Berlin
Druck und Bindung: CPI books GmbH, Leck

ISBN 978-3-89773-769-3

KAPITEL EINS
Montagmorgen, 12. Dezember 1960

FLEISCHERMEISTER FRITZ FECHNER war immer der Erste in der Moabiter Arminiushalle, auch an diesem trüben und nasskalten Dezembermorgen. Es war noch dunkel. Er fröstelte. Obwohl der Dezember des Jahres 1960 bisher mild ausgefallen war.

Er kam stets, wenn in der Halle noch Stille herrschte. Fechner brauchte diese morgendliche Ruhe fast wie eine Droge. Es faszinierte ihn stets aufs Neue, wie das hohe Gebäude zum Leben erwachte, wie die anderen Händler nach und nach ihre Stände herrichteten, wie die Stille von immer mehr Geräuschen, Stimmen, Lachen und Flüchen durchbrochen wurde, ehe die ersten Kunden eintrafen. Er liebte das Erwachen der Markthalle beinahe mehr als den geschäftigen Trubel am Tage. Dann konnte es laut werden, störend. «Für einen Schlächter», sagte seine Frau immer wieder, «... für einen Schlächter bist du eine ziemliche Mimose, Fritz.»

In der Arminiushalle war Wurst-Fritz eine Autorität. Bei seiner Frau Edith nicht.

Fechner entdeckte Blumen-Erika und brummte im Vorübergehen einen Gruß. Sie hatte ihren Jungen im Schlepptau. Eugen Schreiber von «Zilles Obst- und Gemüseoase» schlurfte an Fechners Auslage vorbei zu seinem Stand, nickte ihm zu und brummte ein mürrisches «Tach!», bevor er hinter seine Holzaufbauten strebte und begann, die Planen von den Kisten zu entfernen. Fechner dachte sich nichts beim Anblick von Schreibers knurrigem Gesicht. Sie hatten seit Jahren ihre Stände nebeneinander. Gemüse-Eugen war morgens immer muffig, besonders wenn die Sonne so spät aufging wie jetzt in der Vorweihnachtszeit. Er brauchte Licht, um sich in ein umgängliches menschliches Wesen zu verwandeln.

Fechner hingegen schoss morgens aus dem Bett wie angeknipst. Er liebte seinen Beruf, verstand ihn mehr als Berufung denn als Broterwerb. Bis auf das Schlachten selbst vielleicht, aber das war nun mal notwendig. Die Kollegen lachten, wenn Fechner behauptete, das Fleisch von behutsam und möglichst schmerzfrei geschlachteten Schweinen und Rindern schmecke einfach besser, sei saftiger. Sollten sie doch lachen! Er liebte es, die Schweinehälften zu zerteilen, die Arme bis zu den Ellbogen im Brät zu versenken, um Fett, Fleisch und Gewürze miteinander zu verkneten, ehe die Masse in den Naturdarm gestopft wurde. Kurz, Fleischermeister Fechner war ein Perfektionist und weit über Moabit, sogar weit über Berlin hinaus bekannt für sein hervorragendes Fleisch und seine würzigen Wurstwaren, insbesondere für die Blut- und Leberwürste, die er nach einem Rezept seiner schlesischen Großmutter anfertigte. In der Vorweihnachtszeit verkauften die sich besonders gut.

Er war an diesem Morgen deshalb schon kurz nach Mitternacht und nach nicht mehr als drei Stunden Schlaf aufgestanden und hatte in seiner Fleischerei einen gehörigen Vorrat produziert, für den Laden und für die Halle. Den Laden betrieb seine Frau, er verkaufte am Stand.

Bei der Ankunft des Gemüsehändlers hatte er die ersten Würste bereits hinter dem Glas seiner Theke aufgeschichtet und mit einigen Blättern Grünkohl dekoriert, gleich neben dem rosigen Schwein aus Plastik, das ein Kleeblatt im lächelnden Maul hielt. Fritz Fechners Ehefrau Edith fand, das Schwein sei eine für die Vorweihnachtszeit unpassende Dekoration. Doch Fechner bestand auf der Anwesenheit des Plastiktiers in seiner Auslage. Es brachte ihm Glück. So hatten seine Frau und er einen Kompromiss geschlossen: Das Schwein lag der Jahreszeit gemäß auf einem Bett aus Tannenzweigen, weihnachtlich mit Strohsternen dekoriert. Das einzig Ärgerliche an diesem Arrangement, fand

Fechner, war die damit einhergehende Platzverschwendung. Denn um nicht den Unmut der Lebensmittelkontrolleure zu erregen, mussten seine Waren einen bestimmten Abstand zu den harzigen Zweigen wahren. Deshalb brachte er in der Auslage weniger Würste unter. Doch deswegen einfach so nachgeben? Nein! Ein Mann hatte schließlich seinen Stolz und musste zeigen, dass er der Herr im Haus war.

Dabei würde Edith nicht einmal bemerken, wenn er die Dekoration veränderte. Sie hatte momentan ganz andere Interessen: Der belgische König Baudouin heiratete in Brüssel die spanische Gräfin Fabiola. Und Edith klebte am Fernsehgerät. In Anbetracht der royalen Hochzeit hatte sie keinen Sinn für Schweine, auch nicht für solche aus Plastik. Den Laden versorgte derweil eine langjährige Aushilfe namens Emma.

Fechner hielt inne und betrachtete sein Werk. Die letzten Lücken wollte er mit den besonders teuren Rinder- und Schweinefilets füllen. Das tat er immer erst kurz vor dem Eintreffen der ersten Kunden, damit die Stücke möglichst lange ansehnlich blieben. Aber vorher nickte er Gemüse-Eugen zu. Der nickte zurück, und die beiden Männer machten sich gemeinsam auf den Weg nach draußen, um in Ruhe eine Zigarette zu rauchen. Ohne dieses Ritual begann der Tag in der Halle einfach nicht auf die richtige Weise.

Als Fechner wieder an seinen Fleisch- und Wurststand zurückkehrte, waren die Lücken hinter dem Thekenglas bereits gefüllt. Allerdings anders, als er es geplant hatte. Mit dem Gesicht nach unten, ein Messer im Rücken, direkt neben den Blutwürsten, lag ein Mann. Reglos. Tot. Dafür hatte Fleischermeister Fechner einen Blick. Er wusste auch: Das bedeutete Ärger. Gemüse-Eugen fasste Fechners Bedenken zusammen. «Oje!», brummte er Wurst-Fritz hinterher, der bereits zum nächsten Fernsprecher spurtete, um die Polizei zu alarmieren.

Die Arminiushalle wurde für diesen und die nächsten Tage geschlossen. Das ordnete Kriminaloberkommissar Otto Kappe von der Mordkommission als Erstes nach seinem Eintreffen eine halbe Stunde später an. Er hatte den Kollegen Hans-Gert Galgenberg an seiner Seite. Aller Protest von Gemüse-Eugen und Wurst-Fritz blieb vergebens. Kappe konnte nachvollziehen, dass die Hallensperrung für die Händler mehr als ärgerlich war. An den Tagen vor Weihnachten machten sie besonders gute Geschäfte. Doch es führte kein Weg daran vorbei. «Erst ist die Spurensicherung dran! Wir müssen die gesamte Halle durchsuchen, danach können Sie weiterverkaufen», erklärte er in einem derart preußisch-bestimmten Ton, dass Wurst-Fritz und Gemüse-Eugen klein beigaben.

Derweil trocknete auf dem Hemd der Leiche langsam das Blut, ebenso auf dem Hallenboden und auf den umliegenden Wurstwaren. Kappe betrachtete zusammen mit Galgenberg die Bescherung. «Das kann noch nicht lange her sein», stellte er fest. Er hatte im Laufe seiner Jahre bei der Kriminalpolizei genügend Blut gesehen, um aus dessen Zustand Rückschlüsse auf den Zeitpunkt der Tat ziehen zu können.

«Denk ick och.» Polizeihauptkommissar Karl Schulz, Leiter des zuständigen Reviers 24 in der Oldenburger Straße, besah sich die mörderische Angelegenheit ebenfalls eingehend. Kappe war froh, ihn dabeizuhaben. Er war der Beste, den er sich vorstellen konnte, um die Absperrung der Halle zu organisieren und, falls nötig, erregte Gemüter zu beruhigen. Schulz kannte seine Moabiter Pappenheimer gut, vor allem schon lange, und er stand in dem Ruf, dass er auch mal kräftig dazwischenfahren konnte. Unter den Händler gab es so einige, die zu – nicht immer gewaltfreien – Temperamentsausbrüchen neigten.

Schulz, sonst die Ruhe in Person, wirkte an diesem Tag allerdings ungewöhnlich angespannt. Die Angehörigen der Polizei wurden gerade auf mögliche persönliche Verstrickungen in Verbrechen der Nationalsozialisten überprüft. Vielleicht waren die Ermittler gerade an Schulz dran, überlegte Kappe. Er mochte den Mann, obwohl er mal gehört hatte, dass der 51-jährige gebürtige Niedersachse einst als SS-Hauptsturmführer im «Führerbegleitkommando» zu Hitlers berüchtigter Schlägertruppe gehört habe. Kappe hatte keine Ahnung, ob das stimmte. Er konnte es eigentlich nicht so recht glauben. Schulz war schließlich nicht gerade ein seltener Name. Nun, wie auch immer es gewesen sein mochte, der Polizeihauptkommissar kannte sich in der Halle aus wie in seiner Westentasche und konnte den Leuten von der Spurensicherung wichtige Hinweise geben.

Schulz nickte Otto Kappe zu. «Gerade eben den Weg allen Fleisches gegangen, könnte man sagen.»

Niemand lachte.

Dr. Konrad König von der Gerichtsmedizin trat näher an den Toten heran. «Heidenei, so eine Sauerei!» Manchmal konnte König den gebürtigen Schwaben noch immer nicht ganz verleugnen, obwohl er sich größte Mühe gab, dem Berliner Jargon alle Ehre zu erweisen. So sagte er stets «Schrippe», nie «Weckle». König war schnell, sogar kurz vor Kappe eingetroffen. Die Gerichtsmediziner saßen nämlich ganz in der Nähe, in einem Gebäudeteil des Krankenhauses Moabit in der Turmstraße Nr. 21. Noch. Im letzten Jahr hatten die Planungen für ein neues Haus in der Invalidenstraße begonnen.

Der 34-jährige König war vor Jahren nach Berlin gekommen, der Liebe wegen, und hatte in der Stadt Medizin studiert. Die Liebe war weg, König noch immer da. Spillerig, etwas linkisch, mit dünnem aschblondem Haar, das sich am Hinterkopf und an der Stirn bereits erheblich lichtete. Die Kollegen gaben sich redlich Mühe, König bei der Suche nach einer Freundin mit Tipps zu versorgen, aber es wollte nicht so recht klappen. «Dem vielen Blut nach zu urteilen hat's eine wichtige Blutbahn verletzt. Ich kann aber noch nicht genau sagen, wann und wie der Mann gestorben ist, zumal das Messer noch im Rücken steckt. Danach wollten Sie doch fragen, oder, Herr Kriminaloberkommissar? Das Messer im Rücken scheint zwar eindeutig, aber das Offensichtliche lässt nicht immer auf die eigentliche Todesursache schließen. Hab da schon manche Überraschung erlebt.»

Das hatte Otto Kappe tatsächlich fragen wollen. Obwohl er schon geahnt hatte, dass er genau diese Antwort bekommen würde. Es war ein immer wiederkehrendes Ritual. Die Mordermittler brauchten möglichst schnell möglichst verlässliche Zeitangaben und Fakten, um den Tathergang rekonstruieren zu können. Die Kollegen von der Gerichtsmedizin bestanden vor genauen Angaben auf einer gründlichen Leichenschau.

«Eines ist aber sicher: Da hat einer heftig zugestochen! Das Ding steckt ganz schön tief drin. Der Mörder muss ziemlich wütend gewesen sein», fuhr Konrad König fort, wobei sein linkes Augenlid zuckte. Das passierte immer, wenn ihn etwas irritierte. Ganz anders, als sein Name vermuten ließ, war er sehr schüchtern, dafür aber kräftiger, als er aussah. Jetzt packte er den Griff der Tatwaffe mit den beiden behandschuhten Händen, stellte sich leicht breitbeinig hin, holte Luft und tat einen Ruck. Die Klinge flutschte aus dem Fleisch. König hielt das Messer hoch und besah es. «Scharf wie die Sau.»

«Noch Witze machen über meine Wurstwaren, wa? Meine Schweine sind eins a ... Det is mein bestes Messer, ’n besseret hab ick nich zum Entbeinen. Det will ick wiederham!», forderte Fleischermeister Fechner.

Otto Kappe schüttelte den Kopf. «Daraus wird nichts, das ist ein Beweisstück.»

Fechner schaute mürrisch.

Konrad König zitierte mit einer Handbewegung einen Kollegen von der Spurensicherung herbei, der gerade damit begonnen hatte, die Scheibe von Fechners Theke auf der Suche nach Fingerabdrücken mit Graphitpulver abzupudern. «Hallo! Kommen Sie mal hierher! Ich könnte Sie vielleicht brauchen.»

«Schwarzet Pulver an unserer Theke – det wird meiner Ollen nich jefalln», meinte der Fleischermeister. «Würde Ihnen raten, det Sie det später wieda schön saubermachen. Sonst bläst Ihnen meine Edith den Marsch. Und det kann se.»

Der Kollege legte seine Utensilien ziemlich unsanft nieder

und trottete herbei. König übergab ihm das Messer. Dann packte er ein weiteres Mal zu und drehte den Toten um.

Alle hielten den Atem an. Ein Gesicht mit weit aufgerissenen, fast erstaunt wirkenden blauen Augen starrte sie an. Ein sehr merkwürdiges Gesicht, denn es trug eine Clownsbemalung, ziemlich ungelenk ausgeführt. Die Linien um Mund und Augen wirkten krakelig, die weiße Farbe war verschmiert. In der Mitte saß eine rote Clownsnase. Wer auch immer die Maske aufgetragen hatte, schien darin nicht besonders geübt zu sein, befand Oberkommissar Otto Kappe und sagte: «Komisch.»

«Bei dem is jetzt aber Schluss mit lustig!», meinte Hans-Gert Galgenberg. «So wat passiert offenbar selbst Clowns.»

«Haha!», kam es trocken von Kappe, während er sich daranmachte, die Taschen der Winterjacke des Toten zu durchstöbern. Er wollte wissen, ob der Papiere bei sich hatte, fand aber nichts. Er richtete sich wieder auf. «Entweder der oder die Mörder haben seine Taschen geleert, oder der Clown ist ohne Papiere hierhergekommen. In beiden Fällen stellt sich die Frage: Warum?»

In diesem Augenblick erklang eine weibliche Stimme: «Oh, wen haben wir denn da?»

Kappe wandte sich um. Sein Herz machte einen Hüpfer.

«Die Kollegen vom Dauerdienst haben mich geschickt», erklärte Kriminalmeisterin Lilli Lenné auf seinen fragenden Blick hin. «Die dachten, es wäre vielleicht besser, wenn eine Frau bei den Befragungen dabei ist. Und wer weiß, vielleicht ist der Mörder ja noch da. Sieht für mich jedenfalls so aus, als hätte jemand ganz hastig eine Clownsbemalung auf das Gesicht gepinselt. Wahrscheinlich nach dem Mord. Was meinen Sie, Doktor König?»

«Vor der Autopsie meine ich nie etwas», antwortete König und wurde unvermittelt rot.

Otto Kappe sah vom einen zur anderen. Er wusste ziemlich genau, was in König vor sich ging. So war es immer mit diesem Fräulein Lenné: Die Kollegin hatte einfach eine besondere Wirkung auf Männer, ihn selbst eingeschlossen. Obwohl sie keine klassische

Schönheit war – stämmig, sportlich, Trägerin des schwarzen Gürtels beim Judo –, konnte man einfach nicht wegsehen, wenn sie mit schwingenden Hüften vorüberging oder einen mit ihren großen blauen Augen anschaute. Sie hatte etwas Französisches. Was allerdings nicht weiter verwunderlich war, stammte sie doch von einer jener hugenottischen Familien ab, die im 17. Jahrhundert aus dem streng katholischen Frankreich nach Berlin geflüchtet waren. Wie alt sie wohl sein mochte? Vermutlich ungefähr so alt wie König. Der war 1926 in irgendeinem schwäbischen Kaff geboren, dessen Namen Kappe sich nicht merken konnte.

«Was meinen Sie, wie lange die Tat her ist? Könnte der oder könnten die Täter noch in der Halle sein?» Lilli Lenné beharrte auf Antworten.

«Ein Täter, vermutlich ein Mann, Linkshänder womöglich», wich König aus. «Aber vor der Autopsie meine ich ...»

«Wissen wa, wissen wa. Vor der Autopsie meinen Sie nie was», fuhr Galgenberg dazwischen.

Lilli Lenné lächelte König zu.

Otto Kappe verspürte einen Anflug von Eifersucht und fragte sich zum wiederholten Mal, warum ihm das gerade bei Lilli so ging. Seine Gertrud war schließlich eine prächtige Person, praktisch, handfest und tüchtig. Eine Frau zum Herzerwärmen. Er wollte keine andere. Und trotzdem ...

Der Ablenkung wegen, aber nicht nur deshalb, sah er sich um. Vielleicht war der Täter tatsächlich noch irgendwo in der Halle. Auf den ersten Blick konnte Kappe keine möglichen Verstecke erkennen. Aber so viel stand für ihn fest: Nach Lage der Dinge war der tote Clown nur wenige Minuten nach seinem gewaltsamen Dahinscheiden gefunden worden. Also hätte jemand den Täter sehen müssen! Fechner und sein Kollege Schreiber vom Obststand hatten vor dem nächstgelegenen Ein- und Ausgang der Halle eine Zigarette geraucht und Stein und Bein geschworen, sie hätten niemanden fortlaufen sehen. Allerdings gab es mehrere Ein- und Ausgänge. Um zu einem der anderen zu gelangen, hätte der Kerl an jeder Menge Stände vorbeikommen müssen. «Würde mich mal interessieren, ob jemand von den anderen Händlern eine Person gesehen hat, die nicht hierher gehört», murmelte Kappe vor sich hin. Er ließ seinen Blick erneut schweifen und schaute dann nachdenklich nach oben, zur hohen Decke. Wegfliegen ging ja wohl nicht. Anschließend sah er auf die Umstehenden. Einige Personen waren noch in die Halle gekommen, bevor die abgesperrt worden war, hatten sich bei Fechners Fleischtheke versammelt und gafften, während die Kollegen von der Spurensicherung verzweifelt versuchten, die Herrschaften auf Abstand zu halten. Es war vielleicht ein halbes Dutzend, darunter zwei Frauen mittleren Alters und ein etwa zehnjähriger Junge, der sich an die grüne Schürze seiner Mutter drückte.

Ein Kollege von der Schutzpolizei raunte Otto Kappe zu, dass das provisorische Vernehmungszimmer inzwischen eingerichtet und die Kollegen vor der Tür dabei seien, die Personalien der Händler aufzunehmen.

«Halten Sie die Leute fest, wir brauchen sie noch! Lassen Sie niemanden gehen! Besorgen Sie sich außerdem die Liste sämtlicher Hallenbeschicker, und karren Sie schnellstens diejenigen hierher, die uns durch die Lappen gegangen sind! Ich denke, es ist sinnvoll, wenn sich alle der Reihe nach den Toten ansehen. Dann haben wir sie gleich beieinander. Ich fange mit denen an, die hier rumstehen.» Kappe machte eine einladende Handbewegung. «So, meine Damen und Herren, dann wollen wir mal!», dröhnte seine Stimme. «Sie kommen bitte nach hinten zum Fisch, Ausgang Nord, Bugenhagenstraße! Einer nach dem anderen. Ich warte da auf Sie.» Und dann sagte er etwas leiser: «Galgenberg, du übernimmst die Verkehrsführung! Und Sie, Fräulein Lenné, schreiben bitte das Protokoll! Soweit ich weiß, können Sie Steno.»

«Na, da müssen wir uns aba beeiln, sonst stinkt die Leiche bald genauso wie der Fisch. Für ewig wolln die von der Rechtsmedizin och nich auf den Toten warten», murmelte Hans-Gert Galgenberg vor sich hin und trabte hinter Kappe her.

In den Gewölben unter der Arminiushalle hockte ein dunkler Schatten zusammengesunken und reglos am Boden, die Knie angezogen, die Hände vors Gesicht geschlagen, einen Rucksack und eine Jacke neben sich. Er wusste, er hätte längst weg sein müssen. Doch er war wie gelähmt. Ihm war speiübel. Er hatte einen Menschen getötet, ein Messer in eine lebende Person gerammt. Gegen den Widerstand des Fleisches und der Knochen war es schließlich zwischen den Rippen hindurchgeglitten. Mehr als die Tat selbst machte ihm der Umstand zu schaffen, dass er überhaupt dazu fähig gewesen war. Dass er nicht links und nicht rechts geschaut hatte in diesem Tunnel aus blankem Hass und Abscheu. Er richtete sich etwas auf, nahm die Hände herunter. Nein, das war kein Mord gewesen, das war Gerechtigkeit. Jarusch würde niemals wieder einem anderen Menschen schaden können. Er musste würgen. Der Brechreiz wurde immer stärker.

Dann hörte er Stimmen. Er sah den Lichtkegel einer Taschenlampe und ergriff hastig den Rucksack und die Jacke. Verflucht, er hatte doch gewusst, dass es knapp werden würde! Wieso war er nur nicht früher abgehauen?

Er vernahm Schritte. Panik stieg in ihm auf. Wohin? Er begann zu rennen. So geräuschlos wie möglich. Die Keller unter der Halle waren weitläufig. Bis zum Notausgang würde er es nicht mehr schaffen. Seine Augen suchten hektisch die Gewölbe ab.

Das große Fass stand ganz hinten, es war wohl für ein halbes Fuder ausgelegt. Problemlos kletterte er hinein. Starker Weingeruch umnebelte ihn. Er versuchte, seine Gedanken klar zu halten. Hauptsache, die Polizei brachte keine Hunde mit. Aber die würden durch die Weinausdünstungen wahrscheinlich ohnehin irritiert sein. Sobald die Polizisten wieder weg waren, wollte er den Notausgang Richtung Bugenhagenstraße nehmen. Vom Fass bis dahin waren es nur etwa zehn Schritte.

KAPITEL ZWEI
Rückblende: Sonntag, 27. März 1960

HOLGER GERICKE hatte sich für die Elektrische entschieden. Linie 95. Die galt als eine der sichersten für Republikflüchtlinge. Die Straßenbahnen wurden ohnehin weniger kontrolliert als die U- und die Stadtbahnen. Sie würden zunächst bis Endhaltestelle Ost fahren. Die lag vor dem Übergang. Nach einem kurzen Fußmarsch ging es dann mit der 95 West weiter.

Die Elektrische quietschte und ruckelte über die Mittelpromenade der Sonnenallee. Die Gleise wurden nur noch notdürftig instand gehalten.

Noch gab es sie, diese Straßenbahnlinien, die von Ost-Berlin in Richtung West-Berlin führten. Doch jeder wusste: Es war nur eine Frage der Zeit, bis sie verschwinden würden. Auch die Strecke über die Sonnenallee war wahrscheinlich ein Auslaufmodell. Der Berliner Senat hatte bereits die Umstellung auf Busse beschlossen.

Die Stimmung zwischen Ost und West spitzte sich erneut zu. Als zweite Berlin-Krise wurde dieses Machtgerangel bezeichnet. Gericke verstand nicht viel von Politik. Er wollte einfach nur leben dürfen und seine Familie ernähren, genug zu essen und zu trinken haben. Vor allem wollte er seine Würde bewahren und nicht schikaniert werden wegen der Mutter seiner Frau. Die war aus politischen Gründen in den Westen gegangen. Sie hatte sich als alte Sozialdemokratin einfach nicht mit der Zwangsvereinigung von SPD und SED abfinden können. Die inzwischen fast Achtzigjährige war kurzerhand in ein Altersheim in Berlin-West gezogen. Sie hatte Krebs, würde nicht mehr lange leben und wurde deshalb von ihrer Tochter so oft wie möglich besucht.

Das Gespräch im vergangenen Jahr, oder besser den Monolog von Wolfgang Müller, seines Zeichens Pressechef beim VEB Zentral-Zirkus, für den Holger Gericke arbeitete, würde er für den Rest seines Lebens nicht mehr vergessen. «Gericke, reden Sie mit Ihrer Frau! Muss sie denn wirklich so oft in den Westen? Besuche dort sind nun mal nicht gern gesehen. Das ist ein sensibles Thema, seitdem sich Harry Barlay und sein Kompagnon Brumbach vor zehn Jahren mit ihrem halben Zirkus in den Westen davongemacht haben. Das wissen Sie so gut wie ich, mein lieber Gericke.»

Und ob Gericke das wusste! Barlay hatte nach der Teilung Deutschlands schwer zu kämpfen gehabt. Zuerst, um überhaupt aus dem Westen für Gastspiele in die Zone kommen zu können. Er hatte sich die Rettung seines kränkelnden Zirkusunternehmens erhofft. Als es dann einigermaßen lief, spekulierte er auf einen eigenen Zirkusbau an der Friedrichstraße.

Den Zirkusbau an der Friedrichstraße bekam Barlay 1948. Doch seine Pläne gingen nicht auf. Der Circus Busch musste sogar mit Dressuren aushelfen und schickte ihm nicht nur Epi Vidane mit seinen vier Elefanten, sondern auch Hermann Ullmann und Hildegard Noris mit der Hohen Schule der Pferdedressur. Und dann tauchten die Hinweise in den westlichen Blättern auf, die ihm ordentlich zu denken gaben. In der *Neuen Zeitung* stand, dass *in Kürze die drei Unternehmen Aeros, Richard Busch in Bitterfeld und Barlay verstaatlicht* würden. Harry Barlay wollte das wohl nicht miterleben, klamm und heimlich wanderte er mit den meisten Tieren und viel wertvollem Material in den Westen ab, der Zirkus Barlay an der Friedrichstraße blieb weiter bestehen. Die Bildung des DDR-Staatszirkus hatte dann doch noch rund zehn Jahre gedauert. Seit Januar 1960 waren die einst privaten Zirkusse Busch und Barlay nun unter dem sozialistischen Dach des VEB Zentral-Zirkus vereint. Aeros würde folgen. Barlay sollte dann offiziell Olympia heißen, doch für die Menschen blieb er Barlay. Der ehemalige Direktor des Zirkus Barlay hatte vom Westen aus nur noch zuschauen können, er war bankrott. Nein, die Republikflucht hatte ihm kein Glück gebracht, ebenso wenig wie seinem Kompagnon Brumbach. Gericke konnte nur hoffen, dass es ihm und seiner Familie besser erging und sie sich im Westen ein gutes Leben aufbauen konnten.

Bei dem Gedanken an Barlays Zirkustreck gen Westen musste Holger Gericke schmunzeln. Seine Frau sah es und lächelte ihm zu. Sie nahm wohl an, dass er weit weniger Befürchtungen hatte als sie selbst, was ihren Neuanfang anbelangte. Doch er war kein mutiger Mann, auch wenn er so tat, um seine Familie nicht zu verunsichern – und weil Feigheit einfach nicht in das Bild passte, das man sich gewöhnlich von einem Raubtierdompteur machte. Raubtiere flößten ihm weniger Angst ein als das Leben und dieser Wechsel in eine neue Welt voller Unwägbarkeiten. Er brauchte die Sicherheit alltäglicher Routinen, das Wissen, dass bestimmte Dinge am nächsten Tag noch genauso sein würden wie am Tag zuvor. Sein Bett, die Wohnung, das Lächeln seiner Frau. Sogar die Mucken der Kinder. Die seines Sohnes Thomas, der sich langsam anschickte, seine eigenen Wege zu gehen, und die seiner Tochter Monika, die sich bald in der schwierigen Phase der Pubertät befinden würde.

Er hatte Harry Barlay immer für dessen selbstsicheres Auftreten bewundert. Der schien keine Ängste zu kennen, auch nicht in Zeiten, in denen es drunter und drüber ging. Für den heimlichen Treck in den Westen hatte er sich eine wunderbare Legende verschafft: Er musste sich angeblich wegen einer Augenbehandlung in eine Klinik in Braunschweig begeben. Durch ein zuvor ausgekundschaftetes Tor einer Bahnunterführung im Norden Berlins war ein Großteil der Tiere in den französischen Sektor gebracht worden. Die berühmten Elefanten des Zirkus Barlay hatten nicht geschmuggelt werden müssen, die waren ohnehin auf Tournee in Westdeutschland gewesen.

Die Organisation des Wagentrecks in den Westen hatte Barlays Kompagnon Gustav Brumbach übernommen. Und das auf eine ziemlich trickreiche Weise, das musste der Neid ihm lassen. Er hatte im Vorfeld schon einmal heimlich mit den Westalliierten gesprochen, ganz unverbindlich. Als die dann diskret durchblicken ließen, dass sie auch mal wegschauen könnten, ließ er sofort die Wagen umstreichen, so dass man den Namen Barlay nicht mehr lesen konnte, und schmuggelte sie auf verschiedenen Wegen über die innerstädtische Grenze. Zwei dieser Wagen wurden zum Beispiel hinter einen Traktor gespannt. An der Sektorengrenze erfuhren die überaus aufmerksamen Volkspolizisten zu ihrer Beruhigung, dass es sich um Wagen von West-Berliner Schaustellern handle, die man zurückbringen wolle. Damals konnten Schausteller aus dem Westen noch in allen vier Sektoren gastieren. Ein anderes Mal argumentierte Brumbach auf seine übliche joviale Weise und daher besonders einleuchtend, dass man nur deshalb West-Berlin durchqueren wolle, um schneller wieder am anderen Ende Berlins, in der Heimat der Werktätigen, zu sein. Auf Westgebiet wurde dann einer der beiden Wagen ausgehängt – und Brumbach fuhr mit nur einer Karre zurück in die Friedrichstraße, dann natürlich über einen anderen Sektorenübergang.

Von West-Berlin aus gelangten Tiere und Material, ebenfalls mit diskreter Unterstützung der Westalliierten, nach Helmstedt: 90 Wagen, 35 Pferde sowie Tiger, Bären und andere Tiere. Anschließend ging die Reise in die kleine Industriestadt Eschweiler weiter, östlich von Aachen. In Eschweiler, auf dem dortigen Kasernengelände, war das Winterquartier der Republikflüchtlinge eingerichtet worden. Dort ging Harry Barlay letztendlich das Geld aus.

Holger Gericke arbeitete damals schon bei Barlay und wusste, was vor sich ging. Er selbst wollte aber in Ost-Berlin bleiben. Er glaubte an eine Zukunft des Zirkus Barlay, war sich sicher, dass es wieder aufwärts gehe, dass der «Restzirkus» an der Friedrichstraße eine gute Überlebenschance habe. Heute fragte er sich, wie er so naiv hatte sein können.

Im Osten zurückgeblieben war nämlich ein ausgebluteter Zirkus, der zwar über einen Bau an der Friedrichstraße verfügte, ansonsten aber nur noch über wenige, meist kranke Tiere und schrottreifes Material – ein Schatten seiner einstigen Größe. Der Zirkus kam einfach nicht wieder auf die Beine, trotz wechselnder Direktoren und West-Artisten machte er ständig Verluste. Das neue Chapiteau – in Grün, der Farbe der Hoffnung –, die neuen Stallzelte, die zunehmende Zahl der neugestrichenen Wagen, all das half nichts: Barlay schrieb weiter rote Zahlen. Gericke selbst versuchte sich an einer neuen Dressur, einer kleineren, mit Tieren, die ihre besten Zeiten längst hinter sich hatten.

Der Magistrat war es schließlich leid, die finanziellen Löcher zu stopfen. So wurde der Zirkus Barlay kurzerhand zum volkseigenen Betrieb umgewandelt. Das weckte neue Hoffnungen, mobilisierte noch einmal Kräfte. Und für eine kurze Zeit wurde es tatsächlich besser.

Holger Gericke verzog den Mund und drehte den Kopf, schaute zum Fenster der Elektrischen hinaus. Er wollte nicht, dass seine Frau Anita ihm ansah, worüber er nachdachte. Er war der Mann, er hatte Zuversicht auszustrahlen – und gab sich deshalb gelassen. Doch seine Gedanken kreisten voller Wehmut um die vergangenen guten Tage. Es brach ihm beinahe das Herz bei der Erinnerung an das, was sie verloren hatten.

Gustav Brumbach hatte sich nach der Flucht von Barlay getrennt und einen eigenen Zirkus aufgemacht. Holger Gericke hatte gehört, dass auch dieser vor dem Aus stand. Das konnte er kaum glauben. Vielleicht *wollte* er es auch einfach nicht glauben. Während er seine eigene Flucht plante, hatte er insgeheim gehofft, bei Barlays früherem Kompagnon ein Engagement als Dompteur zu bekommen. Schließlich hatte Brumbach es ihm versprochen. «Sie sind einer der Besten, die ich kenne, Gericke. Wann immer Sie sich entschließen, uns nachzuziehen, kommen Sie zu mir! In meinem Zirkus gibt es immer einen Platz für einen guten Dompteur», hatte er getönt.

Und dann, vor einigen Tagen, war auch noch der Betriebsleiter des VEB Zentral-Zirkus, Harry Michel, in den Westen geflüchtet. Am 13. März. Holger Gericke würde dieses Datum nicht vergessen. Er verstand Michel sogar. Dieser hatte sich bis zuletzt gegen die Zentralisierung gewehrt. Seine Flucht war ein herber Schlag für Gericke, denn Michel war sein letzter Unterstützer gewesen, einer, der seinen eigenen Kopf hatte. Als ihm die Stellung als Pressechef beim Circus Busch Berlin in Aussicht gestellt wurde, ging er. Mit Werner Weber, Michels Stellvertreter, kam Gericke einfach nicht klar.

Da hatten er und seine Frau gewusst, dass auch für sie der Zeitpunkt gekommen war, ihr Zuhause zu verlassen und in den Westen zu gehen.

Müller hatte ihn sofort nach Michels Flucht zu sich zitiert und ihm einen gehörigen Warnschuss verpasst. Anfangs hatte Gericke nur mit halbem Ohr hingehört. Hauptsache, er nickte an den richtigen Stellen. Jeder wusste, dass Müller einer war, der im Dienste der Staatssicherheit große Ohren machte. Doch dann hatte er gesagt: «Gericke, *denken* Sie nicht mal an Flucht! Sie würden es bereuen. Barlay hat es bereut, und Brumbach wird es bereuen. Ebenso wie Michel. Sie werden sehen, der bleibt nicht lange Pressechef bei Busch. Auch in Westdeutschland erkennen sie Verräter. Unser Land blutet aus. Zu viele gute Leute gehen, angezogen von den Verlockungen eines ausbeuterischen, kapitalistischen Systems. Statt beim Wiederaufbau unseres Landes zu helfen, laufen sie feige davon. Geben Sie uns keinen Anlass zu glauben, dass *Sie* solche Pläne hegen! Gericke, ich spreche zu Ihnen als Freund. Seit dem Zusammenschluss von Barlay und Busch zum VEB Zentral-Zirkus im Januar hat sich vieles geändert. Ich rede jetzt mal Klartext: Sie sind ein guter Artist, wir wollen Sie nicht verlieren. Und was ich über Ihren Sohn höre, klingt auch sehr vielversprechend. Ich habe erst neulich mit einem Freund geredet, der im Gebäude des Kulturzentrums sitzt. Der behauptet, der Leiter der Staatlichen Artistenschule habe Thomas in den höchsten Tönen gelobt. Gericke, die Mutter Ihrer Frau wird ohnehin bald sterben. Soweit ich weiß, hat sie Krebs. So hart das vielleicht klingen mag, aber die Zukunft Ihres Sohnes ist doch wichtiger als eine alte Frau, die nicht mehr lange zu leben hat.»

Es war absurd. So richtig und so falsch zugleich. Aber wie auch immer die Situation sein mochte – Anita würde ihre Mutter nie im Stich lassen. Er wusste das und hatte sich sofort heimlich Arbeit im Westen gesucht. Aus dem einst gefeierten Dompteur einer gemischten Raubtiergruppe würde ein Pausenclown und Stallarbeiter auf Probe bei Reiz werden. Der kleine Familienzirkus hatte sich draußen in Kladow ein Winterquartier in einem alten Bauernhof eingerichtet und tingelte das ganze Jahr über durch die West-Berliner Bezirke, um Vorführungen zu geben – mit einem Zweimastzelt, einer kleinen Manege, einem Pony, Kamelen, einem Lama, einer Hundedressur, Clowns, Jonglagen und einer Seiltänzerin, die ihre besten Jahre bereits hinter sich hatte und viel Schminke benötigte, um jung zu wirken. Dann war da noch der alte Braunbär mit den grauen Haaren an der Schnauze, der in seinem Käfig sehnsüchtig in die Ferne starrte oder rhythmisch den Kopf hin und her schwang, um den Hals eine Eisenkette, die an einem Betonklotz befestigt war.

Bei Reiz packte jeder überall mit an. Viel Geld gab es nicht. So hatte sich Gericke für ein paar Stunden die Woche eine Stelle als Aushilfstierpfleger im Zoologischen Garten verschafft.

Und nun saßen sie hier in der Elektrischen. Ob seine Tiere im Zentral-Zirkus ihn schon vermissten? Ein wenig vielleicht. Doch bald hätten sie ihn vergessen. Der bereits lendenlahme Leopard, die beiden alten Löwinnen und der Bär hatten stets fleißig mitgemacht – und er ließ sie für eine einzige Hoffnung im Stich: dass in West-Berlin nicht die politische Überzeugung ausschlaggebend war, sondern das, was ein Mensch leistete, und dass man für sein Geld auch etwas bekam. Vielleicht würde er ja irgendwann wieder in den Raubtierkäfig zurückkehren können und einen Zirkus finden, der ihm eine neue Chance gab. Dieser Wunsch trieb ihn an. Immerhin durfte er im Zoo aufgrund seiner Erfahrungen bei den Raubtieren mithelfen.

Gericke schaute wieder zu seiner Familie. Sie hatten in der Elektrischen sogar alle vier Sitzplätze beieinander bekommen. Jetzt mussten sie nur noch diese Fahrt, nur noch eine einzige Kontrolle überstehen, dann waren sie West-Berliner. Er beugte sich vor, nahm die Hand seiner Frau Anita und küsste sie.

In ihren Augen schimmerten Tränen, doch sie hielt sie zurück und lächelte ihrem Mann erneut zu. «Wir konnten nichts anderes tun, Holger. Es ist schon richtig so. Wenn wir mal alt sind, wollen wir bestimmt auch nicht, dass unsere Kinder uns im Stich lassen.»

Die dreizehnjährige Monika schmiegte sich an die Mutter, die trotz des Frühlingstags ihren Pelz trug. Sie alle hatten mehrere Lagen Kleidung übereinandergezogen. Es war besser, nicht durch einen Koffer aufzufallen, wenn man mit der Elektrischen von Berlin-Ost nach Berlin-West reiste. Das weckte nur Aufmerksamkeit bei den Kontrolleuren.

Sohn Thomas schaute mit muffigem Gesicht am Vater vorbei nach draußen. An den Bäumen links und rechts der Straße bildeten sich die ersten Knospen, doch das konnte den Jungen nicht aufheitern. Er hatte sich mit Händen und Füßen gegen die Umsiedlung in den Westen gewehrt. Holger Gericke verstand seinen Sohn. Der hatte in der Artistenschule hart gearbeitet. Er war talentiert und auf dem besten Wege, ein guter Hochseilartist zu werden. Aber nun musste er von vorne beginnen, wie der Vater. Thomas kannte seine Großmutter kaum. Für diese alte Frau, deren Leben zu Ende ging, musste er seinen großen Traum aufgeben. Wer die Staatliche Artistenschule absolviert hatte, bekam ohne Probleme eine Anstellung im Zirkusbetrieb. Der Siebzehnjährige war allerdings alt und klug genug, um zu begreifen, dass das nur für zuverlässige Volksgenossen galt. Und für die Söhne von zuverlässigen Volksgenossen. Nicht für die Söhne von Republikflüchtlingen.

Ein weiteres Ruckeln, ein Quietschen – Endstation. Sie hatten ihr Ziel erreicht. Jetzt mussten sie nur noch an den beiden Männern vorbei, die den Übergang bewachten. Die unterhielten sich gerade. Einer lachte. Der andere nickte der vierköpfigen Familie zu und blickte dann wieder seinen Kollegen an. Gericke atmete auf. Der Übergang war passiert. Der goldene Westen lag vor ihnen. Dennoch erreichten die Sonnenstrahlen dieses Frühlingstags zwar die Haut von Holger Gericke, nicht aber sein Herz. Ihm war, als schöbe sich ein dunkler Schleier zwischen ihn und seine Umgebung, als drücke ihn plötzlich eine harte Hand nieder. Er bemühte sich zum wiederholten Mal, sich nichts anmerken zu lassen. Ihm wurde heiß, er schaute zurück. Die Grenzer beachteten sie nicht. Er schälte sich aus seiner Winterjacke und half seiner Frau aus dem Pelz. Auch die Kinder legten die oberste Schicht ihrer Kleidung ab.

In etwa einer halben Stunde würden sie in Moabit sein, in der Turmstraße. Dort wartete ein Zimmer zur Untermiete auf sie. Holger Gericke hatte seiner Anita bestimmt hundert Mal erzählt, woher er Karl, den Inhaber der Wohnung, kannte. Karl hatte nach dem Krieg auch mal beim Zirkus Barlay gearbeitet, unter anderem als Clown und Tierpfleger. Der ehemalige Akrobat war mit einem kaputten Bein von der Ostfront zurückgekehrt. Da war es mit den Salti vorbei gewesen. Sie hatten auch nach Karls Weggang von Barlay lose Kontakt gehalten. Und unter Artisten half man einander. So hatte Karl Holger Gericke unter die Arme gegriffen, als der eine Bleibe in West-Berlin suchte.

In der Turmstraße lebte Karl den Winter über. Wenn Menschen und Tiere wieder auf die Reise gingen, suchte er sich eine Anstellung als Pausenclown bei einem der kleineren Zirkusse. Durch Karl hatte Holger Gericke auch die Stelle als zweiter Pausenclown bei Reiz bekommen. Er hatte sich zudem bereit erklärt, Holger und seiner Familie in der Wohnung, die er vom Vater geerbt haben sollte, gegen einen geringen Obolus ein Zimmer zu überlassen. Die Miete war für drei Monate im Voraus bezahlt.

In den letzten Tagen hatte Gericke Stück für Stück ihre Habe in diesem Zimmer untergebracht. Es handelte sich um Dinge, die ohne Aufsehen zu transportieren gewesen waren, um Schmuck und Familiensilber und alles, was den Krieg überstanden hatte. Anita, geborene Bernauer, war eine Frau aus gutbürgerlichem

Hause. Ihr Vater war Arzt der Nationalen Volksarmee und Leiter der Bad Saarower Kliniken, des zentralen Armeelazaretts, gewesen. Er hatte sich von seiner Frau scheiden lassen, als diese in den Westen ging. Ihr Engagement bei der SPD hatte er ohnehin nie gebilligt, es ihr aber auch nicht verwehrt. Mit ihr in den Westen zu flüchten, weg von der Arbeit, die er liebte, hatte er sich nicht vorstellen können.

Anita war nach dem Weggang der Mutter beim Vater geblieben. Der war nicht sonderlich begeistert gewesen, dass sein Liebling, die einzige Tochter, einen Zirkusdompteur heiraten wollte. Holger Gericke und sie waren sich zufällig auf der Straße begegnet, als sie in Berlin einkaufen gewesen war. Anita wurde von einem Mann angerempelt und ging mitsamt den Tüten zu Boden. Dann stellten sie fest, dass ihre Geldbörse verschwunden war. Holger Gericke legte ihr das Geld für die Heimfahrt aus. Beim nächsten Treffen, bei dem sie ihm das Geld zurückgab, verliebten sie sich Hals über Kopf. Am Ende hatte Anitas Vater trotz seiner Bedenken keine Einwände gegen ihre Heirat. Er war zwar durch und durch ein Militär gewesen, aber auch ein Mann mit großem Herzen und weitem Denken. Das war in diesen Zeiten keine Selbstverständlichkeit. Nun ja, vielleicht ahnte er auch, dass seine Tochter ein Kind erwartete. Anita schwor bis heute, dass sie es ihm erst nach der Hochzeit erzählt habe.

Vor zwei Jahren war ihr Vater gestorben. Holger Gericke war ihm bis heute dankbar für sein Vertrauen und hoffte inständig, dass er sich dessen als würdig erwies.

Diese Hoffnung fiel eine halbe Stunde später innerhalb weniger Minuten in sich zusammen. Als sie in der Turmstraße ankamen, war es still in der Wohnung, und auch auf das Klingeln hin rührte sich nichts. Holger Gericke machte sich noch keine Sorgen, er hatte ja den Schlüssel. Auf direktem Weg führte er seine Familie in das helle Zimmer im Vorderhaus, das Karl an ihn untervermietet hatte.

Anita und Holger Gericke lächelten einander zu. Geschafft!

Sie waren endlich in ihrem neuen Leben angekommen. In einem Leben, in dem eine Tochter ihre kranke Mutter so oft besuchen konnte, wie sie wollte.

Als die Tür aufschwang, schien die Frühlingssonne auf abgezogene Dielen – in einem komplett leeren Zimmer. Holger Gericke und seine Frau erstarrten. Sie konnten zunächst nicht glauben, was sie sahen. Als sich Gericke schließlich gefasst hatte, stürmte er los, öffnete die beiden anderen Zimmertüren, die Tür zur Küche, zum Bad. Die Räume waren ebenfalls vollkommen leer und wurden nur noch von der Stille bewohnt. Von Karl, dem Freund, war nichts zurückgeblieben, nicht die kleinste Spur. Er war fort. Mit allen Möbeln. Und der gesamten Habe der Familie Gericke.

Anita Gericke schwankte. Ihr Mann konnte sie gerade noch auffangen.

Auch ihm wären fast die Tränen in die Augen geschossen, doch er bemühte sich, die Verzweiflung nicht zu zeigen, die in ihm aufstieg und ihn fast zu ersticken drohte. «Harry Barlay wird uns helfen. Oder Gustav Brumbach. Du wirst sehen, ich kann wieder als Dompteur arbeiten.»

«Ich will aber nicht mit einem Zirkus durchs Land ziehen. Das weißt du. Die Kinder brauchen ein festes Zuhause. Und außerdem kann ich meine Mutter nicht alleinlassen.» Anita Gericke liefen die Tränen über die Wangen.

Holger Gericke nahm seine Frau in die Arme. Sie lehnte sich an seine Brust, und er streichelte ihren Rücken. «Dann suche ich mir was anderes. Ich habe ja Arbeit für den Übergang. Es wird schon, du wirst sehen, es wird schon. Und wenn alle Stricke reißen ... Ich habe noch andere Kontakte in der Zirkuswelt, die ich nutzen kann.»

Über den Kopf seiner Frau hinweg sah er seinen Sohn Thomas an. Der Siebzehnjährige schaute grimmig, seine Kiefer mahlten. Gericke begriff, dass sein Sohn den Kontakten des Vaters nicht mehr traute. Wenn er es recht bedachte, ging es ihm selbst nicht anders. Harry Barlay, Gustav Brumbach, Harry Michel – alles unsichere Kandidaten. Er wusste ja noch nicht einmal, wo Barlay und Brumbach sich derzeit aufhielten. Aber immerhin waren es Möglichkeiten, etwas, an dem man ansetzen konnte. Und das war immer noch besser als nichts.

Sie hörten, wie jemand die Wohnungstür aufschloss. Sofort keimte wieder Hoffnung in Gericke. «Siehst du, da ist er. Jetzt wird sich alles aufklären.»

Ein älterer Mann erschien im Türrahmen und fuhr sie wütend an: «Wer sind Sie? Was machen Sie in meiner Wohnung? Wenn Sie nicht sofort hier verschwinden, rufe ich die Polizei!»

KAPITEL DREI
Montagnachmittag, 12. Dezember 1960

AN DEN SONNABENDEN reichten die Parkplätze rund um die Arminiushalle kaum aus, um den Ansturm von Kaufwilligen zu bewältigen. Jetzt, in der Vorweihnachtszeit, war das auch an diesem Montagnachmittag der Fall. Der Fund des Toten und die daraus resultierende Sperrung der Halle hatten sich trotz der Meldungen im Radio noch nicht überall herumgesprochen.

Normalerweise luden die Menschen im Wirtschaftswunderland nach oft kilometerlangen Anfahrten die Kofferräume ihrer Autos voll mit Porree und Apfelsinen, Broten und Heringen oder einem saftigen Eisbein. So, als gäbe es bald die nächste Hungersnot. Die Berlin-Krise verunsicherte viele. Karpfen und Gänse hatten Hochkonjunktur, und nach dem Vorbild der Amerikaner musste auch der eine oder andere Truthahn sein Leben lassen. Wer konnte schon sagen, wie die Welt nächstes Jahr zu Weihnachten aussah.

In der Arminiushalle blieben selten Kundenwünsche offen. Neben makellosen Importtomaten für 2 Mark das Pfund gab es in der nächsten Gasse welche für 80 Pfennige, wenn auch nicht ganz so ansehnliche. Bei der Schinkenwurst ging das Viertel für 1,65 Mark über die Theke, bei der Thüringer Speckwurst hingegen schon für 35 Pfennige. Auch aparte Sachen gab es im Angebot, zum Beispiel Parfum aus dem Ballon, 50 Milliliter «Chypre» für 1 Mark. Ein beliebtes Weihnachtsgeschenk waren Handtaschen oder allerlei asiatischer Schnickschnack wie lange Kratzehändchen, mit denen man angeblich jede Stelle auf dem Rücken erreichen konnte.

Doch an diesem Tag war einkaufen nicht möglich. Entsprechend groß war die Empörung der ausgesperrten Kunden.

Manche hatten schließlich lange Fahrten hinter sich. Die Männer der Schutzpolizei blieben jedoch stoisch. Niemand durfte durch, auch diejenigen nicht, die sich in der Halle in die medizinischen Bäder oder in die Reinigungsbäder begeben wollten. Ein Ehepaar mit Kindern ließ sich partout nicht abweisen. Der Vater protestierte lauthals, war kurz davor zu randalieren. Die Familie hatte ein Nachtquartier gebucht. Für 10 Mark konnte man in den Büroräumen unterkommen, die in der städtisch verwalteten Halle nicht mehr benötigt wurden, fließend heißes und kaltes Wasser inklusive. Beinahe hätte es eine Schlägerei gegeben.

Das Schimpfen und Fluchen der Menschen, die vergeblich nach Moabit gefahren waren, drang nicht bis zu Kriminaloberkommissar Otto Kappe vor. Er konzentrierte sich auf die Befragung der Hallenbeschicker. Polizeihauptwachtmeister Schulz und seine Leute hatten es tatsächlich geschafft, fast alle aufzutreiben. Die anderen, die sich nicht hatten blicken lassen, würden von ihnen zu Hause aufgesucht werden.

In Anbetracht des Aufwands ließ die Informationsausbeute sehr zu wünschen übrig. Den Aussagen nach war die Halle das reinste Paradies, ein Hort der Harmonie. Es hatte angeblich keinerlei Streit gegeben, auch nicht zwischen einem Händler und einem Clown oder zumindest einem Menschen, der mit dem Zirkusmilieu zu tun hatte. Alles Friede, Freude, Eierkuchen. Weit und breit kein Mordmotiv. Nach und nach führte man die Händler zu dem Toten, aber keiner erkannte ihn. Angeblich. In solchen Fällen konnte man sich nie sicher sein, ob nicht doch jemand log – oder sich unter den Befragten sogar der Täter befand. Auch wenn sein in vielen Jahren entwickelter kriminalistischer Instinkt ihm sagte, dass dem nicht so war, konnte Otto Kappe derzeit nichts ausschließen. Soviel er auch fragte, nachhakte, bohrte – das Ergebnis blieb gleich null. Ein ums andere Mal hörte er sich Namen, Wohnort und Familienstand an. Ansonsten hatte Protokollführerin Lilli Lenné wenig zu notieren.

Erika Richter aus Pankow, Inhaberin des «Blumenhauses

Erika», setzte sich als Letzte auf den wackligen Stuhl gegenüber Kappe, ihren kleinen Sohn Bernd an der Seite. Sie gab bereitwillig Auskunft. «Nee, da war niemand, hab niemanden kommen sehen. Is jeden Morgen das Gleiche: Erst kommt Wurst-Fritz, dann der alte Muffelkopp Schreiber und dann eben icke, die Blumen-Erika. Sie müssen wissen, den ersten Stand mit Blumen hat schon meine Großmutter Louise Auguste Friederike Lewerenz aus Wedding anno 1891 in der damals gerade erst gebauten Markthalle X eröffnet. Nach ihr war meine Mutter Helene Berg, verwitwete Runkwitz, geborene Lewerenz, aus Wandlitz an der Reihe. Hat ihr nüscht ausgemacht, dass sie jeden Tag so weit fahren musste. Na, und nun steht eben meine Wenigkeit bei den Blumen, Erika Berg. Und später, wenn ick mal alt bin, wird mein Berndchen hier übernehmen, wa, Bernd?»

Der Junge nickte. Er wirkte verstört. Kein Wunder, dachte Kappe.

«Muss der Bengel denn nich in die Schule?», erkundigte sich Kollege Hans-Gert Galgenberg.

Erika Berg schaute ihn anklagend an. «Klugscheißern, wa? Wenn Ihnen Schule so wichtich is, hätten Se uns auch früher drannehmen können. Aber nein, sie lassn 'ne alte Frau und 'nen kleinen Jungen warten bis zuletzt. Ick bin doch die Letzte, oder? Aba mal im Ernst, so einfach, wie Sie det sehen, is det nich. Jetze, vor Weihnachten, brauch ick jede Hilfe, die ich kriegen kann. Außerdem ist er krank. Nich wahr, Berndchen? Huste mal!»

Der Junge tat ihr den Gefallen.

«Und ab dem 22. sind sowieso Schulferien. Nach Weihnachten hat Berndchen dann noch bis 7. Januar Zeit sich zu erholen.»

Die Erfolglosigkeit der zurückliegenden Befragungen machte Kappe ungeduldig. Immer wieder die gleiche Prozedur: «Können Sie mir etwas zu dem Toten sagen? Kannten Sie ihn?»

«Na, Sie sind mir einer, Herr Kommissar! Wie sollte ick den überhaupt erkannt habn? Ick hab ja nur den Rücken gesehen und nicht das Gesicht.»

«Dann kommen Sie mit!», sagte Kappe ein weiteres Mal und marschierte los, um Blumen-Erika den Toten zu zeigen.

«Der Junge bleibt hier», meinte Lilli Lenné. «Ich pass so lange auf, bis Sie zurück sind. Das ist nichts für ein Kind. Schlimm genug, dass Ihr Sohn den Toten überhaupt gesehen hat.»

Blumen-Erika warf dem Kommissar einen zweifelnden Blick zu, auch sie schien nicht begeistert von der Aussicht, sich den erstochenen Clown noch einmal ansehen zu müssen. Als Kappe dann das Leinentuch von dessen Gesicht zog, schaute sie jedoch beherzt hin. Anschließend wiegte sie nachdenklich den Kopf.

«Wenn Sie ihn kennen, müssen Sie mir das sagen. Rücksichtnahme, auf wen auch immer, ist hier nicht angebracht.» Kappe hatte plötzlich das Gefühl, dass die Blumenfrau ihn einen Schritt weiterbringen könnte.

«Also, ick weiß nich. Könnten Sie nich mal die Schminke wegwischen, Herr Kommissar? Dann tät ick mehr sehen.»

Die aufgeflammte Glut der Hoffnung erkaltete. «Das geht nicht, er muss erst ins gerichtsmedizinische Institut.» Kappe machte eine Pause und dachte nach. «Was halten Sie von folgendem Vorschlag: Wenn der Tote untersucht worden ist, wischen wir die Schminke ab und machen ein Photo. Damit kommen wir bei Ihnen vorbei. Mein Kollege Galgenberg wird Ihre Adresse notieren.»

«Braucht er nich, ick bin sowieso jeden Tag hier. Oder glauben Sie, ick kann meine Blumen einfach so allein lassen? Die müssen gegossen werden.» Blumen-Erika stockte. «Na, hoffen wir mal, dass von den Schnittblumen wenigstens einige halten, bis die Halle wieder geöffnet wird. Wer zahlt mir eigentlich den Verdienstausfall?»

Das konnte ihr Otto Kappe auch nicht sagen, versprach aber sich zu erkundigen – obwohl er sich fast sicher war, dass eventuelle Verluste an den Händlern hängenbleiben würden. Er wollte sich jedoch das Wohlwollen von Blumen-Erika vorerst nicht verscherzen. Zumindest so lange, bis er ihr das Photo gezeigt hatte. «Ihre Adresse brauchen wir trotzdem», beharrte er. «Und außerdem müssten Sie zur Ansicht des Photos ins Revier 24, Oldenburger Straße 1, kommen.» Er blickte zu Hauptkommissar Schulz, der sich inzwischen zu ihnen gesellt hatte. «Ist das in Ordnung, Herr Kollege?»

Schulz nickte. «Geht klar. Ich habe zwar keinen Dienst, aber ich werde meinen Stellvertreter informieren, Polizeikommissar Ernst Gehler. Sie kennen ihn.»

«Kenn ich, kenn ich. Frau Richter, kommen Sie morgen, sagen wir, gegen halb zehn, aufs Revier. Mein Kollege Galgenberg und ich stoßen am besten gleich dazu. Bis dahin sollten wir Abzüge des Porträtphotos haben. Und falls Sie uns nicht weiterhelfen können, müssen wir in den sauren Apfel beißen und auch die anderen Marktbeschicker einbestellen.»

Schulz sah nicht begeistert aus, nickte aber.

«O heiliger Bürokratius!», stöhnte Blumen-Erika, während sie gemeinsam mit Kappe zum provisorischen Vernehmungszimmer zurückmarschierte. «Als ob ick nüscht anderes zu tun hätte!»

«Haben Sie doch auch nicht», meinte Kappe nicht allzu freundlich. «Die Halle ist gesperrt, bis die Kollegen von der Spurensicherung fertig sind. Auch für Sie. Blumen hin oder her.» Dann fiel ihm auf, dass etwas mehr Verbindlichkeit angebracht wäre. Sie waren inzwischen wieder im Vernehmungszimmer angelangt. Kappe wandte sich Berndchen zu und meinte augenzwinkernd: «Du, mein Junge, kannst morgen also ruhig in die Schule.»

«Och, kann ich bei der Spurensicherung nicht zugucken?», fragte Bernd hoffnungsvoll.

«Nee, leider nicht», mischte sich Galgenberg ein. «Alle müssen raus aus der Halle, sonst werden noch mögliche Spuren verwischt. Aber ick denk mal ...», er schaute in Richtung Otto Kappe, «... bis übermorgen müsste allet erledigt sein. Dann kannste zu uns kommen, und Fräulein Lilli Lenné wird dir allet haarklein erzählen. Bis dahin gehst du aber schön brav in die Schule.»

«Ehrlich?»

«Ehrlich.»

Lilli Lenné lächelte den Jungen an und nickte. «Klar.»

Bernd strahlte sie an, und Kappe dachte, dass Lilli anscheinend auf kleine Männer dieselbe Wirkung hatte wie auf große.

Am Abend, als Rechtsmediziner König mitsamt dem Toten längst abgezogen war, als sich die Abenddämmerung über die Halle senkte, in den umliegenden Häusern die Lichter angingen, die Stimmen der Menschen, die hektischen Rufe nach und nach verstummten und die Mäuse darauf warteten, dass auch die letzten Menschen endlich verschwanden, sagte Otto Kappe zum Kollegen Galgenberg: «O je! Viel Aufwand – und keinen Schritt weiter.»

«Lass man, Kappe, ick hab im Urin, det uns diese Blumen-Erika weiterbringen wird. Die hatte so was im Blick. Als würde sie den Toten kennen, aber nichts Falsches sagen wollen.»

«Meinst du?»

«Mein ick.»

KAPITEL VIER
Dienstag, 13. Dezember 1960

AM NÄCHSTEN TAG brachte Blumen-Erika die Ermittlungen tatsächlich weiter. Lange und ausgiebig betrachtete sie auf dem Revier in der Oldenburger Straße das Photo des Toten. Die blauen, etwas engstehenden Augen, die niedrige Stirn, die Nase, die auch ohne die rote Clownsknolle wie eine Kartoffel aussah. Die typische Nase eines Gewohnheitstrinkers. Nach einer Weile nickte sie. «Hab auch daheeme noch mal nachgedacht. Der kam mir irjendwie bekannt vor. Ja, den kenn ick. Der hat früher immer mal wieder als Bote in der Arminiushalle ausgeholfen. Hab ihn aber schon länger nich mehr gesehen. Der war etwas seltsam, und als dann bei einigen Händlern Geld wegkam ... Na ja, wir konnten es ihm nie beweisen. Jedenfalls hieß der Ernst ... ne, Erich ... ne, irgendwas mit K. Genau, Karl Jarusch! Hat gesagt, er sei Alleinunterhalter in so einem Varieté, den Namen weiß ick nich mehr, und verdiene sich in der Halle nur was dazu. Na, Unterhaltung hatten wir jedenfalls mit dem, und das nicht zu knapp. Hat immer geprahlt, dass er ein berühmter Hochseilartist gewesen sei. Wird wohl vom Seil gefallen sein, womöglich auf'n Kopp, bei den Mengen, die der gesoffen hat. Jedenfalls hat er gehinkt. Und neulich hat mir Wurst-Fritz, also der Fritz Fechner, gesagt, der Jarusch sei wiederaufgetaucht. Ganz plötzlich. Habe händeringend um Arbeit gebeten. Da ham se ihn bei der Stadt wieder als Boten genommen. Also, wenn Se mich fragen, ick hätte das nich getan.» Blumen-Erika biss sich auf die Lippen. «Aber über Tote soll man ja nicht schlecht reden, wa.»

Otto Kappe schaute nachdenklich. So so, Fechner hatte also

erst unlängst mit Blumen-Erika über den Clown geredet – und wollte ihn als Toten trotzdem nicht erkannt haben? Hatte Wurst-Fritz vielleicht ein Motiv, den Kerl zu erstechen? Allerdings konnte er es kaum gewesen sein, er hatte ein Alibi: Zusammen mit Eugen Schreiber hatte er vor der Halle eine Zigarette geraucht, als jemand den Mann umgebracht hatte. Zumindest hatten die beiden das ausgesagt. Der Lage der Dinge nach, oder besser, der des Toten und der Anordnung und Konsistenz der Blutflecke nach, schied ein anderer Tatort als Fechners Fleisch- und Wursttheke aus.

Jarusch hieß der Mann also. War angeblich ein suspektes Subjekt gewesen. Schulz und seine Leute würden das Photo auf jeden Fall auch den anderen Standbetreibern vorlegen und diese eingehend befragen müssen. Die waren nicht aus dem Schneider. Von denen konnte sehr wohl einer zur Tatzeit in der Halle gewesen sein und sich dann verdünnisiert haben. Die Händler kannten sich in der Halle und deren Eingeweiden aus verschlungenen Gängen gut aus. Der Täter war nach dem Mord vielleicht sogar frech vor der Halle aufgetaucht und hatte Einlass begehrt. So hätte Kappe es jedenfalls gemacht. Und trotzdem – dass Fechner den Toten nicht kennen wollte, war schon seltsam. Nun ja, immerhin hatten der Tod und die Schminke dessen Gesicht verändert.

Es gab jedenfalls jede Menge Arbeit. Galgenberg und er würden sich mit dem Umfeld des Erstochenen beschäftigen. Jarusch war angeblich ein hinkender Bote und ein ehemaliger Artist gewesen, eventuell aus dem Varieté. Diesbezüglich tat sich in einer Stadt wie Berlin eine ganze Welt von Möglichkeiten auf.

Zurück im eigenen Büro in der Gothaer Straße, beraumte Kappe erst einmal eine Lagebesprechung an. «Wie viele Varietés mag es in Berlin wohl geben?», fragte er. Die Zahl der Angesprochenen war höchst überschaubar: Günter Kynast, Gerhard Piossek und Jürgen Rückert waren bis über die Halskrause mit anderen Fällen beschäftigt, es blieb also von der üblichen Truppe nur Hans-Gert Galgenberg. Dazu kam Fräulein Lilli Lenné von der Weiblichen Kriminalpolizei. Vorerst allerdings nur, um zu erläutern, was sie bisher herausgefunden hatte. Es war offiziell noch nicht vorgesehen, dass die Kollegin die Ermittlungen unterstützen sollte. Eigentlich. «Also, eine Idee?»

Kopfschütteln.

«Weiß einer von euch, wie viele Zirkusse es derzeit in Berlin gibt?»

Kopfschütteln.

«Die können sonst wo sein, viele ziehen ja rum», merkte Hans-Gert Galgenberg an. «Und det mit den Varietés is in Berlin och ein weites Feld.»

«Auf die Zirkusse trifft das eher nicht zu», meinte Kriminalmeisterin Lilli Lenné. «Die meisten sind momentan in ihrem Winterquartier, auch diejenigen, die in Berlin-West residieren. Und das können nicht viele sein, denn das Reisen ist von hier aus schwierig. Wagen und Tiere müssten durch die Zone, um in den Westen zu kommen. Mit Sonderzügen oder so. Mir fällt spontan jedenfalls nur einer ein: Zirkus Reiz. Ist ein Familienunternehmen, 'ne kleine Klitsche. Ich glaube, die haben ihr Quartier in Kladow, auf einem alten Bauernhof. Und soweit ich weiß, reisen die auch nicht aus, sondern tingeln durch die West-Berliner Stadtteile. Davon können die ganz gut leben, sie haben ja nicht allzu viel Konkurrenz. Sind übrigens alle weitläufig verwandt mit der berühmten Seiltänzerfamilie Ernst Jacob Reiz.»

Die Augen von Hans-Gert Galgenberg begannen zu funkeln. «Ist det der, der kurz vor der Jahrhundertwende als Multimillionär gestorben ist? Mein Großvater, der olle Gustav Galgenberg, hat mir viel von ihm erzählt, der mochte Zirkus bekanntlich in jeder Form. Reiz muss 'n beeindruckender Mann gewesen sein, er soll sogar ein Ehrengrab des Landes Berlin auf dem Dorotheenstädtischen Friedhof gekriecht ham.»

«Ach, der olle Galgenberg», sagte Otto Kappe mehr zu sich selbst und dachte an seinen Onkel Hermann Kappe, Kriminaloberkommissar a. D., der nun schon seit fast sechs Jahren im Ruhestand war und die Füße noch immer nicht stillhalten konnte, trotz Rheuma und allerlei anderen Gebrechen, die das Alter mit sich brachte. Galgenberg eins und Kappe eins waren ein legendäres Gespann bei der Berliner Kriminalpolizei gewesen. Jetzt hatten Gustavs Enkel Hans-Gert, also Galgenberg zwei, und er selbst, Hermanns Neffe Otto, also Kappe zwei, übernommen.

«Genau den Reiz meine ich», bestätigte Kriminalmeisterin Lenné. «Übrigens gibt es sicher ein Verzeichnis der in Berlin-West ansässigen Zirkusse und Varietés. Falls wir da nicht fündig werden, müssten wir in der Zone weitersuchen. Und dann wird's kompliziert.»

«Hm», sagte Otto Kappe. «Aber auch dafür werden wir eine Lösung finden. Galgenberg, du klapperst erst mal die Varietés ab!»

Der schaute bedröppelt. «Alle? Ick meine, ick mag ja hübsche Damen und so, aber det könnte dauern.»

«Zunächst brauchst du nur anzurufen, den Namen des Toten haben wir ja. Der könnte natürlich falsch sein, muss aber nicht. Wenn wir damit nicht weiterkommen, müssen wir doch mit dem Photo die Etablissements aufsuchen.»

«Dann brauchen Sie aber Verstärkung», meinte Lilli Lenné.

Otto Kappe zog die Stirn in Sorgenfalten. «Sie sagen es, Sie sagen es. Da fangen die Probleme schon an. Ich hätte Sie bei diesem Fall gerne dabei. Meinen Sie, es gibt eine Möglichkeit, Sie für diese Ermittlungen von der Weiblichen Kriminalpolizei loszueisen? Sie kennen sich mit Zirkussen ja offenbar aus. Ich finde, sie sollten sich um diesen Zirkus Reiz kümmern.»

«Lassen Sie mich nur machen, ich krieg das schon hin.» Kriminalmeisterin Lenné sagte dies mit einer solchen Entschlossenheit, dass Kappe ihr sofort glaubte.

«Und du, wat machst du?», fragte Hans-Gert Galgenberg.

«Ich werde herausfinden, ob es über diesen Jarusch eine Akte gibt.»

Es gab keine Akte. Jarusch hatte keinerlei Vorstrafen. Und selbst nachdem Galgenberg alle Varietés in West-Berlin abtelefoniert hatten, waren sie kein Stück weiter. Kappe sah sich bereits mit schmerzenden Füßen und durchgelaufenen Sohlen durch die Stadt tigern und das Photo des Toten herumzeigen.

Die Einzige, die eine gute Nachricht mitbrachte, war Lilli Lenné. «Ich habe mich loseisen können und war auch gleich beim Zirkus Reiz. Dort habe ich einfach nach einem Karl Jarusch gefragt, natürlich ohne zu sagen, dass der tot ist. Eigentlich sind das ganz nette Leute. Der Herr Direktor gibt sich vielleicht 'n bisschen bombastisch. Die kennen tatsächlich einen Karl Jarusch. Der habe bei ihnen ausgeholfen, sei aber eines Tages ganz plötzlich unter Mitnahme der gesamten Wocheneinnahmen verschwunden, hieß es. Sie vermuten, dass er aus der Zone kam und dahin auch wieder verschwunden ist. Oder dass er sich einem reisenden Zirkus angeschlossen hat. Sie sagen, es passiere nicht selten, dass Leute, die etwas ausgefressen haben, sich bei einem Zirkus verstecken. Zirkusse ziehen weiter, Menschen mit ihnen, und auf diese Weise verschwinden sie. Natürlich lassen sich die Direktoren die Ausweise zeigen, und es finden Polizeikontrollen statt, trotzdem passiert es immer wieder.»

«Haben bei Reiz Polizeikontrollen stattgefunden, als sich dieser Jarusch dort aufhielt? Hat der Mann Familie, Freunde, hat er von sich erzählt? Weiß man mehr über ihn?»

«Nein», antwortete Kriminalmeisterin Lenné. «Nur, dass er sich offenbar gerne am Eigentum anderer Menschen vergreift.»

«Hat die Familie Reiz denn nicht Anzeige erstattet?»

«Hat sie nicht. Wie es aussieht, halten die bei Reiz nicht besonders viel von den Fähigkeiten der Polizei. Das scheint aber nicht auf schlechten Erfahrungen zu beruhen. Ich habe mal nachgeforscht, ob wir was über Reiz haben. Es gibt nichts. Der hat eine saubere Weste, weiß wie frisch gefallener Schnee, ich konnte das anfangs kaum glauben. Die Leute von Reiz blieben mir gegenüber übrigens ziemlich bedeckt. Bis auf den Herrn Direktor. Der hat mir angeboten, bei ihm anzufangen, wenn es mir bei der Polizei nicht mehr gefallen sollte.» Kriminalmeisterin Lenné hatte eine Art zu kichern, bei der einem nichts anderes übrigblieb, als unwillkürlich einzustimmen. Wenn andere das taten, missbilligte Kappe das allerdings entschieden. Er schalt sich einen Idioten, beschloss aber, künftig bei allem mitzumischen, was diesen Zirkus und dessen Direktor betraf.

«Können die sich vorstellen, warum jemand Jarusch abmurksen wollte? Andererseits, könnte det nich sein, dass die Leute vom Zirkus sich für den Diebstahl des Geldes gerächt und Selbstjustiz geübt ham?», sinnierte Galgenberg. «Vielleicht haben sie Jarusch in der Arminiushalle aufgetrieben, es kam zum Streit, und denn tauchte plötzlich 'n Messer auf. Falls hier jemand an meiner unmaßgeblichen Meinung interessiert is.»

Otto Kappe nickte. «Eine mögliche Theorie.»

Kriminalmeisterin Lenné schaute plötzlich sehr nachdenklich. «Zirkusdirektor Reiz ist ein ziemlich kräftiger Mann. Und er betätigt sich auch als Messerwerfer. Seine Frau steht dabei an der großen Scheibe. Ein bemerkenswertes Ziel.»

«Wieso bemerkenswert?», erkundigte sich Galgenberg.

Fräulein Lenné kicherte erneut. «Na, sie ist nicht die Schönste, ziemlich dürr dazu. So wie ich das sehe, ist der werte Gatte kein Kostverächter, was Frauen angeht. Der platzt bald vor lauter Eigenliebe und Selbstbewusstsein. Also, mit Messern kennt er sich jedenfalls aus. Ganz von der Hand weisen würde ich die Theorie des Kollegen Galgenberg nicht.»

«Nur, wie sollte einer von denen unbemerkt in die Halle reinund wieder rausgekommen sein?», hakte der Gelobte selbst nach.

«Tja, das ist eine gute Frage. Das ist überhaupt die Schlüsselfrage. Mal abgesehen von der Frage, wer ein Motiv gehabt haben könnte, den Mann umzubringen. Unter Umständen gibt es noch mehr Leute, die er beklaut hat.»

«Aber wegen ein paar Mark bringste doch niemanden um», wandte Galgenberg ein.

«Wir hatten schon Fälle, da ging es um 50 Pfennige», meinte Kriminaloberkommissar Kappe. «Am besten bestellen wir einen nach dem anderen von diesem Zirkus zu uns. Vielleicht sind die

Herrschaften hier auf dem Revier etwas zugänglicher. Haben wir eigentlich schon was von der Spurensicherung gehört? Haben die irgendeinen Anhaltspunkt in der Halle gefunden? Was sagt König? Gab es Besonderheiten an der Leiche, die uns weiterbringen?»

«Gibt noch nüscht wirklich Neues», antwortete Galgenberg. «König hat nur bestätigt – ziemlich widerwillig, soweit ick det beurteilen kann, den Kerl und seinen komischen Dialekt versteht ja keiner –, was wir schon in der Halle besprochen hatten: Der Clown kann erst wenige Minuten tot gewesen sein, als Fechner und Schreiber ihn fanden. Die Tat hat also maximal eine Zigarettenlänge gedauert, fünf Minuten oder so. Wenn man langsam pafft, vielleicht sieben. Mehr haben König und seine Leute noch nich zu bieten. So wat dauert eben.»

Das Gefühl hatte Otto Kappe auch.

KAPITEL FÜNF

Rückblende: Ostermontag, 18. April 1960

AM HAUPTEINGANG DES ZOOLOGISCHEN GARTENS an der Budapester Straße begrüßte das von Fritz Behn in Granit gehauene Denkmal des massigen Gorillas Bobby die Besucher. Während seines Daseins im Zoo von 1928 bis 1935 war Bobby zu einem Riesen von 266 Kilogramm herangewachsen und zum Liebling der Berliner geworden. Nun hütete er massig und unbeweglich seine ehemalige Wirkungsstätte.

Die Vögel zwitscherten, die Bäume begannen zu grünen. Noch gehörte der Zoo den Tieren. Doch bald würden die Berliner kommen, lachende Menschen mit glücklichen Feiertagsausflugsgesichtern. Holger Gericke nahm weder die ersten Anzeichen des Frühlings noch die gefärbten Eier an Forsythienzweigen wahr. Sein Kopf war so voll von Gedanken und Sorgen, dass er zu platzen drohte, sein Herz war schwer. Gericke war froh, dass er trotz des Feiertags Dienst hatte. Das lenkte ab.

Die Zeitungen hatten neulich gemeldet, dass die Kollektivierung der Landwirtschaft im anderen Deutschland inzwischen fast abgeschlossen sei. Holger Gericke hatte nur kurz darüber nachgedacht und sich gefragt, wie es den alten Freunden wohl gehen mochte, bei denen sie in der Nachkriegszeit hamstern gewesen waren. Auch in Westdeutschland bahnte sich bezüglich der Versorgung eine Veränderung an: Die Amerikaner stellten das Verschicken von Carepaketen ein. Doch diese Themen traten in den Hintergrund vor der einzig bangen Frage, die immer wieder in seinem Kopf kreiste: Wie sollte es mit der Familie weitergehen?

Sie waren hinterhältig betrogen worden.

Die Wohnung gehörte gar nicht dem vermeintlichen Freund Karl Jarusch. Der hatte sie nur von jenem wütenden älteren Herrn gemietet, der ihnen am ersten Tag begegnet war, und sich mit vier Monatsmieten im Rückstand, aber ohne Hinterlassung einer Adresse vom Acker gemacht. Friedrich Merz, so hieß der zunächst äußerst aufgebrachte Wohnungsinhaber, hatte die Mietrückstände anfangs bei den Gerickes eintreiben wollen. Als diese ihm jedoch ihre Geschichte erzählt und Merz erfahren hatte, dass sie bereits drei Monatsmieten an Jarusch gezahlt hatten und um ihre gesamte Habe geprellt worden waren, hatte sich sein Gesichtsausdruck von ärgerlich zu mitfühlend verändert. «Also gut», hatte er schließlich gesagt, «ich hab noch drei Matratzen, die können Sie haben. Bis auf weiteres. Ich bin Rentner, ich brauche das Geld und muss die Wohnung wieder vermieten. Bis ich einen neuen Mieter gefunden habe, können Sie aber bleiben. Ich sehe ein, dass Sie jetzt nichts zahlen können. Ich würde ihnen die Miete stunden. Haben Sie Arbeit?»

Ja, wenigstens das. Er hatte Arbeit.

Wie immer, wenn er morgens in den Zoologischen Garten kam, machte Holger Gericke einen kleinen Rundgang, vorbei an den Störchen, vorbei am Affenhaus gleich neben dem Affenfelsen, am «Vierwaldstätter See», am Gelände für die Schafe. Er begrüßte den Eisbären Schorsch und den Braunbären Schwips in der Bärenburg, sagte danach Nilpferd Knautschke und dessen Tochter Boulette hallo, ehe er nach einem Besuch bei Shanti, dem Elefanten, den der indische Ministerpräsident Pandit Nehru dem Zoo geschenkt hatte, seinem eigentlichen Ziel zustrebte: dem Raubtiergehege. Shanti schwenkte den mächtigen Schädel, als Gericke vorbeiging. Der Elefant war ein in sich ruhender Berg. *Shanti* bedeutete Friede. Und Frieden, hoffte Holger Gericke, würden er und seine Familie hoffentlich bald finden.

«Ah, da sind Sie ja! Haben Sie sich gut eingelebt bei uns? Ich höre viel Gutes von Ihnen. Wenn Sie sich weiterhin so geschickt anstellen, könnten wir Ihnen eine feste Stelle anbieten.»

Holger Gericke schrak aus seinen Gedanken hoch und sah

sich Direktor Heinz-Georg Klös gegenüber. Hatte der Mann niemals frei?

Klös lächelte ihm zu. «Na, was sagen Sie zu meinem Ostergeschenk? Würde es Ihnen gefallen, von der Aushilfe zum Pfleger aufzusteigen und insbesondere die Verantwortung für unsere Löwen zu übernehmen?»

Gericke war wie vom Donner gerührt. Er konnte sein Glück kaum fassen und rang um die richtigen Worte. «Aber Fred ... Ich meine, was ist mit ihm?»

«Fred Trautschke hat gekündigt, er wird zur bekannten Löwenzucht des Leipziger Zoos wechseln. Diese Herausforderung reizt ihn, was ich gut verstehen kann, auch wenn ich ihn ungern ziehen lasse. Er hat Sie uns als seinen Nachfolger empfohlen. Aber Sie sagen ja gar nichts. Wollen Sie nicht?»

Jetzt kam Bewegung in Holger Gericke. Damit wären alle ihre Probleme gelöst! Sie könnten die Wohnung von Merz mieten, er könnte seine Familie ernähren, und der größte Wunsch von Anita, endlich ein gemeinsames Leben mit einem Mann zu führen, der nicht monatelang mit einem Zirkus durch die Lande zog, würde sich erfüllen. «Doch», sagte er und schluckte. «Doch, sehr gerne!»

«Das ist fein. Sie hören in Bälde von uns», meinte Heinz-Georg Klös, nickte Holger Gericke freundlich zu und schlug den Weg in Richtung Karussell ein. Dann wandte er sich noch einmal um. «Übrigens, Sie sollten nachher gut aufpassen, Sultan hat ausgesprochen schlechte Laune: Zahnweh. Also sollten Sie nicht in den Löwenkäfig, wie Sie das sonst so gerne machen. Sie arbeiten hier nicht als Dompteur. Gleich kommt auch der Tierarzt. Sie werden ihm helfen müssen. Fred sagt, wir müssen den kaputten Zahn ziehen. Das bedeutet womöglich Betäubung. Könnten Sie so lange dableiben, bis Sultan wieder aufgewacht ist?»

Holger Gericke nickte, mit den Gedanken gar nicht richtig bei der Sache. Das waren wunderbare Zukunftsaussichten! Anita würde staunen, wenn sie das heute Abend erfuhr. Vorher würde er alles mit der Wohnung regeln. Ein schöneres Ostergeschenk gab es gar nicht. Vielleicht wurde es dann auch mit dem Jungen wieder einfacher. Thomas hatte sich völlig zurückgezogen. Er redete nicht über das, was ihn bedrückte, und kam immer wieder sehr spät nach Hause, ohne seinen Eltern zu sagen, wo er gewesen war. Das lag nicht nur an der Pubertät, den Jungen belastete etwas. Holger Gericke hatte Angst, dass er in schlechte Gesellschaft geraten war.

Sultan war tatsächlich ausgesprochen schlechtgelaunt. Als Gericke ans Gehege trat, brüllte der von Zahnweh geplagte Löwenmann angriffslustig. Gemeinsam schafften Gericke und Fred es jedoch, den Pascha von seiner Gefährtin zu trennen. Der Tierarzt verpasste ihm eine gehörige Dosis Betäubungsmittel und machte sich ans Werk.

Es war weit nach Mitternacht, als Gericke seinen Heimweg antrat. Zum ersten Mal seit Wochen mit leichtem Herzen. Hoffentlich machte sich Anita keine Sorgen. Aber sie wusste ja, dass sich bei der Arbeit mit Tieren immer etwas Unvorhergesehenes ereignen konnte. Gericke schwang sich auf sein Fahrrad, der Vermieter hatte es ihm zur Verfügung gestellt.

Bis zur Turmstraße war es nicht weit. Gericke sah den Wagen nicht, der von hinten angerast kam. Statt dem Radfahrer auszuweichen, machte der noch einen Schlenker auf ihn zu. Holger Gericke wurde erfasst, aus dem Sattel geschleudert und auf den Bürgersteig katapultiert. Dort blieb er bewusstlos liegen.

Der Wagen hielt. Ein Mann stieg aus und ging um das verbeulte Fahrrad herum. Ein Reifen drehte sich noch. Der Mann packte das Rad in den Kofferraum seines Wagens. Dann stieg er ein, gab Gas und brauste davon. Kurz darauf kam eine Gruppe angeheiterter Osterausflügler vorbei. Sie hielten den Bewusstlosen für einen besoffenen Stadtstreicher, der auf dem Gehweg seinen Rausch ausschlief. Einer schimpfte, dass das Gesindel in den Berliner Straßen langsam überhandnehme. Ein weiterer Passant stieg einfach über ihn hinweg. Es dauerte über eine Stunde, bis jemand einen Krankenwagen rief. Zu diesem Zeitpunkt hing Holger Gerickes Leben bereits am seidenen Faden.

KAPITEL SECHS
Dienstag, 13. Dezember 1960

ZIRKUSDIREKTOR GREGOR REIZ war eine imposante Erscheinung: fast zwei Meter groß und recht umfangreich, besonders um die Hüften. Ein Mann eben, der seine Umgebung aus erweiterter Perspektive betrachtete. Und natürlich aus der Warte eines der kreativsten Zirkusdirektoren, welche die Welt je gesehen hatte. Es gab nichts, was er nicht konnte, nichts, wofür er nicht verantwortlich war, und nichts, was er nicht im Blick hatte – von den Kassenbüchern bis hin zur kleinsten Maus in seinem Unternehmen. Das alles erfuhren Kriminaloberkommissar Otto Kappe und sein Kollege Hans-Gert Galgenberg, geschildert in den höchsten Tönen und den blumigsten Farben, als die gesamte Familie Reiz plus vier Pudel im Büro in der Gothaer Straße auftauchte. Der sonore und tragende Bariton des Herrn Direktor war ebenso raumgreifend wie seine Figur. Lilli Lenné hatte bei der Schilderung ihres Besuchs in Kladow das Wort bombastisch verwendet, erinnerte sich Otto Kappe. Das passte haargenau auf den Mann.

Edda, die zweite Frau von Gregor Reiz, war vielleicht 1,60 Meter groß, zierlich und schmalbrüstig, aber drahtig. Ihr Gatte hätte sie sich locker unter die Achsel klemmen können. Otto Kappe hatte den Eindruck, dass sie sich darum bemühte, noch kleiner zu erscheinen, als sie ohnehin schon war. Frau Reiz wirkte verschüchtert und blieb so still, dass es Kappe fast so vorkam, als handle es sich bei ihr um eine der von ihrem Gatten erwähnten Mäuse.

Sohn Gernot war ebenfalls mitgekommen. Aufgrund der väterlichen Gene war er für seine dreizehn Jahre ziemlich groß und wirkte älter. Die Familie hatte auch die sechsjährige Tochter Madeleine im Schlepptau, obwohl sie eigentlich gar nicht vorgeladen war. Anders als der Stallknecht, der wiederum durch Abwesenheit glänzte. Einer müsse schließlich in Kladow bei den Tieren bleiben und den Zirkus bewachen, erklärte der Herr Direktor mit einer Miene, die auszudrücken schien, dass selbst ein Kriminaloberkommissar unmöglich die komplexen Zusammenhänge begreifen konnte, denen er gerecht werden musste.

Kappe blieb konziliant, er wollte die Atmosphäre nicht unnötig belasten und erst mal abwarten, was die Herrschaften zum Photo des erstochenen Clowns aus der Arminiushalle zu sagen hatten.

Lilli Lenné hatte sich, auf einen Anruf Kappes hin, zehn Minuten nach Eintreffen der Familie Reiz dazugesellt. Ihre Abordnung zur Mordkommission war zwar offiziell noch nicht genehmigt, die Kollegen hatten aber gerne die Gelegenheit beim Schopf gepackt und sie wegen der Kinder in ihr Büro gebeten, insbesondere wegen der kleinen Madeleine.

Die Kriminalmeisterin ging mit dem Mädchen und Gernot nach draußen, bevor Kappe dem Herrn Zirkusdirektor Reiz und seiner Gattin die Photos des Toten vorlegte. Mit und ohne Schminke. «Haben Sie diesen Mann schon einmal gesehen?»

Die Antwort von Reiz kam erst nach einer kaum merklichen Pause, die Kappe nicht entging. «Kenne ich nicht.»

«Aber das ist Karl Jarusch! Kriminalmeisterin Lenné haben Sie erklärt, das sei der Mann, der mit den Einnahmen aus Ihrer Tageskasse verschwunden sei.»

Reiz ließ sich nicht aus der Ruhe bringen. Lediglich sein Blick veränderte sich, um eine Nuance nur. Otto Kappe bemerkte es trotzdem. Da war plötzlich etwas Lauerndes in Reiz' Augen.

«Nein, kenne ich nicht. Hab den Mann noch nie gesehen.»

«Das ist also nicht Karl Jarusch?»

«Edda, was meinst du? Stimmt doch, was ich sage, oder?»

Edda nickte.

«Sie haben aber gegenüber Kriminalmeisterin Lenné ausgesagt, dass Sie einen Karl Jarusch kennen.»

Reiz ließ sich nicht in die Enge treiben. «Wenn der Mann auf dem Photo Jarusch heißt, dann hab ich mich eben geirrt.»

Reiz log. Dass es zwei Männer mit dem Namen Karl Jarusch gab, hielt Kappe für eher unwahrscheinlich. Aber warum sagte der Zirkusdirektor nicht die Wahrheit? War etwas zwischen dem Besuch von Kriminalmeisterin Lenné und der Befragung heute passiert? Oder wollten die Leute bloß nichts mit einer Mordermittlung am Hut haben, jetzt, wo sie mitbekommen hatten, dass Jarusch tot war? Das wäre nichts Ungewöhnliches. So etwas erlebten sie bei der Mordkommission öfter. Oder hatte jemand Reiz unter Druck gesetzt? Otto Kappe konnte sich kaum vorstellen, dass sich ein Mann wie der einschüchtern ließ. Oder war es doch Erpressung? War in dieser Richtung möglicherweise sogar ein Mordmotiv zu suchen?

Die Zirkusdirektorin wollte etwas sagen, aber der Gatte brachte sie mit einem scharfen Blick zum Schweigen.

Die Angelegenheit kam Otto Kappe endgültig spanisch vor. «Sind Sie sicher?», vergewisserte er sich noch einmal.

«Selbstverständlich bin ich sicher. Oder glauben Sie, ich habe Tomaten auf den Augen?», dröhnte es, jetzt einigermaßen unwirsch, zurück. Die Frau Zirkusdirektorin schaute geflissentlich zu Boden.

«Und Sie, kennen Sie den Mann, Gnädigste?», hakte Galgenberg nach.

Frau Reiz sah immer noch zu Boden.

«Bitte, Sie müssen schon hinschauen.»

Edda Reiz blickte kurz auf die beiden Porträts. Dann schüttelte sie den Kopf.

«Sind Sie sicher?», fragte Otto Kappe ein weiteres Mal.

«Natürlich ist sie sicher! Meine Frau ist doch nicht blöde, sie ist eine der besten Artistinnen, die wir heutzutage haben», fuhr der Gatte dazwischen.

Edda Reiz lächelte ihrem Gemahl schüchtern zu.

«Ich würde die Aufnahmen gerne noch Ihrem Sohn zeigen.»

Jetzt war Direktor Reiz vollends aufgebracht. «Nichts werden Sie! Der Junge könnte einen Schaden für sein Leben davontragen. Ich merke doch, was Sie denken. Sie glauben wie alle, dass wir Leute vom Zirkus lauter Diebe und Verbrecher sind. Sie wollen uns was anhängen. Aber wir sind anständige, hart arbeitende Menschen.»

«Nein, wir wollen Ihnen nichts anhängen. Wir fragen nur bei allen Zirkussen nach, um herauszufinden, ob jemand den Mann kennt. Die Clownsmaske deutet darauf hin, dass Karl Jarusch etwas mit dem Zirkusmilieu zu tun hatte.»

«Mit *unserem* Zirkusmilieu jedenfalls nicht. Wer sagt Ihnen außerdem, dass er aus dem Westen stammt? In der Zone gibt es auch Zirkusse, und vor allem solche, die weiter reisen als wir. Wenn Sie jemanden suchen, dann sollten Sie bei denen anfangen. So ein reisender Zirkus ist beliebt bei Leuten, die untertauchen wollen. Wir tingeln bloß durch die West-Berliner Bezirke, weil die Kommunisten alles andere quasi unmöglich machen.»

So etwas Ähnliches hatte er Kriminalmeisterin Lenné auch schon gesagt.

Kappe wurde langsam ärgerlich. «Ich verstehe das nicht. Erst erklären Sie, dass Sie Karl Jarusch kennen, jetzt wollen Sie ihn plötzlich noch nie gesehen haben. Da stimmt doch etwas nicht! Es ist besser, Sie sagen, was Sie wissen. Sonst könnten wir noch glauben, Sie haben etwas zu verbergen. Bedenken Sie, womöglich sind Sie ebenfalls in Gefahr und enden wie Jarusch mit einem Messer im Rücken! Und da wir schon bei Messern sind – wenn jemand weiß, wie man damit umgeht, dann Sie. In jeder Ihrer Zirkusvorstellungen beweisen Sie es.»

«Mit Messern umgehen können viele», dröhnte Reiz mit inzwischen hochrotem Kopf.

«Jarusch wurde das Messer mit gehöriger Kraft in den Rücken gerammt. Wenn ich Sie mir so anschaue, dann wirken Sie durchaus wie jemand, der dazu in der Lage ist. Ihrer Frau würde ich das jedenfalls nicht zutrauen», konterte Otto Kappe.

Reiz pumpte und schnaufte vor Empörung wie eine Dampflok. Die Pudel begannen zu kläffen. Es dauerte etwas, bis es der Frau Zirkusdirektorin gelungen war, sie zu beruhigen, und die Hunde auf das wiederholte «Platz!» hörten.

Dafür lief Reiz zu Hochform auf. «Selbst die Tiere finden das ungerecht. Meine Rede. Immer sollen wir schuld sein. Wenn Sie sich schon auf das Zirkusmilieu eingeschossen haben, dann nehmen Sie sich lieber diesen neuen VEB Zentral-Zirkus vor! Busch und Barlay sind jetzt volkseigen. Fragen Sie doch da mal nach! So wie der Tote aussieht, ist das bestimmt einer aus Ungarn oder der Tschechei. Die im Osten müssen dauernd Artisten von Gott weiß woher holen, um überhaupt ein anständiges Programm auf die Beine stellen zu können. Besonders heftig war es, als sie im letzten Jahr auch noch zehn Jahre Gründung der Deutschen Demokratischen Republik zu feiern hatten. Da sind sie ziemlich in die Miesen gerutscht, besonders bei Barlay. Na ja, ich will nichts Schlechtes über Harry Barlay sagen. Der ist ja schon vor Jahren in den Westen abgehauen. Ebenso wie einer seiner Nachfolger - ne, zwei sogar. Stimmt doch Edda, oder?»

Edda nickte.

«Da sehen Sie mal, meine Frau sagt das auch. Aber das ist noch nicht alles. Man hört üble Sachen. Die da drüben werden jetzt auf Linie getrimmt, und sparen müssen die! Der Zirkus Aeros soll demnächst auch in den VEB Zentral-Zirkus eingegliedert werden. Ich weiß das vom Pressechef. Na, egal, so was spricht sich in unseren Kreisen jedenfalls rum. Allein bei Aeros sind innerhalb einer Woche zwei wertvolle Panther, ein Tiger und ein Löwe verreckt, weil sie nicht richtig gefüttert worden sind. Um zu sparen, wurden prächtige, in jahrelanger, mühevoller Zuchtarbeit großgezogene und völlig gesunde Pferde, Kamele und andere exotische Tiere zu Futterfleisch für Raubtiere verarbeitet. Das muss man sich mal vorstellen! Und um das Desaster komplett zu machen, haben sie junge Elefanten, die gerade dressiert worden waren, aus der Gruppe genommen und dem Zoo Leipzig übergeben, weil es niemanden mehr gab, der mit ihnen fertig wurde. Aeros sitzt in Leipzig, aber das wissen Sie sicher.»

«Wir kümmern uns jetzt erst mal um die Berliner Zirkusse», unterbrach Otto Kappe den Wortschwall des Herrn Direktor.

Der hatte sich jedoch vollends in Rage geredet und war nicht mehr zu stoppen. Kappe kam zunehmend der Verdacht, dass Reiz zu jenen Menschen gehörte, die viel redeten, wenn sie von etwas ablenken wollten.

«Im Barlay-Bau an der Friedrichstraße ist das Durcheinander aber auch nicht kleiner. Dabei wurden die jahrelang vom Magistrat bezuschusst und werden jetzt vom Volk der Werktätigen selbst unterstützt. Aber unsereiner kriegt nichts! Wir im Westen müssen selbst sehen, wie wir uns über Wasser halten. Ist das gerecht, frage ich Sie? Wenn das Publikum unsere Bemühungen wenigstens honorieren würde! Aber was tun die Leute? Sie rennen scharenweise in die Friedrichstraße. Da sind die Karten billiger. Mit solchen Eintrittspreisen können wir natürlich nicht konkurrieren.» Direktor Reiz schaute anklagend. «Na ja, aus den Miesen kommen sie trotzdem nur langsam raus. Die Besten sind eben im Westen.» Reiz lachte. «Reimt sich auch noch!»

«Und Ihr Stallknecht, kennt der womöglich diesen Mann?», erkundigte sich Hans-Gert Galgenberg, ohne auf die Tirade von Reiz einzugehen.

«Der Anton? Sicher nicht», schnaubte der.

«Woher wollen Sie das wissen?»

«Wen der kennt, den kenne ich auch», lautete die Antwort. «War's das?»

Otto Kappe hatte entschieden nicht das Gefühl, aber er nickte. Er hatte keinen Grund, die Familie länger auf dem Revier zu behalten. Doch der Herr Direktor wusste etwas, da war er sich sicher. Reiz hatte den toten Clown mit Sicherheit auf den beiden Photos erkannt. Merkwürdig, alles sehr merkwürdig.

Das fanden Kriminalmeisterin Lenné und Hans-Gert Galgenberg auch, als die Familie Reiz samt Kindern und Pudeln wieder abgezogen war. Und so bekam Lilli Lenné den Auftrag, zusammen mit Berndchen, dem aufgeweckten Sohn von Blumen-Erika, dem Zirkus Reiz gleich zur nächsten Vorstellung einen weiteren Besuch abzustatten. Zum einen, weil sie Bernd versprochen hatten, ihn in die Ermittlungen «einzuweihen», und weil Kappe den Jungen mochte, und andererseits, weil er hoffte, dass dessen Anwesenheit dafür sorgte, dass der Herr Direktor Fräulein Lenné nicht wieder irgendwelche Avancen machte. Kollege Jürgen Rückert, eilends von einem anderen Fall kurzzeitig abgezogen, bekam den Auftrag, Lillis Ehemann zu spielen, eine Aufgabe, die er liebend gern übernahm. Dem Ganzen den Anschein eines Familienausflugs zu geben, war natürlich nicht ganz sauber. Aber in ihrer Freizeit in den Zirkus gehen durfte schließlich auch ein Mitglied der Weiblichen Kriminalpolizei. Und für eine offizielle Durchsuchung hatten sie einfach noch nicht genug in der Hand.

Das, so hofften die Kollegen, würde vielleicht nach dem in Windeseile organisierten Zirkusbesuch anders sein. Lilli Lenné sollte mit der Hilfe von Bernd ein ganz unverbindliches Gespräch mit Gernot und Madeleine beginnen, den Kindern von Gregor und Edda Reiz. Für eine offizielle Befragung hätten die Eltern ihr Einverständnis geben müssen. Und dass Reiz nicht wollte, dass seine Kinder vernommen wurden, hatte er bereits sehr deutlich gemacht.

Otto Kappe und Hans-Gert Galgenberg hatten vor, sich während der Vorstellung auf dem Gelände umzusehen. Der Herr Zirkusdirektor und seine Mitarbeiter waren zu dieser Zeit anderweitig beschäftigt. Rückert sollte sich aus der Vorstellung schleichen und Schmiere stehen, damit sie nicht erwischt wurden. Ganz zu vereinbaren mit polizeilichen Vorschriften war diese Vorgehensweise natürlich nicht.

Es wurde ein denkwürdiger Zirkusbesuch. Aber der Zirkus Reiz versprach ja auch «Menschen, Tiere, Sensationen». Das änderte jedoch nichts daran, dass das zerschlissene Zweimastzelt zumindest bei dieser Vorstellung nur zur Hälfte gefüllt war.

Gregor Reiz trat mit seiner weittragenden Stimme als Conférencier in Frack, Fliege und Zylinder auf, anschließend mit braungefärbtem Gesicht samt angeklebtem Schauzer und Turban als Bändiger des einzigen Kamels und schließlich als Messerwerfer. Letzteres hatte Lilli Lenné ja schon berichtet. Darüber hinaus betrat Reiz die Manege als Zauberer, mit blauem Zylinder und blauem, mit Sternen übersätem Umhang. Der glänzte zwar, als wäre er aus Seide, war aber in Wirklichkeit aus einem wesentlich billigeren Perlon hergestellt. Als Magier nannte sich der Direktor laut Programm «Der große Hudini». Diese Namensgebung war nicht zufällig, mutmaßte Kappe. Reiz wollte wohl bewusst die Erinnerung an den großen Houdini wecken, den berühmten amerikanischen Zauber- und Entfesselungskünstler, der allerdings längst im Jenseits seine Kunststücke zeigte.

Die Familie Reiz bestritt fast das gesamte Programm allein. Mutter Edda kam - abgesehen von ihrer Funktion als lebendes Ziel für ihren Mann - als Seiltänzerin, als Schlangenfrau und mit ihrer Pudeldressur, zu der als Gag auch ein zahmes Lama gehörte, in die Manege. Zusammen mit ihrer sechsjährigen Tochter Madeleine präsentierte sie außerdem eine Pferdedressur. Madeleine turnte auf dem Rücken eines weiß-braun gescheckten Ponys, während die Mutter das Tier an der Longe hielt. Die Kleine war flink wie ein Floh und sofort Berndchens Liebling. Der Junge starrte sie mit großen Augen an und erklärte sodann: «Das will ich auch können!»

Sohn Gernot hatte für seine dreizehn Jahre bereits eine bemerkenswerte Geschicklichkeit im Jonglieren entwickelt. Er trat ebenfalls mit verschiedenen Nummern auf: als Equilibrist mit Kegeln, Regenschirmen und Kochtöpfen aus der Küche seiner Mutter sowie als Jongleur mit Reifen, Bällen und sogar Kartoffeln. Auch als Feuerspucker bewies er Geschick. Gemeinsam mit dem Stallknecht, der nicht nur für die Tiere zuständig war, sondern auch beim Aufbau des Zeltes sowie beim Umbau der Manege zum Einsatz kam und auch sonst überall, wo Hilfe benötigt wurde, bildete er außerdem die Clowns-Truppe.

Lilli Lenné gelang es, Gernot in der Pause, direkt nach einem seiner Auftritte, abzufangen. Rückert behielt derweil dessen Eltern im Auge, die sich gerade hinter einem Paravent nicht weit entfernt auf ihren nächsten Einsatz vorbereiteten. Bernd war glücklich, einen Blick hinter die Kulissen werfen zu können, und strahlte wie ein Honigkuchenpferd.

Gernot zog ein finsteres Gesicht, als er die beiden entdeckte. «Was machen Sie hier? Fremde haben hinter der Manege nichts verloren!»

«Ach, Berndchen wollte so gerne mal sehen, wie es hier hinten zugeht», erklärte Lilli treuherzig und schenkte Gernot einen dieser ganz bestimmten Blicke aus ihren blauen Augen.

Der halbwüchsige Junge war dafür keineswegs unempfänglich. Sein Gesichtsausdruck wurde milder.

Berndchen nickte. «Was Sie alles können! Wow!» Er schaute Gernot an, als habe er einen großen Helden vor sich.

Der fühlte sich offensichtlich geschmeichelt. Wer wird nicht gerne als Held verehrt? Dass Berndchen dabei war, schien den Jungen zu entspannen. Dennoch blieb er in Habtachtstellung. «Was wollen Sie? Meine Eltern haben gesagt, wenn die Polizei zu mir kommt, soll ich sie sofort zu ihnen schicken. Ich darf nicht mit Ihnen reden.»

Lilli lachte ihr kehliges, warmes Lachen. «Wir haben uns doch ganz nett unterhalten, als deine Eltern bei uns auf dem Revier waren. Fand ich jedenfalls. Ich wollte dir auch nur sagen, wie toll deine Vorstellung war. Ich darf doch du sagen?»

Gernot verstieg sich zu einem kleinen Lächeln.

«Haben deine Eltern mit dir darüber gesprochen, was wir sie gefragt haben? Das kannst du mir doch vielleicht erzählen.»

Der Gesichtsausdruck von Gernot wurde wieder verschlossener. «Ich weiß nur, dass es um einen Toten ging.»

«Haben sie dir gesagt, ob sie ihn kennen?»

Sofort wurde der Junge abweisend. «Haben sie nicht. Ich muss jetzt in den Wohnwagen, mich umziehen, die Pause ist gleich vorbei.» Damit drehte er Lilli und Bernd den Rücken zu und machte sich auf den Weg.

Lilli schaute sich um. Sie wusste ja, dass die Kollegen Galgenberg und Kappe auf dem Gelände unterwegs waren. Sie konnte die beiden nur nirgends entdecken. Aber sie musste sie unbedingt warnen, falls sie in der Nähe des Wohnwagens waren. «Wo wohnst du denn, Gernot?», rief Lilli dem Reiz-Jungen hinterher, lauter, als eigentlich nötig.

Gernot wandte sich um und deutete auf einen der drei Wohnwagen. «Dahinten. Zusammen mit Anton.»

«Wer ist Anton?» Lilli wusste natürlich, wer das war, aber sie stellte die Fragen trotzdem. Auch das brachte den Kollegen womöglich wichtige Sekunden, um sich zu verdrücken.

«Unser Stallknecht. Ich bin zu ihm gezogen, nachdem Karl weg war.»

Jetzt wurde Lilli hellhörig. Der tote Jarusch hieß mit Vornamen Karl. «Welcher Karl? Weißt du den Nachnamen?»

Gernot erkannte seinen Versprecher und biss sich auf die Lippen. Das war jedenfalls Lillis Eindruck. «Nee, weiß ich nicht. Ich muss jetzt auch wirklich los.»

«Und wo ist Anton?»

«Der muss in der Pause und nach der Vorstellung das Zelt aufräumen. Die Zuschauer hinterlassen immer jede Menge Müll.»

Damit wandte er Lilli und Berndchen endgültig den Rücken zu und stapfte ohne ein weiteres Wort davon. Für Lilli sah das fast wie eine Flucht aus. Als wolle sich der Junge um jeden Preis weiteren Fragen entziehen.

«Der weiß mehr», sagte Berndchen altklug wie ein erfahrener Ermittler.

Lilli lächelte ihm zu. Das Gefühl hatte sie auch. Aber sie würde sich hüten, es vor Bernd auszusprechen. Sie durfte den Jungen nicht noch weiter in die Ermittlungen verwickeln. «War schön, die Vorstellung, nicht? Komm, lass uns wieder hineingehen!»

Erneut bekam Berndchen glänzende Augen. «Beim Zirkus will ich auch mal arbeiten.»

«Darüber wird deine Mutter nicht begeistert sein.»

Die Miene des Jungen verdüsterte sich, um sich gleich darauf wieder aufzuhellen. «Ich geh einfach. Wenn ich größer bin. Immer nur Blumen verkaufen ist doch langweilig.»

«Na dann», meinte Lilli. «Aber bis du größer bist, gehst du zu deiner Mutter zurück.»

Kappe und Kollege Galgenberg hatten Glück gehabt. Zunächst waren sie, ganz wie neugierige Besucher, während der Vorstellung auf dem Zirkusgelände herumgeschlendert. Als Lilli Lenné sich mit Gernot unterhalten hatte, waren sie tatsächlich in der Nähe gewesen, hatten die Warnung verstanden und sich schnellstens hinter dem Wohnwagen des Herrn Direktor versteckt, bis der zweite Teil der Vorstellung begonnen hatte und die Luft rein war.

Der Wohnwagen von Reiz wäre sicherlich ein lohnendes Ziel für eine Durchsuchung gewesen. Aber dafür hatten sie keine Genehmigung. Kappe rüttelte trotzdem an der Tür. Nur mal so. Sie war nicht verschlossen, ging fast wie von selbst auf. Kappe und Galgenberg warfen sich einen kurzen Blick zu, dann war die Frage geklärt. Sie gingen hinein.

Empfangen wurden sie von viel Plüsch und Plunder. Mehrere Puppen in rosa und hellblauen Kleidchen mit allerlei Glitzer saßen aufgereiht wie Soldaten mit ernsten Gesichtern auf dem Ehebett. Offenbar war das die Ecke, in der die Frau Zirkusdirektorin sich geschmacklich verwirklichen konnte. Die Puppen sahen mit ihren gestärkten Kleidchen und Spitzenrüschen jedenfalls nicht so aus, als würden sie Madeleine gehören. Das Mädchen schlief, wie es schien, nachts auf der Bank am Esstisch, die sich ausziehen ließ. Dahinter entdeckten Kappe und Galgenberg zwei Puppen, die eindeutig zum Spielen benutzt wurden. Sie sahen etwas zerrupft und sehr geliebt aus.

Auch die Domäne des Herrn Direktor war unschwer auszumachen: ein Tisch, über und über bedeckt von Papieren.

«Darin würde ick ja gern mal stöbern, aber det dürfen wir nich», meinte Galgenberg versonnen.

«Ne», bestätigte Kappe, «das dürfen wir nicht. Andererseits gibt es etliche Verdachtsmomente. Der Reiz ist Messerwerfer. Und er lügt. Und er ist womöglich in Gefahr. Ich meine, falls er nicht selbst der Mörder ist. Ich finde, das wären im Zweifel ganz gute Argumente. Nur, falls wir uns erwischen lassen würden.»

«Det Messer is aber nich geworfen worden, det hatte einer in der Hand, bevor er es mit voller Wucht ringehauen hat.»

«Wissen wir das wirklich ganz genau, oder vermuten wir das bisher nur? Haben wir schon das Ergebnis der Obduktion?»

«Haben wir nich.» Galgenberg grinste. «Und erwischen lassen wir uns och nich.»

«Na siehst du.» Kappe öffnete ein Fenster des Wohnwagens. «Ist ziemlich warm hier drin», meinte er sodann, marschierte zur Tür, die gegenüber lag, und riss sie kurz auf. Der dadurch entstandene Luftzug strich über den Bürotisch des Herrn Direktor und wirbelte einige der Papiere hoch. Sie segelten durch die Luft und landeten auf dem Boden.

«Hoppla, nu müssen wir die Blätter aber wieder aufheben.» Galgenberg bückte sich und machte sich an die Arbeit.

«Das müssen wir wohl», bestätigte Kappe und sah sich auf dem Tisch um. Unter den Papieren war eine Kladde deponiert. Er blätterte darin und stellte fest: Es handelte sich offenbar um die Buchhaltung, in der Direktor Reiz sich unter anderem sorgsam notiert hatte, wie hoch die monatlichen Ausgaben an Kost und Logis für einen gewissen Anton waren. Und für einen gewissen Karl, allerdings nur von Januar bis etwa Mitte März 1960. Nachnamen hatte Reiz nicht aufgeschrieben. Kappe teilte Galgenberg seine Entdeckung mit.

«So 'n Zufall aber auch! Wenn ick mich richtig erinnere, hieß der tote Clown mit Vornamen Karl.»

«Hieß er», brummte Kappe.

«Wir sollten jetzt tatsächlich ’ne Hausdurchsuchung veranlassen.»

«Sollten wir, und zwar presto», befand auch Kappe, schloss das Fenster wieder und marschierte zur Tür. «Lass uns gehen.»

Die offizielle Hausdurchsuchung zu fortgeschrittener Stunde bestätigte, was Kappe und Galgenberg bereits vermutet hatten: Der Direktor Reiz und seine Familie kannten einen gewissen Karl Jarusch. Unter den Papieren des Direktors fand sich ein Zeugnis, in dem Jarusch als ausgesprochen fleißiger und zuverlässiger Arbeiter beschrieben wurde. Ausgestellt worden war es von einem gewissen Reinhold Kwasnik, dessen Künstlername Harry Barlay lautete und der Direktor des Zirkus Barlay gewesen war. Ein Datum konnte Kappe nicht finden, auch keine Unterschrift, nur den getippten Namen. Offenbar war das Zeugnis in großer Eile geschrieben worden – oder Jarusch hatte es sich selbst ausgestellt.

Nach der Hausdurchsuchung gab es trotz der nächtlichen Stunde in der Gotharer Straße eine Lagebesprechung.

«Jarusch war also wohl vor seiner Anstellung bei Reiz beim Zirkus Barlay beschäftigt gewesen», sagte Kappe. «Dann sollten wir unser Photo bei Barlay ebenfalls herumzeigen. Vielleicht sind die Mitarbeiter dort nicht so verschlossen wie Reiz, der ständig versucht, uns einen Bären aufzubinden. Und vielleicht können wir dabei auch gleich herausfinden, warum der Herr Zirkusdirektor die Lügerei für nötig hält.»

«Det wüsst ick auch gern», meinte Galgenberg und wiegte nachdenklich seinen Kopf. «Det wird aber schwierig mit den Ermittlungen. Barlay residiert in Ost-Berlin.»

«Stimmt.»

«Das gibt jede Menge bürokratischen Aufwand. Ich hab da ’ne Idee: Dein Onkel Hermann geht für uns in den Zirkus an der Friedrichstraße. Der olle Knochen wird sich freuen, wenn wir ihn mal wieder zu Hilfe rufen. Kannst ja dein Trudchen und deinen Peter mitschicken. Quasi als Schutz und zur Beobachtung.»

Kappe schaute zweifelnd, und das aus guten Gründen. Ihm war grundsätzlich nicht wohl dabei, Frau und Sohn in seine Ermittlungen einzubeziehen, er nahm seine Arbeit nicht gern mit nach Hause. Dort sammelte er neue Kraft und wollte Mord und Totschlag vergessen. «Ich habe anfangs überlegt, ob die Clownsmaske eine Ablenkung sein könnte, um uns auf eine falsche Spur zu locken», erwiderte er ausweichend.

«Die Vermutung hatte ick auch schon», meinte Hans-Gert Galgenberg. «Aber ich denke, uns wollte eher jemand auf die *richtige* Spur führen.»

«Hm. Allerdings legen Mörder selbst normalerweise keine Spuren. Das würde im Umkehrschluss bedeuten: Wir können nicht ausschließen, dass zwei Personen am Werke waren – der Mörder und jemand, der die Maske auf das Gesicht des Toten gemalt hat. Vielleicht weil er wollte, dass wir in die korrekte Richtung ermitteln und den Fall aufklären. Jemand, der aus irgendeinem Grund nicht selbst in Erscheinung treten wollte.»

«Also, Kappe! Gleich zwee? Wenn stimmt, was die Händler Fechner und Schreiber aus der Arminiushalle bezüglich ihrer Zigarettenpause ausgesagt haben, dann war die Zeit für das Aufmalen der Clownsmaske nach dem Mord ziemlich knapp. Der Maler müsste schon direkt dabei gewesen sein und die Tat gesehen haben.»

«Und wenn die Zeitangabe von Fechner und Schreiber nicht stimmt? Wenn sie länger draußen waren als nur ein paar Minuten?»

«Das muss nich unbedingt was heißen, wenn du mich fragst, Kappe. Vielleicht ham se sich verquatscht, so 'n paar Minuten sind schnell rum, wenn et sich um ein Männergespräch handelt.»

«Möglich. Aber so gemütlich ist es draußen um halb sieben an einem Dezembermorgen auch nicht, dass man Lust auf ein gemütliches Pläuschchen hat. Die haben was damit zu tun, Galgenberg! Ich sage nicht, dass einer von beiden der Mörder ist. Aber gesehen haben könnten die durchaus etwas. Vielleicht haben die sogar die Clownsmaske aufgemalt, um uns auf die richtige Fährte zu locken, ohne als Zeugen auftreten zu müssen.»

«Na ja, det klingt eigentlich ziemlich abenteuerlich. Könnte aber andererseits durchaus sein, det die wissen, wer den Jarusch umgebracht hat.»

«Dann haben sie vielleicht deshalb nur so getan, als würden sie Jarusch nicht erkennen. Vielleicht haben sie Angst, selbst ermordet zu werden, wenn sie reden. Haben wir eigentlich schon überprüft, ob die beiden Kontakte zum Zirkusmilieu haben?»

«Ne, haben wir nich.»

«Dann müssen wir uns darum kümmern.»

«Wo de recht hast, hast de recht, Kappe», bestätigte Hans-Gert Galgenberg.

«Bis wir in dieser Hinsicht mehr wissen, halten wir uns an das, was wir haben. Am wahrscheinlichsten ist nach derzeitigem Stand – wenn wir den Zeitfaktor bedenken –, dass der Mörder die Maske aufgemalt hat, um eine Spur zu legen. Ob nun eine falsche oder eine richtige, sei dahingestellt. Und wir haben einen Herrn Direktor, der mit Messern umzugehen weiß. Ob Reiz tatsächlich ein Motiv gehabt haben könnte, diesen Jarusch ins Jenseits zu befördern?»

«Meistens geht es um Liebe», sinnierte Galgenberg. «Aber Direktorin Edda ... Ick meine, is ja nüscht dran an ihr. Als Messerstecherin fällt sie jedenfalls aus, so spillerig, wie sie ist.»

«Und wenn sie einen Helfer hatte? Starke Nerven scheint sie jedenfalls zu besitzen, das hat Kollegin Lenné vorhin erzählt. Ich habe sie auf dem Gang getroffen und ihr erlaubt, nach Hause zu gehen. Scheint wohl eine Verabredung zu haben. Jedenfalls lässt sich diese Edda, ohne mit der Wimper zu zucken, von ihrem Gatten mit Messern bewerfen. Und wenn nun ... Das ist vielleicht schon wieder weit hergeholt, aber lass mich mal spintisieren: Wenn nun Edda weiß, wer der Mörder ist? Wenn sie ihm gefolgt wäre – womöglich dem eigenen Gatten? Und sich nicht traut, ihn anzuzeigen? Ich könnte mir das durchaus vorstellen. Sie hat Angst vor ihrem

Mann, will sich also nicht offen als Zeugin bekennen. Deshalb hat sie die Maske aufgemalt. Was, wenn die Dame ein Verhältnis mit Jarusch hatte? Liebe, Eifersucht – das sind doch schöne Motive. Eine Affäre seiner Frau könnte einen Mann wie Reiz bestimmt auf die Palme bringen. Und natürlich würde Edda Reiz nicht wollen, dass ihr Ehebruch nach außen dringt. Deshalb gibt sie der Polizei einen versteckten Hinweis.»

«So, du hast Kriminalmeisterin Lenné gesehen.» Galgenberg klang leicht kiebig. «Det sind schon ziemlich wilde Spekulationen. Und wie, frag ick dich, sind die beiden so schnell aus der Halle gekommen? Erst der Mörder und denn die Zeugin, ohne det der werte Gatte sie gesehen hat? Ne, dafür hat die Zeit, in der Fechner und Schreiber draußen waren, nie und nimmer gereicht.»

«Fraulein Lenné? Ja, die hat mir auf dem Gang noch von ihren Eindrücken beim Zirkus erzählt», meinte Kappe leichthin und fragte sich im Stillen, ob sich zwischen den beiden Kollegen etwas anbahnte. Oder bereits angebahnt hatte. Der Gedanke gefiel ihm nicht. Er konzentrierte sich lieber wieder auf den Fall. «Die Frage des zeitlichen Ablaufs treibt mich um, die ganze Zeit schon. Die Idee mit Liebe als Motiv ist nicht schlecht. Was wäre zum Beispiel, wenn die Frau Direktorin selbst ihren Liebhaber umgebracht hätte, weil der sie nicht mehr wollte?» Kappe schüttelte den Kopf und gab sich die Antwort gleich selbst. «Nein, das glaube ich nicht. Ich schätze das ein wie du: Edda Reiz hätte nicht genug Kraft, um einem Mann ein Messer in den Rücken zu rammen. Aber, verflixt noch mal, es *muss* einen Grund geben, warum sie und ihr Mann Jarusch plötzlich nicht mehr kennen wollen!»

«Wenn ick et recht bedenke, sind gerade die kleinen Zähen oft ziemlich stark», widersprach Galgenberg. «Wat is nu mit deinem Onkel? Oder glaubst du, ick hab nich gemerkt, dass du dich um eine Antwort drücken wolltest?»

Kappe betrachtete Hans-Gert Galgenberg, inzwischen ebenso ein Freund wie ein Kollege, nachdenklich. Dessen Großvater und sein Onkel Hermann hatten gut zusammengearbeitet. Doch das war Vergangenheit. Er und Hans-Gert bildeten zwar auch eine gute Mannschaft, aber sie waren natürlich anders als die Alten, die noch im Kaiserreich gedient hatten. Hans-Gert hatte anfangs versucht, herumzuwitzeln wie sein Großvater Gustav. Nicht, dass Hans-Gert keinen Humor hätte, doch er war nun mal nicht wie sein Großvater. Und er selbst war eben nicht wie Onkel Hermann. Wie alt war der jetzt? 72 musste er sein. Es zwickte da, es zwickte dort. Das war wohl normal in diesem Alter. Eines wusste Kappe aber sicher: Der Onkel würde die Gelegenheit gerne ergreifen, mal wieder zu ermitteln, auch wenn er es natürlich nicht offiziell tun durfte.

Kappe seufzte. «Also gut. Soll Onkel Hermann sich bei Barlay umhören. Werde gleich morgen früh anrufen und ein Familienmittagessen vorschlagen. Irgendwie müssen wir ja weitermachen und in diesem ganzen Wirrwarr den roten Faden finden. Ich mag das eigentlich nicht, meinen Onkel zu fragen. Das fühlt sich so an, als kämen wir allein nicht weiter. Aber so können wir wenigstens herausfinden, ob es sich lohnt, zwischenstaatlich Sankt Bürokratius in Marsch zu setzen. Es ist wohl die einfachste und schnellste Lösung. Wir beiden Hübschen können ja als Polizeibeamte nicht so einfach in die Zone. Wenn ich Onkel Hermann kräftig bauchpinsle und den Zirkusbesuch spendiere, trommelt er die Familie für den guten Zweck sofort zusammen, und es klappt gleich morgen mit dem Ausflug. Wer auch immer der Mörder ist, wird bestimmt nicht während einer Vorstellung aktiv werden. Außerdem kennt Onkel Hermann bei Barlay niemand. Nach dem Zirkusbesuch sehen wir weiter. Wir kümmern uns jetzt erst mal um diesen Anton, den Stallknecht, und lassen ihn zur Befragung herbringen. Derweil kann der Herr Direktor die Tiere hüten. Vielleicht redet wenigstens der Knecht.»

Die Kollegen suchten gleich am nächsten Morgen nach Anton. Sie kamen ohne ihn zurück. Der Stallknecht war spurlos verschwunden.

KAPITEL SIEBEN

Rückblende: Freitag, 10. Juni 1960

«LASSEN SIE SICH von Ihrem Mann scheiden, dann haben Sie vielleicht eine Chance auf Anerkennung als Flüchtlinge und bekommen Hilfe! Wir wissen, dass er schon länger im Westen arbeitet. Außerdem haben Sie dort eine Wohnung.»

Anita Gericke, Sohn Thomas und Tochter Monika an ihrer Seite, schaute Horst Wallaschek fassungslos an. «Mein Mann liegt noch immer im Krankenhaus. Er wird wahrscheinlich nie wieder in seinem Beruf als Dompteur arbeiten können, im Zirkus wird man ihn noch nicht einmal als Aushilfskraft einsetzen können. Und im Zoo haben sie ihm gekündigt.» Sie bemühte sich, einen Schluchzer zu unterdrücken. «Sie können uns doch nicht einfach ablehnen! Wir hatten schlimme Schwierigkeiten mit dem Staat, weil meine Mutter im Westen lebt.»

Wallaschek versuchte sich in einem müden Lächeln. «So etwas höre ich täglich. Jeder, der hier bei uns im Notaufnahmelager Marienfelde ankommt, sehnt sich angeblich nach Freiheit und wurde drangsaliert. Sie behaupten, Ihre Mutter hatte Probleme, weil sie gegen die Vereinigung von SPD und SED war. Können Sie das beweisen? Gibt es Belege? Zeugen? Sehen Sie, die können Sie nicht beibringen. Es geht doch immer nur darum, die westliche Hilfsbereitschaft auszunutzen. Wenn wir jeden aufnehmen würden, wäre die Bundesrepublik bald pleite. Jeden Monat kommen hier Tausende an. 140 000 waren es allein im letzten Jahr. 2,3 Millionen in den vergangenen zehn Jahren. Das können wir uns nicht leisten. Wo sollen die alle hin? So viele Arbeitsplätze haben wir im Westen auch nicht, von genügend Wohnraum ganz zu schweigen.

Außerdem sind mir die Hände gebunden, selbst wenn ich persönlich gerne helfen würde. Ich verstehe Ihre schwierige Lage – aber wir haben ein Notaufnahmegesetz, in dem die Kriterien genau definiert sind: Wir können nur diejenigen aufnehmen, die gewichtige Gründe haben. Und die haben Sie nicht. Dem Gesetz nach sind Sie und Ihr Mann keine echten Flüchtlinge. Schauen Sie nicht so! Ich sage es noch einmal: Sie haben mir keine Beweise dafür vorlegen können, dass Sie politisch verfolgt worden sind. War das Leben von Ihnen oder Ihrem Mann oder sonst einem Mitglied Ihrer Familie gefährdet? Stehen Sie auf der Straße? Unter diesen Umständen könnte ich eventuell etwas für Sie tun. Soweit ich sehe, ist das aber nicht der Fall. Wenn Sie mit den Kindern allein wären, könnte man eher von einer Notlage ausgehen.»

«Mein Vater ist einfach über den Haufen gefahren worden, und der Typ ist feige geflüchtet!» Thomas Gericke konnte seine Wut kaum unterdrücken. Anita Gericke warf ihrem Sohn einen warnenden Blick zu. Der verstummte, aber seinem Gesicht war der Zorn weiterhin anzusehen.

«Das war ein ganz normaler Unfall. Und – haben Sie nun Beweise für eine politische Verfolgung?»

Anita Gericke schüttelte den Kopf. «Wir haben keine Bleibe mehr. Unser bisheriger Vermieter war zwar sehr kulant, er konnte uns aber nicht weiter durchfüttern, jetzt, wo mein Mann kein Geld mehr verdient. Bitte, nehmen Sie den Ablehnungsbescheid zurück! Sie können die Kinder und mich doch nicht auf die Straße setzen!»

«Über Sie und die Kinder könnte ich noch einmal nachdenken. Oder nur über die Kinder.»

«Ich bleibe nicht hier, wenn meine Mutter nicht bleiben kann», erklärte Thomas.

«Ich auch nicht», sagte seine Schwester Monika mit piepsiger Stimme und klammerte sich an ihre Mutter.

Wallaschek schüttelte den Kopf. «Dann also nicht. Wir haben unsere Vorschriften. Wie gesagt, es gibt Gesetze. Ich kann jedenfalls in Ihrer Rückkehr in die Zone keine unzumutbare Härte erkennen. Das Einzige, was ich Ihnen derzeit anbieten kann, ist eine Unterkunft in einem unserer Lager. Aber nur für kurze Zeit, für eine Woche vielleicht. Und das ist reine Großzügigkeit unsererseits. Der Kinder wegen, damit die nicht auf der Straße stehen. Sie müssen sich schnellstens etwas Eigenes suchen. Wir brauchen den Platz.»

Thomas konnte sich nicht länger beherrschen. «Drüben haben sie Gesetze, hier haben sie Gesetze – und was ist mit den Menschen, die Hilfe brauchen? Wenn die nicht in Ihre Raster passen, dann werden sie einfach fallengelassen. Wir sind doch kein Müll!»

Das Gesicht von Horst Wallaschek wurde abweisend. «Frau Gericke, dann gehen Sie doch zu Ihrer Mutter. Die soll Ihnen helfen. Wir können es nicht. Sie hätten früher ins Notaufnahmelager Marienfelde kommen sollen, gleich nach Ihrer Ankunft und nicht Wochen später.»

Jetzt weinte Anita Gericke wirklich. «Meine Mutter ist schwer krank. Sie kann uns nicht helfen.»

«Das ist Pech. Jedenfalls können wir Sie nicht hierbehalten und auf unsere Kosten durchfüttern. Das Lager platzt aus allen Nähten. Wir haben Ihnen aus Kulanz schon Kleidung gegeben und Waschzeug. Wir haben Ihnen sogar umsonst eine ärztliche Untersuchung ermöglicht. Mehr geht nicht. Sie haben noch eine Woche, sich eine Unterkunft und eine Stelle zu suchen. Mehr kann ich nicht für Sie tun.»

Jetzt platzte Thomas der Kragen. «Sie sind auch nicht anders als die drüben! Glauben Sie, wir begreifen nicht, wieso wir diese ganzen Befragungen über uns ergehen lassen müssen? Sie tun so, als wären Sie Menschenfreunde, dabei behandeln Sie uns wie Asoziale. Ihnen ist es in Wirklichkeit egal, ob wir auf der Straße landen. Wahrscheinlich sind Sie sowieso ein Spitzel. Oder glauben Sie, wir haben nicht davon gehört, dass es hier im Notaufnahmelager Mitarbeiter der Staatssicherheit gibt? Wir wissen auch, was manche Politiker im Westen von denjenigen halten, die hierher flüchten. Sie betrachten Leute wie uns als Illegale. Wir sind aber keine Schmarotzer!» Jetzt brach auch dem Jungen die Stimme.

«Raus!», sagte Horst Wallaschek gefährlich leise. «Raus, ehe ich mich vergesse!»

Eine Woche noch. Eine Woche noch hatten sie ein Dach über dem Kopf. Dann standen sie auf der Straße. Anita Gerickes Gesicht war tränenüberströmt, die Worte hämmerten in ihrem Schädel, als sie sich mit ihren Kindern auf den Weg ins Krankenhaus zu ihrem Mann machte. Was würde Holger nur sagen?

«Lass das Heulen, Mama! Wir werden das schaffen, jetzt erst recht!» Thomas' Gesicht war verkniffen.

Anita strich ihm leicht über die Haare. Der arme Junge musste so schnell erwachsen werden.

Thomas zuckte zurück. «Wir werden ihnen nicht den Gefallen tun zu heulen.»

Mit seinem Stolz erreichte er genau das Gegenteil. Jetzt begann auch seine Schwester Monika zu schluchzen. Mutter und Tochter hatten verweinte Augen, als sie endlich am Krankenbett standen.

Der Verletzte blickte ihnen hoffnungsvoll entgegen. Es würde noch Wochen dauern, bis der Splitterbruch im Bein verheilt war. In seinem Schädel hatten sie eine Metallplatte befestigt. Er würde nie mehr richtig laufen können und sein Leben lang Kopfschmerzen haben, darauf hatten ihn die Ärzte schon vorbereitet – und ihm dennoch erklärt, wie glücklich er sich schätzen könne, nur einen angebrochenen Wirbel zu haben. Um ein Haar wäre er für immer gelähmt gewesen. Also bemühte er sich um Optimismus, auch wenn es ihm schwerfiel. Er würde niemals wieder als Dompteur arbeiten können. Und ob er im Zoo wieder als Pfleger aushelfen konnte, war mehr als ungewiss. Es gab genug Gesunde, die für diese Stelle Schlange standen.

Holger Gerickes Lächeln erlosch, als er in die Gesichter seiner Frau und seiner Tochter blickte und die Verzweiflung hinter dem harten Gesichtsausdruck des Sohnes wahrnahm. «Abgelehnt? Sie wollen euch nicht nachträglich fürs Notaufnahmeverfahren zulassen?»

Anita Gericke nickte stumm. «Ach Holger, was sollen wir jetzt nur machen?»

Da wusste er, er musste es tun.

In der nächsten halben Stunde bemühte Holger Gericke sich, die Stimmung aufzulockern, malte in den glühendsten Farben aus, wen er alles kannte, an wen er sich alles wenden würde. «Du wirst schon sehen, es wird alles gut. Du musst nicht verzweifeln», beschwor er seine Frau immer wieder. «Wir finden eine Lösung. Ich bekomme sicher wieder Arbeit. Leg Widerspruch ein! Am Ende werden sie den Aufnahmeantrag doch genehmigen. Tom, könntest du bitte morgen noch einmal zu mir ins Krankenhaus kommen? Ich habe etwas mit dir zu besprechen.»

Der Junge nickte mürrisch.

«Sollen wir nicht mitkommen?», fragte Monika.

Holger Gericke strich seiner Tochter über die Haare. «Solange ich hier im Krankenhaus liege, ist Tom der Mann in der Familie. Es geht um ein Gespräch zwischen Vater und Sohn.» Er lächelte seiner Familie zu, so unbefangen es ihm möglich war.

Anita, Monika und Thomas gingen einigermaßen getröstet aus dem Krankenhaus. Als sie fort waren, nahm Holger Gericke einige Bögen Papier aus der Schublade seines Nachttisches und begann zu schreiben. Es wurde ein langer Brief. Er faltete die Blätter sorgfältig zusammen und steckte sie in einen Umschlag. *Für Thomas* schrieb er darauf. Dann griff er erneut in die Schublade und hob ein Taschentuch hoch. Darunter lagen alle Schlaf- und Schmerztabletten, die er gesammelt hatte. Er legte das Taschentuch wieder darüber. Erst musste er Thomas den Brief geben. Dann würde er die Tabletten nehmen. Wenn er nicht mehr lebte, würden sie seine Familie aufnehmen müssen.

KAPITEL ACHT

Mittwoch, 14. Dezember 1960

MANCHE GEGENDEN IN BERLIN hatten sich doch ziemlich verändert, dachte Hermann Kappe, als er sich in Begleitung von Ottos Frau Gertrud und ihrem Sohn, seinem inzwischen fast erwachsenen Großneffen Peter, sowie seiner Tochter Margarete und der Enkelin Marlies in die Schlange vor der Kasse des Zirkus Barlay einreihte. In der Brusttasche seines Sakkos brannte das Bild eines Toten. Er hatte den Auftrag, es unauffällig herumzuzeigen. Einen Plan hatte er sich auch schon zurechtgelegt: Er würde während der Vorstellung öfter einmal auf die Toilette gehen. So etwas war bei älteren Herren nicht ungewöhnlich. Hermann Kappe hatte zum ersten Mal seit langem das Gefühl, gebraucht zu werden. Das tat ihm gut. Aber er hätte niemals zugegeben, wie sehr er seinen Beruf vermisste. Natürlich hatte er gebrummt und sich etwas geziert, als sein Neffe Otto ihm am Telefon ein kurzfristiges Familientreffen vorgeschlagen hatte und mit dem Vorschlag «privater» Ermittlungen gekommen war.

Margarete und Marlies waren sichtlich verblüfft, als Otto ihnen dann in großer Runde beim Kaffeetrinken eröffnete, dass er einen Zirkusbesuch spendieren würde. Einfach nur so. Natürlich durften die anderen nicht wissen, worum es wirklich ging. Entsprechend misstrauisch waren die Blicke anfangs. Schließlich grinste Peter und murmelte: «Einem geschenkten Gaul schaut man nicht ins Maul, was, Opa?»

Das folgende allgemeine Gelächter hob die Stimmung, die Idee wurde mit viel Begeisterung aufgenommen. Besonders der neunzehnjährige Peter strahlte wie ein kleiner Junge. Dann warf er sich in die Brust und erklärte, er werde auf alle aufpassen, besonders der Opa sei ja schon ein bisschen klapprig. Und so, wie er seinen Vater kenne, habe der mit Sicherheit etwas mit seinem Onkel Hermann ausgeheckt.

«I wo!», beeilte Otto sich zu erklären. «Ich möchte euch nur eine kleine Freude machen.»

Klara, Hermann Kappes Frau, entschied sich nach kurzem Zögern, nicht mitzukommen. Sie hatte wie in den letzten Jahren vor Weihnachten ihre wohltätige Phase und strickte praktisch pausenlos warme Socken für arme Kinder. Sie sei im Verzug, eine Unterbrechung komme nicht in Frage, erklärte sie kategorisch, aber doch mit einem gewissen Bedauern in der Stimme.

Hermann Kappes Tochter Margarete und seine Enkelin, die blonde Marlies, schauten weiter überrascht. Die hübsche, an den richtigen Stellen wohlgerundete Marlies war 1941 geboren, also nur wenig älter als Peter. «Aha!», sagte sie und musterte Peter mit einem vielsagenden Seitenblick. Der zwinkerte zurück. Die beiden verstanden sich gut.

Marlies ähnelte ihrer Großmutter Klara, fand Hermann, der seine Enkelin liebevoll betrachtete. Sie hatte einen ähnlichen Gesichtsausdruck, wenn sie sich über etwas ärgerte, wandte den Kopf auf eine ähnliche Weise, hatte Klaras Lächeln. Er freute sich sehr darüber, mit seiner Tochter Margarete und Marlies zusammen zu sein. In den letzten Jahren hatten sie sich nicht oft gesehen. Nicht, weil es Streit gegeben hätte. Niemand hätte genau zu sagen gewusst, warum. Vielleicht, weil Arno, Hermann Kappes Schwiegersohn, sich so verändert hatte. Der schöne Arnold war nach dem Krieg ein anderer geworden, zurückhaltend, menschenscheu, in sich gekehrt. Kein Wunder, dachte Hermann, er war keiner, der sich anbiederte, keiner, der sich leicht verbiegen ließ. Manchmal hatte Hermann Kappe Angst, dass Arno genau daran zerbrochen sein könnte. Neun Jahre war er bei der SS gewesen, hatte es aber «nur» bis zum einfachen Sturmmann gebracht. Schließlich war er wegen Missachtung der eigenen Uniform als Gefreiter an die Ostfront geraten. Glücklicherweise hatte es ein einflussreicher Freund geschafft, den gelernten Elektriker als Radarspezialisten zu Telefunken abkommandieren zu lassen. Diese u.k.-Stellung – u.k. stand für unabkömmlich – hatte Arno das Leben gerettet. Und nach dem Krieg? Da hatten ihn die Russen wegen seiner SS-Vergangenheit in Sachsenhausen interniert. Als er schließlich nach Hause gekommen war, hatte seine Familie ihn in diesem mageren Gespenst mit den grauen Strähnen, das vor der Tür stand, kaum wiedererkannt. Arno hatte ein Elektrogeschäft eröffnet, mit dem es nun nach anfänglichen Schwierigkeiten endlich bergauf ging. Margarete arbeitete inzwischen mit im Laden. Marlies' Sache war das nicht. Sie wollte studieren und Lehrerin werden.

Ach ja, damals ... als die Enkelkinder noch klein gewesen waren, als er noch gearbeitet hatte ... Hermann Kappe wurde wehmütig ums Herz. Er erinnerte sich noch gut daran, wie es hier in der Friedrichstraße früher ausgesehen hatte, bevor der Barlay-Bau stand. Manchmal machte es ihn traurig, dass er jüngeren Menschen wie Peter die Bilder in seinem Kopf nicht wirklich nahebringen konnte. Mit Erinnerungen waren Geräusche, sogar Gerüche verbunden. Mit Erzählungen vielleicht Wissen, aber kein wirkliches Nachempfinden.

Der Zirkusbau an der Friedrichstraße, gegenüber der Reinhardtstraße, war 1948 mit Holz aus Thüringen gebaut und mit einer Rohziegelfassade versehen worden. Die Stallanlage war zur Kalkscheunenstraße hin errichtet worden. Der Bau befand sich just auf jenem Trümmergrundstück, auf dem einst die Kasernen des II. Preußischen Kavallerieregiments und des II. Garderegiments zu Fuß gestanden hatten. Nach dem Ersten Weltkrieg hatten diese als Finanzamt, Reichsbauamt und Zollamt gedient, also als Hort der preußischen Bürokratie. Die Amtsstuben hatten am Ende des Zweiten Weltkriegs in Trümmern gelegen. Und jetzt stand an der Friedrichstraße, mit dem Dach auf eisernen Stützen, ein fester Rundbau, der 2500 Menschen fasste. Das Haus war beheizbar, was Hermann Kappe mit einer gewissen Dankbarkeit erfüllte. Er war wirklich nicht mehr der Jüngste, es riss in den Gliedern, besonders feuchte Kälte machte ihm zu schaffen.

Peter, der sich inzwischen vehement dagegen wehrte, dass man seinem Namen ein «chen» anhängte, stupste seinen Großvater in die Seite, dann wies er mit dem Kopf in Richtung der Wartenden vor ihnen. «Meinst du, das dauert noch lange?»

Hermann Kappe betrachtete seinen Großneffen und schmunzelte. «Immer diese Ungeduld der Jugend! Jungchen, wir kommen schon rechtzeitig rein.»

Peter, in gewisser Weise ein Spätzünder, noch immer mit Pickeln im Gesicht, befand sich mitten in den Irrungen und Wirrungen der ersten Liebe und nabelte sich langsam von seinen Eltern ab, auch wenn es für ihn nicht viel zu rebellieren gab. Otto und Gertrud hatten ihn immer an der langen Leine gelassen. Der Junge interessierte sich für vielerlei. Er war bereits als Kind aufgeweckt gewesen. Schon länger hatte es ihm der Jazz angetan. Hermann nahm das hin, obwohl ihm diese hüftenkreisenden Heinis mit Tolle, welche die Musikszene zu beherrschen schienen, suspekt waren. Gar nicht begeistert war er allerdings – und da war er mit seinem Neffen Otto einer Meinung – über Peters Interesse für den Osten und linke Ideen. Peters Mutter Gertrud hingegen sah das gelassen, sie hielt derlei Neigungen nur für eine temporäre Erscheinung. Und wenn es jemand wissen musste, dann sie. Mutter und Sohn hatten ein vertrauensvolles Verhältnis. Zwischen Vater und Sohn war die Beziehung nicht so eng, zurzeit sogar eher gespannt. Nun, auch das würde sich legen, wenn der Junge vollends aus der Pubertät heraus war. Und er selbst war außerdem der Letzte, der in dieser Hinsicht als Vorbild taugte, dachte Hermann Kappe. Heinzi, sein Jüngster, bewegte sich in halbseidenen Kreisen, während der Älteste, Hartmut, im Osten Karriere machte. Die Beziehung zu beiden Söhnen war schwierig.

Gertrud lächelte ihrem Schwiegeronkel zu. Sie mochten einander. Hermann Kappe war stolz auf die tüchtige Frau seines Neffen. Otto und sie führten eine recht harmonische Ehe, in der die kluge und selbstbewusste Gertrud ihre Rechte wahrnahm, ohne Otto oder Peter zu bevormunden. Sie war noch immer attraktiv und hielt auf sich, sah chic aus mit ihrem Hütchen und dem Wollmantel mit dem kleinen Pelzkragen. Gertrud war außerdem eine, die sich dem Neuen nicht verschloss, und noch dazu war sie sozial engagiert. Sie arbeitete immer noch als Kontokorrentbuchhalterin bei Sarotti in Tempelhof und setzte sich dort für die Rechte ihrer Kolleginnen ein.

Otto hatte der Familie Logenplätze spendiert, der Besuch war ja quasi dienstlich und diente dem guten Zweck. Der Platzanweiser führte sie mit allerlei Verbeugungen zu ihren Sitzen. Er musste sich nicht sehr tief nach unten neigen, denn er war klein, um nicht zu sagen ein Zwerg. Hermann drückte ihm eine Mark in die Hand und fragte nach seinem Namen.

«Vinod, mein Herr.»

Gertrud schaute erstaunt. Hermann Kappe beeilte sich, den Grund für seine ungewohnte Freigiebigkeit kundzutun. Klara, das ihm angetraute Eheweib, hielt ihn beim Taschengeld einigermaßen knapp, das wusste auch Ottos Frau.

«Herr Vinod, ich habe ... ähm ... eine Blasenentzündung. Meinen Sie, wir könnten unsere Plätze gegen die ganz außen tauschen? Ich müsste öfter aufstehen ...»

Herr Vinod, vom Trinkgeld angemessen beeindruckt, hatte sofort verstanden und kam der Bitte nach, indem er einige Zuschauer dazu bewegte sich umzusetzen, und er erklärte auch gleich den Weg zum Örtchen: «Sie müssen dahinten durch, wo der junge Mann steht.»

Hermann schaute sich um und entdeckte einen Jungen in Pagenuniform, etwas jünger als Peter, der offenbar die Aufgabe hatte, den nördlichen Eingang zu den Zuschauertribünen zu überwachen.

«Wenn Sie vergessen haben, wo es langgeht, fragen Sie einfach Tom!», ergänzte Herr Vinod noch und wuselte davon, um die nächsten Gäste einzuweisen.

Hermann Kappe erhob sich zum ersten Mal rund zehn Minuten, nachdem das Programm begonnen hatte. Sehr zu seinem persönlichen Bedauern, denn es versprach interessant zu werden. Besonders die Eisrevue hatte es ihm angetan, auf die freute er sich schon.

Er hatte sie bereits letztes Jahr zusammen mit seiner Klara gesehen, allerdings von weit weniger guten Plätzen aus. Dafür war das Programm eine Wucht gewesen, das Barlay anlässlich des zehnjährigen Bestehens der Deutschen Demokratischen Republik und als Bestandteil der «Berliner Festtage» zusammengestellt hatte. Hermann Kappe erinnerte sich noch ziemlich genau. Vom Circus Busch war Herrmann Ullmann mit sechs Rappen und sechs Füchsen gekommen, seine Frau Hildegard Noris hatte mit dem Nachwuchsdresseur Günther Dorning die Hohe Schule geritten. Der Zirkus Aeros hatte eine gemischte Raubtiernummer von einem Dompteur namens Kaiser beigesteuert. Dazu waren Gastartisten aus Ungarn, Polen, der Tschechoslowakei und der Sowjetunion engagiert worden, unter anderem mit der Spitzendarbietung der Parterre-Springer und den Schleuderbrettakrobaten, die unter dem Namen «Die Fünf Davejkos» auftraten. Klara hatte dagesessen und so große Augen gemacht wie ein junges Mädchen. Seine eigenen Lieblinge waren die jungen Luftakrobaten der Familie Carbenis gewesen. Außerhalb des Zelts hatte der West-Berliner Artist Siegfried Cimarro am dreißig Meter hohen Mast Kunststücke gezeigt.

Für einen Moment war Hermann Kappe richtig stolz auf sein gutes Gedächtnis. Sogar bei Namen funktionierte es noch einwandfrei. Das machte eben die langjährige Tätigkeit bei der Kriminalpolizei. Da kam es auf die kleinste Einzelheit an.

Als er bei dem Pagen angekommen war, zückte er das Bild des Toten, hielt es aber noch verdeckt. «Sie heißen doch Tom, oder?»

Der junge Mann in der Pagenuniform nickte und zog eine Augenbraue hoch.

Hermann Kappe drehte das Photo um und streckte es ihm

entgegen. «Ich hätte eine Frage: Kennen Sie diesen Mann? Es ist ein Freund, den ich aus den Augen verloren habe.»

Tom zuckte kaum merklich zusammen. Jedenfalls war das Hermann Kappes erster Eindruck. Doch den verwarf er wieder, denn der junge Mann schaute zwar erstaunt, aber auch ein wenig, wie sollte man sagen, belustigt. Jedenfalls zog er jetzt auch noch die andere Augenbraue hoch. «Sie haben einen Toten aus den Augen verloren?»

«Ähm, ja also ...»

«Dachten Sie etwa, ich sehe nicht, dass der abgenippelt ist?»

Hermann Kappe war überrascht. Er hätte nicht vermutet, dass jemand in diesem Halbdunkel erkennen konnte, dass der Mann das Zeitliche gesegnet hatte. Er musste sich schnell eine Geschichte zurechtlegen. «Psst! Ich bin in geheimen Ermittlungen unterwegs. Seien Sie bitte leise!»

Tom schüttelte den Kopf, machte aber keine Bemerkung zu Kappes Erklärung. «Nein, ich kenne ihn nicht.»

«Aha», sagte Hermann Kappe, und dann fragte er unvermittelt: «Und wo, bitte, ist die Toilette?»

Der Page wies ihm die Richtung.

Hermann Kappe hatte das Gefühl, dass ihm der junge Mann hinterherschaute, denn es kribbelte zwischen seinen Schulterblättern. Als er sich umwandte, senkte Tom sofort den Blick und tat unbeteiligt. Seltsam.

Beim dritten Gang auf die Toilette begegnete Hermann Kappe Vinod wieder. Der kleine Mann kam ihm im Clownskostüm entgegengewuselt.

Hermann Kappe zückte erneut sein Photo. «Kann ich Sie etwas fragen?»

«Jetzt nicht, ich muss in die Manege.»

«Nur ganz kurz.»

Das Trinkgeld zahlte sich ein zweites Mal aus, Vinod nickte.

«Kennen Sie diesen Mann?»

Vinod schnaubte verächtlich. «Und ob ich den kenne! Jarusch

heißt der, glaube ich, ein übler Zeitgenosse. Ist ein Langfinger, wie er im Buche steht. Jetzt muss ich aber.»

«Halt! Langfinger? Was hat er denn gestohlen?»

«Wirklich, ich muss. Hätte nicht gedacht, dass Sie mit solchen Leuten zu tun haben. Aber fragen Sie besser Gericke, Holger Gericke! Sie kommen doch aus dem Westen, oder?»

«Sieht man mir das an?»

Vinod lachte. «Bei meiner Körpergröße muss man die Menschen gut beobachten, sonst wird man leicht über den Haufen gerannt. Gericke hat mit seiner Familie rübergemacht in den Westen, vor einigen Monaten schon. Seine Frau heißt Anita, glaube ich. Schade um ihn, er war einer der besten Dompteure, die ich kannte. Jedenfalls war er eine Zeitlang ziemlich dicke mit diesem Jarusch. Ist aber schon Jahre her. Jarusch war ebenfalls mal ein guter Artist. Dann kam er mit einer Kriegsverletzung zurück und ist immer tiefer gesunken. Irgendwann war er schließlich verschwunden. Würde mich nicht wundern, wenn Jarusch Gericke für die Republikflucht seine Hilfe angeboten und ihn dabei ausgenommen hätte wie eine Weihnachtsgans. Aber von mir wissen Sie das nicht.»

«Wo finde ich diesen Holger Gericke?»

Vinod zuckte mit den Schultern.

«Wissen Sie, ob die Gerickes Verwandte im Westen haben?»

«Nee, darüber haben wir nie gesprochen. Oder glauben Sie, einer, der in den Westen will, posaunt das überall herum? So eng befreundet waren wir nicht.»

«Sie haben keine Ahnung, wohin er wollte? Wo könnte ich ihn denn finden?»

«Das weiß ich wirklich nicht. Vielleicht suchen Sie einfach da, wo die meisten Menschen, die in den Westen wollen, erst einmal hingehen: im Notaufnahmelager Marienfelde. Oder im Hochheim des Deutschen Roten Kreuzes in der Volkmar- und der Colditzstraße.» Herr Vinod machte eine Pause. «Herr Kommissar», sagte er dann. Damit war er auch schon weitergelaufen.

Hermann Kappe schaute dem kleinen Mann einigermaßen verblüfft hinterher. Er musste während des restlichen Programms nicht mehr auf die Toilette, genoss den Zirkusbesuch und fühlte sich dabei wie ein kleiner Junge. Gleich heute Abend würde er sich bei Otto melden. Er hatte dem Neffen etwas zu erzählen.

KAPITEL NEUN

Donnerstag, 15. Dezember 1960

MARIENFELDE. Notaufnahmelager. Gegründet 1953. Schmucklose dreistöckige Häuser, dazwischen ein barackenartiges Gebäude - eine Szenerie, die aufgrund der winterlich kahlen Büsche auf den kleinen Rasenflächen noch kühler und trauriger wirkte, als sie ohnehin schon war, fand Kriminaloberkommissar Otto Kappe.

In einem anderen der großen Berliner Notaufnahmelager, am Askanischen Platz, in dem über 1300 Menschen vom Deutschen Roten Kreuz betreut wurden, hatten Otto Kappe und Hans-Gert Galgenberg telefonisch nachgefragt. Dort wusste niemand etwas von einer Familie Gericke. Das galt auch für die Lager im Wedding, in Kreuzberg, Charlottenburg, Wilmersdorf, Zehlendorf, Spandau, Neukölln und Reinickendorf, die entweder der Stadt, dem Arbeitersamariterbund, der Arbeiterwohlfahrt oder der katholischen Kirche unterstanden. Die einzige Antwort, die ihnen ein wenig Hoffnung machte, hatten sie aus Marienfelde erhalten: «Komm' Se her, dann sehn wir weiter!»

Also suchten sie hier im Notaufnahmelager nun nach einem Mann namens Holger Gericke, der ihnen vielleicht mehr über einen Toten namens Jarusch sagen konnte - und sie im besten Falle auf die Spur des Mörders führte.

Galgenberg und Kappe waren erschrocken über den Anblick, der sich ihnen bot. Wenn sie überhaupt einmal über die sogenannten Republikflüchtlinge nachgedacht hatten, dann bestimmt nicht in diesen Bildern, deren Trostlosigkeit niemanden kaltlassen konnte. Sie sahen graue Menschen mit grauen Gesichtern, die in der Dezemberkälte anstanden, um sich anzumelden und ihre Laufzettel für den bürokratischen Prozess des Notaufnahmeverfahrens entgegenzunehmen, der ihnen bevorstand. Es waren mehr, als Otto Kappe sich hätte vorstellen können. Die meisten trugen wenig Gepäck, eine Aktentasche vielleicht. Sie hatten bei der Reise von Ost nach West angesichts der allgegenwärtigen Kontrolleure in der Zone keine Aufmerksamkeit erregen wollen.

Bitte sorgfältig aufbewahren! stand auf diesen Laufzetteln, so viel wusste Kappe. Dieses Stück bedruckten Papiers symbolisierte für die Flüchtlinge nach der Anmeldung vorerst ihre Zukunft und verwandelte die vielen Freiheits- und Glückssuchenden mit einem Schlag in mehr oder weniger devote Bittsteller. Sie wurden von einer Person zu einer Nummer auf dem Papier, die im Lager bis auf weiteres ihre Identität ersetzte, oft sogar die Träume vom besseren Leben erstickte. Zehn Stationen lagen vor den Ankömmlingen. Sie mussten zunächst im Haus O beim ärztlichen Dienst vorstellig werden, wo eine medizinische Untersuchung durch Amtsärzte des West-Berliner Senats erfolgte. Der Westen wollte keine Menschen mit ansteckenden Krankheiten in die Welt außerhalb des Lagers entlassen. Deshalb gab es zusätzlich die Schirmbildstelle, in der eine weitere medizinische Untersuchung dazu diente, Tuberkulosefälle auszuschließen.

Die alliierte Sichtungsstelle war im selben Haus wie der ärztliche Dienst untergebracht. Der Begriff klang zunächst harmlos. Doch hier versuchten die Geheimdienste der Amerikaner, Briten und Franzosen herauszufinden, ob sich unter den Flüchtlingen östliche Spione oder Menschen mit krimineller Vergangenheit befanden. Zudem erhofften sie sich nützliche Informationen über die Republik auf der anderen Seite der Grenze. Alles war aufschlussreich: die Struktur von Betrieben, Behörden, der Lebensalltag, die Versorgungslage. Die westlichen Alliierten interessierten sich für die kleinste Kleinigkeit. Wer versuchte, sie zu belügen, hatte schlechte Karten, denn alle Angaben wurden überprüft. Wer sich selbst widersprach oder besondere Kenntnisse, etwa zu Militär- oder Forschungseinrichtungen hatte, wurde in Dienststellen außerhalb des Lagers weiter befragt.

Beim Fürsorgerischen Dienst des West-Berliner Senats bekamen die Ankömmlinge die Essensmarken für die Kantine und Freifahrscheine für öffentliche Verkehrsmittel. Außerdem gab es hier Unterstützung bei der Beschaffung von Kleidung und anderen Gegenständen des täglichen Bedarfs sowie Informationen über Ansprüche auf Sozialleistungen. Zudem wurde dort entschieden, in welchem Wohnheim oder in welchem anderen Bundesland die Ankömmlinge im Falle einer Aufnahme untergebracht werden sollten. Dabei wurden die Helfer von zahlreichen Wohlfahrtsorganisationen unterstützt.

Die Vorprüfung A im Haus K war die entscheidende Anlaufstelle: Hier saßen Bundesbeamte, bei denen die Flüchtlinge endlich ihren Antrag auf Erteilung einer Aufenthaltserlaubnis für die Bundesrepublik und West-Berlin stellen konnten. Dazu mussten sie Angaben zu ihrer Person abgeben, aber auch zu Mitgeflüchteten und zu Familienangehörigen, die in der Heimat zurückgeblieben waren. Und sie mussten genau begründen, warum sie die Flucht angetreten hatten. Insbesondere davon hing es ab, ob sie als «Legale» galten oder aussortiert wurden und schauen mussten, wie sie alleine zurechtkamen.

Überall saßen hinter Schreibtischen wichtige Leute mit Stempeln und Stempelkissen. Sie blickten ernst drein und waren nicht selten überfordert mit all den Schicksalen und Sehnsüchten, mit denen sie sich konfrontiert sahen. Dennoch hatten sie darüber zu entscheiden – manchmal wie am Fließband –, wie der Start in ein neues Leben aussah, ob es ein Hilfsnetzwerk geben würde oder den Gang zur Fürsorge.

Zurückgeschickt wurde niemand, das wusste Kappe. Wer beim Notaufnahmeverfahren durchs Raster fiel und keine Unterstützung bekam oder im Westen Verwandte hatte, bei denen er unterkriechen konnte, hatte immer noch die Möglichkeit, den sogenannten Ausweis C für Flüchtlinge und Vertriebene zu beantragen.

Kappe und Galgenberg fragten sich durch zum Haus E, in dem die Polizei und die Meldebehörde saßen. Wenn die Gerickes im Lager gewesen waren oder sich immer noch hier aufhielten, dann mussten die Mitarbeiter in diesem Gebäude über die Familie und ihr weiteres Schicksal Bescheid wissen.

Manche der Personen, denen sie auf ihrem Weg begegneten, standen mit ausruckslosen Augen da, andere saßen auf Bänken und unterhielten sich. Einige lächelten sogar, aber eher zögernd und vielleicht einfach, um sich nicht einsam und verloren vorzukommen, um das Leid der Situation mit anderen zu teilen. Gerade inmitten vieler Menschen konnte man sich sehr alleine fühlen. Sie alle waren Entwurzelte, so unterschiedlich die Gründe für ihre Flucht auch gewesen sein mochten. Und solange sie keine neuen Wurzeln geschlagen, keine neue Heimat gefunden hatten und keinen Ort, an dem sich sie wohl fühlten, solange sie keine neuen Freundschaften aufbauen konnten, würde diese Leere bleiben, die Kappe in den Augen vieler entdeckte, und diese Sehnsucht nach Zugehörigkeit zu einer Gemeinschaft irgendwo in diesem zweiten Deutschland. In Sicherheit. In Freiheit. Es gab auch einige, die diese Sehnsucht unter flotten Sprüchen und aufgesetztem Optimismus verbargen. Aber sie lauerte in allen.

Die Wartenden murrten, als sich die beiden Kommissare an der Schlange vorbei ins Haus E drängten. Der junge Mann, der sie empfing, war ebenfalls nicht erfreut über dieses Vorgehen. «Stellen Sie sich hinten an! Oder glauben Sie, ich backe hier Extrabrötchen?»

«Wenn wir in 'ne Bäckerei wollten, wären wir anderswo», schnappte Galgenberg zurück, dem die Zustände im Lager ebenfalls an die Nieren gingen.

Otto Kappe zückte den Dienstausweis. «Mordkommission. Wir hätten einige Fragen. Wo ist der Verantwortliche?»

Der junge Mann wirkte eingeschüchtert ob der geballten Staatsmacht. «Moment, ich bringe Sie zum Lagerleiter.»

Kurz darauf öffnete er die Tür zu dessen Zimmer. Der Mann

hinter dem Schreibtisch sah ihnen nicht besonders freundlich entgegen.

«Kriminaloberkommissar Kappe, und das ist mein Kollege Galgenberg. Wir sind von der Mordkommission und suchen nach einer Familie Gericke.»

«Mordkommission? Hat jemand was angestellt? Aber setzen Sie sich doch erst einmal!»

Kappe und Galgenberg nahmen auf wackeligen Holzstühlen Platz. «Wir suchen nur nach Zeugen. Ein Mann namens Jarusch ist erstochen worden», informierte Hans-Gert Galgenberg. «Gibt et bei Ihnen einen Holger Gericke? Oder eine Familie Gericke?»

«Ich weiß von keinem Mordfall im Lager. Jedenfalls nicht aus der letzten Zeit.»

«Die Tat hat auch nicht hier stattgefunden. Mehr kann ich Ihnen momentan nicht dazu sagen. Laufende Ermittlungen, Sie verstehen schon.»

Der Lagerleiter entspannte sich etwas. Sein Gesicht wurde zwar nicht freundlicher, aber er bequemte sich endlich, zum Telefon zu greifen. «Haben wir eine Akte Gericke? Ja? Bringen Sie sie her! Ah, den Fall hat noch Wallaschek betreut.» Er wandte sich an seine beiden Besucher. «Mein Stellvertreter Manfred Wallaschek, der ... ist nicht mehr da.»

Otto Kappe fragte sich für einen Moment, ob das der Mann war, der neulich als Stasi-Spitzel enttarnt worden war. Der Fall hatte den Blätterwald gehörig zum Rauschen gebracht. Aber er sagte lieber nichts, eine entsprechende Bemerkung würde die Stimmung des Lagerleiters wahrscheinlich noch mehr trüben.

Kurz darauf lagen vier zu Papier gebrachte und zwischen Aktendeckel geklemmte Leben auf dessen Schreibtisch. Der Lagerleiter begann zu blättern. «Moment.»

Kappe nickte und wartete, während der Lagerleiter jede Seite überflog und schließlich sagte: «Ja, Gerickes waren da. Ursprünglich Vater Holger, Mutter Anita, Sohn Thomas und Tochter Monika. Die Familie benötigte aber keine Unterstützung von uns, denn Herr Gericke hatte bereits Arbeit im Westen. Sie kamen nur, um sich anzumelden. Mutter und Kinder standen dann plötzlich wieder bei uns vor der Tür, der Vater hatte einen schweren Unfall. Sie hatten ihr Zimmer verloren, weil sie die Miete nicht mehr bezahlen konnten. Wir haben sie untergebracht, sonst wären sie auf der Straße gelandet. Ah, hier sehe ich, es wurde Widerspruch gegen die Ablehnung eingelegt. Die Sache ist noch nicht entschieden. Wirklich traurige Geschichte.»

Otto Kappe fand, dass es hier viele traurige Geschichten gab. «Sind sie noch im Lager? Was ist mit Holger Gericke? Können wir mit ihm sprechen?»

«Nein, können Sie nicht.» Der Lagerleiter blätterte, stockte, machte eine Pause und sagte dann noch einmal: «Eine wirklich traurige Geschichte.»

«Wollen Sie uns nicht erklären, was Sie damit meinen?»

Der Mann hinter dem Schreibtisch schaute noch unglücklicher. «Hier steht, Holger Gericke hat sich kurz nach der Ablehnung des Aufnahmeantrags umgebracht.»

«Und seine Familie, wo ist die?»

«Also, mein Stellvertreter ... Mutter und Kinder sind vorerst im Lager Flottenstraße in Berlin-Reinickendorf untergebracht. Sie wissen schon, in dem, das von der Arbeiterwohlfahrt betreut wird. Wir sind hier hoffnungslos überfüllt. In der Flottenstraße können sie erst einmal bleiben, bis sich herausstellt, ob der Einspruch der Ehefrau gegen die Ablehnung durchgeht. Dann müssen wir sehen, wo es noch Kapazitäten gibt.»

«Will die Familie denn nicht in Berlin bleiben?»

Der Lagerleiter zuckte die Schultern. «Das eine ist das, was man will, das andere das, was geht.»

«Und wieso hat sich der Mann umgebracht? War es nur wegen der Ablehnung, oder gab es noch andere Gründe?»

Der Lagerleiter versteifte sich. «Das fragen Sie Frau Gericke am besten selbst.»

So fuhren Otto Kappe und Hans-Gert Galgenberg also nach Reinickendorf, ins Lager Nr. 3 an der Flottenstraße.

Sie fanden eine Frau vor, die älter aussah, als sie in Wirklichkeit war, mit tiefen Ringen unter den blauen Augen, in die sofort das Wasser schoss, als sie nach ihrem Mann gefragt wurde. «Er ist tot. Ihr im Westen habt ihn umgebracht!»

Otto Kappe spürte einen Stich im Herzen. «Was wollen Sie damit sagen?»

«Erst hat uns ein angeblicher Freund um all unsere Habe gebracht. Dann hatte mein Mann einen Unfall. Und als wir uns schließlich mit der Bitte um Unterstützung an das Notaufnahmelager Marienfelde gewandt haben, wurden wir weggeschickt. Weil ich eine Mutter in West-Berlin habe. Und weil mein Mann eine Stelle hatte. Dabei ist meine Mutter sterbenskrank, und mein Mann konnte nach dem Unfall gar nicht mehr arbeiten. Er hat das alles nicht verkraftet und sich umgebracht. Ich glaube, er dachte, dass unser Widerspruch gegen den ablehnenden Bescheid durchgeht, wenn er nicht mehr ist.» Anita Gericke erzählte ihre Geschichte fast tonlos, ihr Gesicht blieb unbewegt, während ihr die Tränen über die Wangen rannen.

Ein etwa dreizehnjähriges Mädchen drückte sich an die Mutter. Als es sah, dass diese weinte, begann sie ebenfalls zu schluchzen.

Hans-Gert Galgenberg schluckte, ganz offensichtlich, um den Klos loszuwerden, der ihm im Hals saß. «Und wie heißt du, Kleine?», fragte er.

Das Mädchen musterte sie feindselig.

«Das ist Monika», erwiderte die Mutter.

«Wo ist Ihr Sohn?» Otto Kappe betrachtete die Notizen auf seinem kleinen Block. «Thomas heißt er, nicht wahr?»

Ein schlaksiger, hochaufgeschossener Junge, der mit mürrischem Gesicht etwas abseits gestanden hatte, gesellte sich zu ihnen.

«Du bist dann wohl Thomas, was?», folgerte Galgenberg.

Der Junge nickte.

Anita Gericke begann wieder zu schluchzen. «Tom war die ganze Nacht weg, haut einfach dauernd ab. Ich weiß nicht mehr, was ich mit dem Jungen machen soll. Ich komme nicht an ihn ran, seit sein Vater tot ist.»

Thomas schaute noch unwirscher.

Kappe wäre am liebsten gegangen. Der Junge tat ihm leid. Und Kappe schämte sich, wusste aber noch nicht einmal genau, warum. Er selbst hatte doch nichts getan. Außer Bürger eines Staates zu sein, in dem sich solch schreckliche Familientragödien abspielten.

«Kennen Sie einen Mann namens Jarusch, Karl Jarusch?», fragte Galgenberg.

«Das ist er! Das ist der Mann, der mit unseren Habseligkeiten verschwunden ist!» Anita Gericke schrie die Worte fast heraus. «Dieser Betrüger hat meinen Mann auf dem Gewissen!» Ihre Augen versprühten blanken Hass.

«Dann muss ich Ihnen noch eine Frage stellen: Wo waren Sie am Morgen des 12. Dezember? Das war letzten Montag.»

Anita Gericke richtete sich auf. «Wieso fragen Sie das?»

Kappe zog das Bild des toten Jarusch hervor. «Ist er das?»

Unvermittelt verwandelte sich der Hass in Anita Gerickes Gesicht in einen Ausdruck von Genugtuung. «Ist er das? Ich habe ihn selbst nie gesehen. Der Mann auf dem Photo ist tot, nicht wahr? Dieser Verbrecher ist tot. Dem Himmel sei Dank! Es gibt also doch noch so etwas wie Gerechtigkeit.»

«Verstehe. Sie wollen ihm also nie begegnet sein. Aber Sie hatten ganz sicher ein Motiv, diesen Mann umzubringen», schaltete sich Galgenberg in amtlich-formellem Hochdeutsch ein. «Ob es stimmt, was Sie sagen, können wir derzeit nicht überprüfen. Wo waren Sie also am Montag zwischen sechs und zwölf Uhr morgens?»

«Wo soll ich schon gewesen sein? Ich war hier, bei meiner Tochter, in diesem Lager.»

Das Mädchen nickte.

«Thomas ... Deine Mutter nennt dich Tom, nicht wahr? Also, Tom, hast du schon mal was von einem Karl Jarusch gehört?»

Der Junge schüttelte den Kopf.

«Und deine Mutter war zur fraglichen Zeit wirklich hier?»

Tom nickte.

«Gibt es noch andere Personen, die das Alibi bestätigen können?»

Anita Gericke machte eine ausladende Handbewegung. «Sicherlich viele. Aber ich kann mich beim besten Willen nicht mehr daran erinnern, wem ich an diesem Vormittag begegnet bin. Um sechs Uhr morgens haben meine Tochter und ich jedenfalls noch geschlafen. Tom ... ja, ich glaube, der auch.»

Monika nickte ein weiteres Mal. Der Junge kniff die Lippen zusammen.

«Sie wissen, dass wir Ihre Aussagen überprüfen werden.»

«Haben Sie denn auch mal nachgeprüft, was dieser Jarusch sonst noch alles auf dem Kerbholz hatte? Und wer meinen Mann so schlimm angefahren hat, dass er drei Tage lang im Koma lag? Wer auch immer es war, er ist einfach abgehauen, hat Holger liegen lassen wie ein Stück Dreck. Mein Mann hat bis zuletzt geglaubt, dass das Absicht war.»

«Sie meinen, dass ihn jemand umbringen wollte?», erkundigte sich Galgenberg.

«Das meine ich.»

«Aber warum?»

Anita Gericke zuckte mit den Schultern. «Darüber wollte er nicht reden.»

«Was können Sie uns sonst noch über den Toten sagen? Wie ist Ihr Mann überhaupt auf Karl Jarusch gekommen?»

«Wissen Sie überhaupt etwas? Die beiden hatten sich schon vor Jahren kennengelernt, beim Zirkus Barlay. Jarusch war ein Kollege von Holger.»

«Was hat er denn Ihrer Meinung nach alles verbrochen? Und

wieso hat Ihr Mann Jarusch überhaupt in Ihre Fluchtpläne eingeweiht, wenn der so ein windiger Zeitgenosse war?»

Anita Gericke zögerte. «Soweit ich weiß, war Jarusch an diesem Pferdediebstahl beteiligt, über den die Zeitungen so viel berichtet haben. 1953 war das, glaube ich. Ein gewisser Mickler hatte den geplant, der Direktor des Zirkus Mickler. Wie war das noch mal ... Die Pferde waren seinem Zirkus in der Zone abgenommen worden, wegen angeblicher Steuerschulden, wenn ich mich richtig erinnere. Die Tiere kamen zuerst zu einem anderen Zirkus. Den haben die sich drüben aber dann ebenfalls vorgeknöpft, und schließlich sind alle Pferde im Stall des Zirkus Barlay an der Friedrichstraße gelandet. Das sagt Ihnen nichts? War aber wirklich groß in allen Zeitungen. Holger hat mal erwähnt, dass Jarusch damals in den Westen abgehauen sei. Mein Mann hat ihn kontaktiert, weil er dachte, dass der sich auskennt. Holger glaubte, ein ehemaliger Kollege würde ihm bestimmt helfen. Ja, und wie uns dieser Verbrecher dann geholfen hat! Hat sich an unseren Sachen bedient. Wir haben nichts mehr. Und mein Mann ist tot.»

Jetzt erinnerte sich Otto Kappe. Der Pferdediebstahl war damals enorm hochgekocht worden. Sie mussten sich die Akten besorgen. Vielleicht ergab sich daraus etwas. Sein Instinkt sagte ihm, dass das Alibi von Anita Gericke stimmte. Was den Sohn betraf, war er sich nicht so sicher.

«Vielleicht fällt Ihnen später noch etwas ein.» Otto Kappe zückte seinen Notizblock, schaute hinein und blätterte einige Seiten weiter, dann schrieb er fein säuberlich seinen Namen und eine Telefonnummer auf und riss den Zettel heraus. «Verlangen Sie Kriminaloberkommissar Otto Kappe!»

Anita Gericke nickte und steckte den Zettel in die Tasche ihrer Kittelschürze.

Anita Gerickes Worte klangen noch am Abend in Otto nach. Er konnte verstehen, dass die Frau verbittert war.

Die Kappes lebten am Horstweg in Charlottenburg, also im

britischen Sektor. Gertrud war schon daheim, als Otto die Wohnungstür öffnete. Immer wenn ihm ein Fall an die Nieren ging, wurde ihm bewusst, wie glücklich er sich schätzen konnte, eine Gefährtin wie sie zu haben: intelligent, praktisch veranlagt, zupackend und herzensklug.

Als er seiner Frau von Anita Gericke erzählte, erklärte diese sofort: «Wenn du willst, kann ich bei Sarotti mal nachfragen, ob es Arbeit für sie gibt.»

«Du bist die Beste! Aber nur unverbindlich fragen. Noch ist der Fall nicht abgeschlossen, und wir müssen damit rechnen, dass sie zur Verdächtigen wird. Es wird seine Zeit dauern, ihr Alibi zu überprüfen.»

«Nur fragen», bestätigte Gertrud Kappe.

Otto nahm seine Frau in die Arme.

KAPITEL ZEHN
Freitag, 16. Dezember 1960

«WAS HABEN WIR?», fragte Otto Kappe am nächsten Morgen Kommissar Hans-Gert Galgenberg und Kriminalmeisterin Lilli Lenné.

Galgenberg runzelte die Stirn. «Nicht viel. Es sind noch weitere Händler befragt wordn, die in der Arminiushalle Stände haben. Die Kollegen haben anfangs nicht alle erreicht, aber nun sind se durch. Is det alte Spiel: Keener weiß was, keener hat etwas gesehen. Den Jarusch kennen erstaunlich viele, manche nur dem Namen nach. Eener hat behauptet, det der Clown erst neulich in der Halle war, 'n Zweeter konnt sich nicht daran erinnern, 'n Dritter hat ihn auch gesehen, wusste aber nich mehr, wann. Jarusch habe ab und an in der Halle ausjeholfen, aber nicht bei ihm selbst. Mit so einem wolle er nüscht zu tun haben. Wenn ick det richtig sehe, dann hat Jarusch zuletzt als Träger und Bote für alle gearbeitet, die gerade jemanden gebraucht ham. Wir müssen bei der städtischen Verwaltung nachfragen. Jarusch scheint sein Geld von denen bekommen zu haben.»

«Was haben die beiden Händler Fechner und Schreiber eigentlich gesagt? Warum wollen sie Jarusch anfangs nicht erkannt haben? Ich meine, sie müssen ihn doch auch in der Halle gesehen haben.»

«Kollege Schulz hat mir erzählt ... Warte mal ...» Galgenberg ging zu seinem Schreibtisch und blätterte in einem Aktenordner, dann fuhr er fort: «Zuerst ham die sich angeblich vor dem Toten gegruselt, wie der da so blutend zwischen den Würsten lag, und deshalb nicht genau hingeschaut. Und dann, ham se gesagt, hat die Clownsmaske sie durcheinandergebracht.»

«Ist das glaubwürdig, was meinst du?»

«Wat wees denn ick? Kann sein, kann nich sein.»

«Ich denke, wir sollten die beiden Herren auf die Liste der Verdächtigen setzen.» Kappe kramte in seiner Schreibtischschublade und zog einen Block heraus. Dann schrieb er: *Fechner, Schreiber.*

«Die ham aber ein Alibi. Jedenfalls sagen se det. Na, kann ja nüscht schaden, die beiden Herren im Hinterkopf zu behalten. Besonders lang ist unsere Verdächtigenliste sowieso noch nicht», wandte Galgenberg ein.

Otto Kappe starrte auf sein Papier. «Anita Gericke steht schon drauf. Seit gestern. Aber diese Frau - eine Mörderin? Das glaube ich nicht, und es ist auch nicht wahrscheinlich, bedenkt man ihre Konstitution. Der Mensch, der diesem Jarusch das Messer in den Rücken gerammt hat, muss größer und stärker gewesen sein.»

«Janz ausschließen können wir sie aber vorläufig nich, Kappe.»

«Nein, können wir nicht. Was hältst du von der Geschichte mit der Fahrerflucht? Ich meine, von dem Verdacht, dass Gericke absichtlich überfahren worden ist?»

«Du stellst Fragen, Kappe! Ich bin och kein Hellseher. Wir müssen einfach noch mehr über Gericke in Erfahrung bringen. Et kann durchaus sein, det der im Osten Dreck am Stecken hatte oder det jemand stinkig war, weil er sich in den Westen abgesetzt hat. Und dann wissen wir och nich, ob es eine Verbindung zwischen dem Mord an Jarusch und dem angeblichen Mordversuch an Gericke gibt. Bisher haben wir nur die Aussage von Gerickes Frau. Immerhin wissen wir, det die Männer beide mal beim Zirkus Barlay gearbeitet ham.»

«Was sagen denn Gerickes Kollegen aus dem Zoo über ihn? Fräulein Lenné, hatten Sie nicht telefoniert?»

Die Kriminalmeisterin lächelte trotz der frühen Morgenstunde frisch wie eine Lerche. «Hab ich, während Sie in Marienfelde waren. Gericke war offenbar ein verlässlicher Arbeiter und konnte mit Tieren gut umgehen. Der Direktor hat ihm sogar eine Festanstellung als Raubtierpfleger angeboten. Niemand im Zoo kann sich vorstellen, warum diesen Mann jemand umbringen wollen sollte.»

«Mit wem genau haben Sie telefoniert?» Otto Kappe fühlte sich bei diesem morgenblauen Lächeln schon wieder ganz schwach.

«Mit dem Herrn Direktor höchstselbst. Heinz-Georg Klös heißt der. Ich glaube, er hat früher mit Bernhard Grzimek in Frankfurt gearbeitet. Sie kennen Grzimek? Nein? Das ist doch der Moderator aus der Sendereihe ‹Ein Platz für Tiere›».

«Hab keine Zeit fürs Fernsehen», knurrte Kappe.

«So so.» Kriminalmeisterin Lenné ließ sich nicht aus der Ruhe bringen. «Jedenfalls ist Klös ein charmanter Mann. Er war sehr zugänglich.»

Das kann ich mir denken, hätte Otto Kappe beinahe gesagt, verkniff es sich aber. Stattdessen fragte er: «Wussten die im Zoo von Gerickes misslicher Lage?»

«Ja, sie haben auch versucht, ihm zu helfen. Wie gesagt, Holger Gericke hatte eine Festanstellung in Aussicht. Direktor Klös hatte ihm den Posten an dem Tag angeboten, an dem Gericke überfahren worden ist. Und falls Sie fragen: Den Zirkus Reiz kennt Herr Klös nicht, ebenso wenig wie einen gewissen Karl Jarusch.»

«Der arme Gericke! Erst beklauen se ihn, und denn, wenn es wieder aufwärts geht, wird er übern Haufen gefahren. Manche Menschen scheinen det Pech anzuziehen. Aber warum sollte ihn jemand umbringen wollen?» Galgenberg zog die Stirn in Denkerfalten.

«Vielleicht verfügte er über brisante Informationen. Vielleicht ist er jemandem begegnet, der beim Zirkus untergetaucht ist. Oder er hat etwas mitbekommen, das er nicht wissen sollte», schlug Lilli Lenné vor.

«Spielen Sie auf Reiz an?»

«Na ja, is schon seltsam, det der Herr Direktor den Jarusch nich mehr kennen wollte, obwohl der offensichtlich mal bei ihm gearbeitet hat.»

Kappe schaute nachdenklich. «Stimmt. Was ist mit der Pferdegeschichte, von der Anita Gericke uns erzählt hat? Frau Gericke hat behauptet, Jarusch sei in einen Pferdediebstahl verwickelt gewesen.»

«Wär ein Anfang von 'ner Theorie», brummte Galgenberg.

«Welche Pferdegeschichte?», erkundigte sich Lilli Lenné.

Kappe erzählte ihr, was Anita Gericke berichtet hatte.

«Da sollten wir unbedingt nachhaken», fand die Kriminalmeisterin.

«Wenn an der Geschichte nichts dran ist, bleibt eigentlich nur Anita Gericke. Vielleicht hatte die Frau einen Komplizen.»

«Das denkst du doch nicht wirklich, Kappe! Eben haste noch ganz anders geredet. Die als Auftraggeberin für einen Mord! Die ist viel zu verzweifelt, um solche Pläne zu schmieden. So wie ich sie erlebt hab, kann die kaum noch 'nen klaren Gedanken fassen.»

«Wurde schon überprüft, ob sie zur Tatzeit tatsächlich im Lager war?»

«Ja, det ham die Kollegen von der Oldenburger Straße gestern noch erledigt, quasi zu nachtschlafender Stunde. Sind extra erst abends ins Lager, damit sie möglichst viele Leute erwischen. Jute Arbeit. Muss ick schon sagen.»

«Und?»

«Einige der Zimmernachbarn wollen Anita Gericke morgens jesehen haben. Sie können sich aber nich erinnern, zu welcher Uhrzeit det war. Es ist zum Mäusemelken, als wollte man 'nen Pudding an die Wand nageln! Wir haben nix Handfestes. Obwohl sich die Kollegen den Mund fusselig gefragt haben.» Galgenberg machte eine Pause. «Eines ist vielleicht interessant: Die Spurensicherung hat einen ersten Zwischenbericht zu ihren Untersuchungen in der Arminiushalle geliefert.»

«Wurden Fingerabdrücke gefunden? Konnten die zugeordnet werden?»

«So weit sind die Kollegen noch nicht. Aber unter der Arminiushalle gibt's riesige Gewölbe. Sie ham festgestellt, det sich dort jemand versteckt haben muss. Auf dem Boden ham sie an einer Stelle den Teil eines Fußabdrucks gefunden, der relativ frisch zu sein scheint. War nah an der Wand, da hatte sich ziemlich viel Staub angesammelt. Den Abdruck konnten die Kollegen bisher nich zuordnen, zu einem der Händler gehört er jedenfalls nicht. Die Kollegen suchen also in dem Gewölbe weiter nach Spuren.»

Otto Kappe merkte auf. «Ob der Fußabdruck vom Mörder stammt?»

Galgenberg zuckte mit den Schultern. «Wenn, denn muss der immer noch irgendwo rein- und wieder rausgekommen sein. Wie, det bleibt weiterhin ein Rätsel. Wir haben die Notausgänge noch mal eingehend kontrolliert, den Richtung Bremer und den Richtung Bugenhagener Straße. Die waren ordnungsgemäß abjeschlossen.»

«Andere Zugänge gibt es nicht?»

«Nur noch Kamine, aber die sind meiner Meinung nach viel zu eng.»

«Kamine? Damit muss sich der Schornsteinfeger auskennen. Herrje, hat die Kamine irgendjemand genauer untersucht?»

Galgenberg zog die Stirn in noch tiefere Falten. «Wo de recht hast, hast de recht. Ich werd gleich jemanden losschicken. Am besten, die Kollegen vom zuständigen Revier treiben den Schornsteinfeger auf.»

Otto Kappe nickte müde. Er hatte nicht gut geschlafen. Die Augen der Flüchtlinge aus Marienfelde und aus dem Lager Reinickendorf, besonders aber die von Anita Gericke und ihren Kindern, hatten ihn verfolgt.

Und ganz im Gegensatz zum letzten Jahr war ihm auch kein bisschen vorweihnachtlich zumute. In den Berliner Straßen röhrten die Presslufthämmer, und auch die Bagger und die Betonmischer machten kaum einmal Pause. In Berlin-West, aber auch im Osten der Stadt wurde ein Haus nach dem anderen hochgezogen, um die Wohnungsknappheit zu lindern. Da half es auch nicht, dass in den Schaufenstern die Sterne blinkten und Christbaumkugeln die Auslagen verzierten. Alles war emsig, die Stadt brummte. Keine Spur von Weihnachtsruhe. In der Deutschlandhalle und im Sportpalast liefen die Vorbereitungen für die große Weihnachtsparade, hatte Onkel Hermann erzählt, der noch immer treu den *Telegraf* las. Die Trapp-Familie war mal wieder unterwegs, um zu singen. Im Berliner Stadtzentrum Ost wurden 200 Tonnen Dominosteine verkauft, die der VEB Elfe über dem Plan hergestellt hatte. Das wusste Otto Kappe von Gertrud.

Alle beschworen den Frieden – und diskutierten gleichzeitig vehement über den Status von West- und Ost-Berlin. Walter Ulbricht, der Erste Sekretär des ZK der SED, hatte die Welt mit einer Rede überrascht, in der er gefordert hatte, den Aufmarsch der Kalten Krieger zu zügeln. Die britische Nachrichtenagentur Reuters sowie die amerikanischen Büros von AP und UPI hatten sogar größere Auszüge der Rede verbreitet, wobei sie besonders den Vorschlag Ulbrichts hervorgehoben hatten, der Bonner Regierung einen Friedensschluss für zehn Jahre anzubieten. Und nun wussten die Politiker in Bonn nicht so recht, wie sie damit umgehen sollten. Zumal die Bundesregierung vom Ostblatt *Berliner Zeitung* nur als *Adenauers Polizeistaat* bezeichnet wurde, der selbst Frauen und Kinder schikaniere. Wenn eine Ostzeitung so etwas schrieb, war davon auszugehen, dass sie damit die offizielle Haltung widerspiegelte. Otto Kappe glaubte jedenfalls nicht, dass Ulbrichts Vorschlag aufgegriffen würde. Denn das hätte für die Bonner Regierung bedeutet, die Deutsche Demokratische Republik wie einen Staat auf Augenhöhe zu behandeln.

Friede – das schien derzeit nicht nur in Berlin so etwas wie eine Fata Morgana zu sein, die verschwand, sobald man sich ihr näherte. In Algerien forderten Tausende die Unabhängigkeit, im Kongo verhungerten täglich Hunderte von Flüchtlingen, weshalb das UN-Oberkommando umbesetzt werden sollte, und in Laos tobte ein Bürgerkrieg. Aber darüber regte sich hier niemand so sehr auf wie über die allgegenwärtigen Baustellen in der Stadt. Die Berliner redeten höchstens noch über den angeblichen Yeti-Skalp, den ein gewisser Sir Edmund Hillary, Bezwinger des Mount Everest, bei seinen Vorträgen präsentierte. Oder über die Linientreue der kommunistischen Zuckerrüben, zumindest derjenigen in der Sowjetunion. Von dort war nämlich die Nachricht eines Rekords in die Welt hinausgegangen: Man verzeichne eine dreifach größere Ernte als die USA.

«Und was machen wir nu?», unterbrach Galgenberg Kappes Gedankenausflug in die politische Großwetterlage.

«Ich denke, wir sollten uns tatsächlich mit diesem seltsamen Pferdediebstahl beschäftigen», erklärte Kappe entschlossen.

«Drei Kollegen – ein Gedanke.» Galgenberg strahlte. «Ick hab mir die Akten bereits kommen lassen.»

«Und – schon gelesen?»

«Zaubern kann ick nich. Aber überflogen hab ick sie. Also, es gab den Zirkus Mickler, der residierte in Hoppegarten und ging pleite, weil er Steuerschulden zahlen sollte. Darauf übernahm der Zirkus Baruk das Etablissement. Der war jedoch och nich sonderlich solvent, konnte nicht zahlen, ging ebenfalls pleite. Eine ganze Menge der ursprünglichen Mickler-Pferde wurden daraufhin konfisziert und beim Zirkus Barlay an der Friedrichstraße untergestellt.»

«Bei dem Zirkus, bei dem Holger Gericke und Karl Jarusch beschäftigt waren?»

«Genau.»

«Und weiter?»

«Der Zirkus Barlay, oder besser det, was davon übrigjeblieben ist, nachdem der Direktor vor Jahren mit allerhand Zirkuseigentum in den Westen jeflohen ist, konnte die Rösser gut gebrauchen. Mickler und Baruk haben sich derweil zusammengetan. Sie wollten sich offenbar nicht mit dem Verlust der Pferde abfinden und organisierten einen Pferdeklau. Der ging aber grandios schief. 94 Pferde, 5 Grizzlybären und Löwen wollten sie anjeblich mitnehmen. Wenn de mich fragst, is die Zahl ziemlich übertrieben. Herrjee, das war ein Aufstand! Anfangs hieß es, dass Mickler zusammen mit früheren Angestellten die Pferde nach'm Westen bringen wollte. Hat dein Onkel Hermann nie was davon erzählt?»

«Doch.» Jetzt erinnerte sich Otto Kappe, wie er zum ersten Mal von der Angelegenheit erfahren hatte: beim Sonntagskaffee mit Kappe senior und Tante Klara. «Aber wieso sagst du ‹anfangs›? Gibt es noch andere Versionen?»

«Die Ostpresse behauptete, dass Mickler West-Berliner Jugendliche für den Diebstahl engagiert habe. Die seien gefasst worden, woraufhin die Eltern die Haftanstalt bestürmt und gefordert haben sollen, ihre Kinder freizulassen. Es hat sogar Protestveranstaltungen der Familien vor dem Kleinen Ballhaus jegeben, in dem Mickler inzwischen der Chef war. Außerdem sollen sich die Mütter und Tanten benommen haben wie die Furien, sind Mickler auf die Pelle gerückt und haben ihm sogar det Gesicht zerkratzt. Soll ein richtiger Menschenauflauf gewesen sein. Mickler ist daraufhin durch ein Hoffenster getürmt. In den westlichen Medien stand davon nüscht! Für den missglückten Diebstahl belangt werden konnte Mickler nie, er lebte ja im Westen, und der Prozess fand in der Zone statt.»

«Wieso haben die Familien vor dem Kleinen Ballhaus protestiert?»

«Kommt noch, kommt allet noch. Im Oktober '53 wurde jedenfalls der Prozess eröffnet.»

«Wurden da Namen genannt?»

Galgenberg blätterte in den Protokollen. «Du bringst mit deinen Fragen meinen ganzen Gedankenfluss durcheinander! Moment, hier steht, Mickler soll Kontakte zu einem im Osten lebenden Artisten gehabt haben. Und zu einem Tierpfleger, der bei Barlay gearbeitet hat – das könnte Karl Jarusch gewesen sein.» Plötzlich brach Galgenberg in Lachen aus.

«Was ist los?»

«Da steht och die Geschichte mit dem Ballhaus. Mickler war, wie gesagt, inzwischen dessen Besitzer. Er soll die Jugendlichen vor dem geplanten Pferdediebstahl einbestellt, sie mit Freibier und

Schnaps abgefüllt und ihnen vorher noch den amerikanischen Western *Rauchende Revolver* vorgeführt haben, um sie in die richtige Stimmung zu bringen. Jedem Jugendlichen hat er 20 Mark versprochen, einem sogar 'ne Pistole in die Hand gedrückt.»

«Wie lief das Ganze nun ab?»

«Das muss ich erst nachlesen. Ah ja, die Jugendlichen und drei Tierpfleger sollten zum Zirkus Barlay gehen und behaupten, sie wollten mit 'nem Angestellten Geburtstag feiern. Den Nachtwächter wollten sie mit Schnaps und einem Betäubungsmittel außer Gefecht setzen. Det war jedenfalls der Plan. Doch die Person, die den Nachtwächter aus dem Verkehr ziehen sollte, is einfach nich erschienen. Also kroch einer der anderen über die Mauer, um det Tor von innen zu öffnen. Und wer stand vor ihm, als es offen war? Die Vopo!»

Jetzt musste auch Otto Kappe grinsen. «Das ist ja eine ziemliche Räuberpistole.»

«Kannste laut sagen.»

Kriminalmeisterin Lilli Lenné hatte aufmerksam zugehört. «Ach, *die* Geschichte ist das. Darauf hätte ich gleich kommen müssen. Ich habe auch davon gehört. Zirkus, Sie wissen ja, interessiert mich sehr.»

«Wissen wir.» Galgenberg grinste. «Über den missglückten Pferdediebstahl gab es übrigens sogar 'nen DEFA-Film. Der kam 1954 in die Kinos. Wie hieß der noch mal? Weißt du das, Kappe?»

Der runzelte die Stirn. «Ach ja, *Alarm im Zirkus*. Tante Klara hat den Film gesehen, die Frau von Onkel Hermann.»

Galgenberg nickte. «Hat nicht Uwe-Jens Pape den Bandenchef gespielt? Meines Wissens bekam der für die Rolle sogar die Beretta, die damals bei dem echten Ganoven gefunden worden ist. Die Berliner Volkspolizei musste bei den Dreharbeiten beratend zur Seite stehen. Ach ja, und Erwin Geschonneck, der Mickler sehr ähnlich sehen soll, spielte den Ballhausbesitzer.»

Kappe schaute entgeistert. «Den Namen habe ich noch nie gehört. Aber wenn es um den Zirkus Barlay ging, ist der Fall dann nicht in Ost-Berlin verhandelt worden? Woher kommt die Akte, in der du rumblätterst, Galgenberg?»

«Na ja, Akte kann man det nich so richtig nennen. Is eher so 'n Sammelsurium aus allem Möglichen, Zeitungsberichte eingeschlossen. Stimmt übrigens, der Fall ist vor dem Berliner Stadtgericht in der Littenstraße verhandelt worden. Aber viele der in der Nacht festgenommenen Personen lebten im Westen. Hier gibt es auch eine detaillierte Aufstellung dazu: 26 waren es insgesamt. Einer aus Tempelhof, einer aus Kreuzberg, elfe aus dem Bezirk Schöneberg, zwölf aus Mitte, Friedrichshain, Prenzlauer Berg und Weißensee, und dann haben wir noch einen Staatenlosen. Außer drei Jugendlichen, die sie am Ende noch am Kanthaken gepackt hatten, gab es elf Angeklagte. Die beiden Hauptangeklagten, gegen die der Strafsenat III b verhandelt hat, lebten im Westen. Die waren bei dem Prozess noch nicht mal anwesend. Galten offiziell als flüchtig. Na ja, jedenfalls hat das Gerichtsverfahren kräftig für Aufsehen gesorgt in den Zeitungen, auch in den westlichen. Und deshalb hat ein weitsichtiger Kollege eine, lass mich mal sagn, halboffizielle Akte mit Zeitungsartikeln angelegt. Zu meiner Überraschung hab ich darin sogar Kopien von einigen Gerichts- und Vernehmungsprotokollen gefunden. Weiß der Teufel, wie der Kollege da rangekommen ist. Die ganze Geschichte ist im April '53 passiert. Der Prozess hat erst im Oktober stattgefunden, aber im Jahr des Arbeiteraufstands ging in der Zone vielleicht manches drunter und drüber. Ick denke mal, vermutlich war man bei uns auch deshalb so aufmerksam, was den Fall betraf. Die Zeitungen in Ost- und West-Berlin haben sich mit Berichten überboten. Jede brachte noch mehr Details, jede beschrieb die Angelegenheit noch spektakulärer. Ick hab noch nicht alle Artikel gelesen, aber einige waren schon skurril.»

«Wie hieß denn der weitsichtige Kollege?»

«Den Namen hat er uns nich hinterlassen. Konnte ich auch nich rausfinden.»

«Er hat uns jedenfalls einen guten Dienst erwiesen. Apropos

Namen, Galgenberg, stehen in deinen Unterlagen noch weitere Namen?»

Galgenberg blätterte erneut. «Bei den Zeugen. Det ist aber merkwürdig, einer heißt Anton K.»

«Anton – wie der Stallknecht bei Reiz?»

«Ja. Aber halt! Ein weiterer Zeuge heißt Jarusch, Karl Jarusch. Der hat wohl mit dafür gesorgt, det der geplante Überfall aufgeflogen ist. Hat er jedenfalls behauptet. Zufälle gibt's!»

Kappe schaute auf seine Schuhspitzen, über den leichten Bauchansatz hinweg. Den hatten auch seine sportlichen Betätigungen nicht verhindern können. Er machte bei den «Kegelbrüdern Rattenkönige Charlottenburg» mit, die donnerstags in einer Kneipe an der Bismarckstraße kegelten, wo sein Sohn Peter praktischerweise beim Kegelaufsetzen sein Taschengeld aufbesserte. Außerdem spielte Kappe im Polizeisportverein Faustball. «Ich glaube nicht an Zufälle», sagte er nach einer Denkpause. «Und auch nicht, dass Jarusch ein Unschuldslamm war.»

Kriminalmeisterin Lilli Lenné nickte zu diesen Worten.

Galgenberg schnaufte. «Nu müssten wir klären, ob der Stallarbeiter Anton vom Zirkus Reiz und der Anton K. aus den Unterlagen ein und dieselbe Person sind. Und falls dem so ist, müssten wir mal Tacheles mit ihm reden.»

«Dazu müssten wir ihn aber erst einmal finden», wandte Otto Kappe ein.

In diesem Moment wurde die Bürotür aufgerissen. Sekretärin Frieda Kessel erschien mit hochrotem Gesicht. «Hier ist eine Frau Gericke, die darauf besteht, Sie zu sprechen. Sie lässt sich nicht abwimmeln.»

«Bringen Sie die Frau herein!», sagte Otto Kappe.

Anita Gericke war völlig aufgelöst. Sie kam sofort zur Sache: «Tom, es geht um Tom! Er ist weg.»

«Moment, haben Sie uns nicht erzählt, dass er öfter verschwindet? Der taucht bestimmt wieder auf», versuchte Kappe die aufgeregte Frau zu beruhigen.

«Nein, tut er nicht!» Anita Gericke schrie fast und wedelte mit einem Stück Papier herum. «Hier, lesen Sie selbst! Er hat einen Brief dagelassen. Darin steht, er wolle zurück nach Ost-Berlin und seine Ausbildung an der Artistenschule beenden. Ich solle nicht nach ihm suchen. Herr Kappe, bitte, können Sie nicht was tun?»

«Haben Sie sich schon erkundigt, ob es stimmt, was Ihr Sohn schreibt?»

«Ich bin nach Ost-Berlin zu einem ehemaligen Bekannten meines Vaters. Der ist Arzt und hat eine Praxis gleich hinter der Sektorengrenze. Er hat mir erlaubt, von da aus bei der Artistenschule anzurufen. Da haben sie Tom aber angeblich nicht gesehen.»

«Waren Sie auch persönlich bei der Schule?»

«Nein. Das Ganze war ohnehin schon ziemlich gefährlich. Wenn ich nicht solche Angst um Tom hätte, wäre ich nie über die Grenze gegangen. Die verhaften mich doch sofort, wenn sie mich erwischen. Mir fiel bloß nichts anderes ein.»

Anita Gerickes Befürchtungen waren berechtigt.

Sie nestelte etwas aus ihrer Handtasche. «Ich habe ein Photo von Tom mitgebracht. Sie müssen mir helfen, bitte! Ein Mutterherz spürt, wenn etwas nicht stimmt.»

Galgenberg schaute Kappe an. Kappe schaute Galgenberg an und stöhnte innerlich. Lilli Lenné schaute auf die aufgelöste Frau Gericke. Kappe ahnte, was Galgenberg im Sinn hatte. Der Kollege musste gar nichts sagen. Onkel Hermann sollte mal wieder ran. Er hatte ihnen zwar von seinem Besuch bei Barlay interessante Informationen mitgebracht, aber irgendwann musste Schluss sein. Sonst dachte der Onkel wirklich noch, seine Nachfolger verstünden nichts von Polizeiarbeit. Kappe beschloss, die unausgesprochene Aufforderung Galgenbergs zu ignorieren, und wechselte das Thema. «Wie geht es Ihrer Mutter?», erkundigte er sich bei Anita Gericke, in der Hoffnung, die noch immer schluchzende Besucherin etwas zu beruhigen.

Lilli Lenné nahm die Verzweifelte, die am ganzen Körper zitterte, kurzerhand in den Arm. «Wird schon werden. Herr Kriminaloberkommissar Kappe ist ein erfahrener Mann, er weiß bestimmt einen Rat.» Sie sah Kappe über den Kopf von Anita Gericke hinweg mit einem Blick an, der bedeutete: Wehe, wenn nicht! Dann ließ sie die Frau wieder los.

Anita Gerickes Schultern zuckten weiter. Doch sie hatte sich etwas gefasst. «Meine Mutter ist tot. Sie ist in der Nacht im Krankenhaus gestorben. Ich konnte mich bisher noch nicht einmal um die Beerdigung kümmern.»

«Und was macht der Aufnahmeantrag?»

«Nachdem sich noch immer nichts getan hatte, bin ich zu einer Beratungsstelle gegangen, die von den Freiheitlichen Juristen betrieben wird. Der Mitarbeiter hat mir gesagt, sie helfen mir. Mein Antrag müsste eigentlich genehmigt werden, weil für eine Aufnahme der Beleg der Arbeitsfähigkeit inzwischen reicht. Und arbeitsfähig bin ich.»

«Hieß der Mann Götz Schlicht?», erkundigte sich Otto Kappe.

Anita Gericke nickte. «Ja, ein sehr kompetenter Mensch. Er hat genau verstanden, wo meine Probleme liegen.»

Otto Kappe schaute betroffen, sagte aber nichts. Von Götz Schlicht hatte er schon gehört. Es gab keine Beweise, aber man vermutete, dass der Mann von der Beratungsstelle des Untersuchungsausschusses Freiheitlicher Juristen, die auf dem Gelände des Notaufnahmelagers Marienfelde residierte, für die Staatssicherheit arbeitete. Er hatte wegen seiner Tätigkeit für die Freiheitlichen Juristen in der Zone in Haft gesessen, war aber wider Erwarten frühzeitig entlassen worden. Das roch faul.

Hans-Gert Galgenberg sah die verhärmte Frau mitleidig an. «Na, denn kommen Se mal mit! Ick bring Sie zu den Kollegen von der Vermisstenstelle. Bei denen können Sie eine Vermisstenanzeige aufgeben. Kann ja nicht schaden, Otto, was?»

«Ne, kann nicht schaden», antwortete Kappe.

Als Galgenberg mit Anita Gericke draußen war, ging er zum Telefon. «Hallo, Schulz! Hier ist Kappe, Mordkommission. Wir brauchen Ihre Unterstützung. Setzen Sie Ihre Leute in Marsch, und schaffen Sie einen gewissen Anton her! Egal, wie. Er ist Stallarbeiter und Mann für alle Fälle beim Zirkus Reiz in Kladow. Dort behaupten sie zwar, dass er verschwunden ist, aber ich denke, der hat sich irgendwo versteckt. Der Mann ist ein wichtiger Zeuge im Mordfall Jarusch. Und wehe, Sie lassen sich von Zirkusdirektor Reiz abwimmeln! Der weiß bestimmt, wo dieser Anton steckt. Und wenn nicht er, dann vielleicht die Frau Zirkusdirektorin. Bitte macht hinne!»

Otto Kappe wusste nicht, woher er die Gewissheit nahm, aber in ihm verfestigte sich die Überzeugung, dass der misslungene Pferdediebstahl der Schlüssel zur Lösung ihres Mordfalls war.

«Soll ich mal mit Monika Gericke reden, Herr Oberkommissar? Vielleicht vertraut sie einer Frau mehr als einem Mann.»

Kappe legte den Hörer auf die Gabel und blickte hoch. «Gute Idee, Kriminalmeisterin Lenné. Ich selbst habe die Kleine bisher nur in heulendem Zustand erlebt, ansonsten hat sie kaum einen Pieps herausgebracht. Vielleicht weiß sie ja, wo ihr Bruder ist.»

«Ich mache mich gleich auf nach Reinickendorf.»

Kappe nickte und schaute ihrem so wunderbar schwingenden ... Rücken hinterher, als sie zur Tür schritt.

KAPITEL ELF

Sonnabendmorgen, 17. Dezember 1960

«TOM, komm nach Hause!»

«Das geht nicht.» Die Miene des Jungen verschloss sich. «Die rechnen hier beim Zirkus Barlay mit mir. Ich kann nicht einfach so wegrennen. Außerdem habe ich hier alles, was ich brauche.»

Monika Gericke sah sich in dem kleinen alten Wohnwagen um. Der Bruder hatte es sich, so gut es ging, gemütlich gemacht. Eine schon etwas zerschlissene Flickendecke auf dem Bett sorgte für Farbe vor den gräulich ausgebleichten Wandbrettern, auf denen hie und da noch Reste des abgeblätterten weißen Anstrichs zu sehen waren. Monika entdeckte Hugo, Toms kleinen Stoffhund, und spürte einen Kloß im Hals. Bilder aus unbeschwerten Tagen wechselten sich ab mit jenen der Flucht, des kranken Vaters, der weinenden, verhärmten Mutter. An der Wand hing sogar ein Photo der gesamten Familie. Aus besseren Zeiten, in denen sie noch alle zusammen gewesen waren. Sie konnte den Bruder verstehen. Es war schrecklich, so entwurzelt zu sein. Tränen stiegen ihr in die Augen. Doch sie versuchte, die Fassung zu bewahren. Sie wusste, Thomas hasste Gefühlsausbrüche. Monika schluckte. «Tom, bald haben wir eine eigene Wohnung. Bitte, komm nach Hause!»

Der Blick des Jungen war finster. «Lass mich in Ruhe! Mutter hat ja noch dich. Du hättest nicht kommen dürfen.»

Monika sah genau, dass es Tom nicht gutging. Sie kannte ihren Bruder und merkte, wie sehr auch er um Fassung rang. «Das kannst du doch nicht machen!», flehte sie. «Was soll das denn für ein Weihnachtsfest sein, wenn du nicht bei uns bist? Warte nur ab, im nächsten Jahr wird alles besser! Mama hat sogar eine Stelle bekommen. Sie wird als Gesellschafterin in Dahlem arbeiten, in einer großen alten Villa mit einem tollen Garten. Morgen ziehen wir dahin. Mama gefällt es gut, und die alte Dame, die sie unterstützen soll, ist auch sehr nett. Wir haben eine richtige eigene kleine Wohnung. Zwei Zimmer, und wir können das Bad und die Küche mitbenutzen. Tom, da ist genug Platz für dich. Frau Krüger hat nichts dagegen, wenn du auch bei ihr wohnst. ‹Der Junge kann uns sicher helfen, wenn ich mal nicht mehr so gut gehen kann›, hat sie gesagt. Stell dir vor, Frau Krüger hat sogar einen Hund! Einen ganz tollen, ich glaube, einen Spaniel. Du wolltest doch schon immer einen Hund haben. Mit dem könntest du jeden Tag spazieren gehen. Wenn wir eingezogen sind, darf ich Frau Krüger aus der Zeitung vorlesen. Und Mama kümmert sich um den Haushalt und kocht. Es gibt sogar eine Putzfrau. Frau Krüger ist ziemlich reich. Du kannst uns ganz leicht erreichen: Die Villa ist nicht weit vom U-Bahnhof Dahlem-Dorf weg, der liegt zwischen Krumme Lanke und Breitenbachplatz, bei der Königin-Luise-Straße. Du weißt schon, westlich davon befindet sich das ehemalige Herrenhaus. Darin ist jetzt die tierärztliche Außenklinik des veterinärmedizinischen Instituts der Freien Universität untergebracht. Wir wohnen in der Arnimallee Nummer 8, im Universitätsviertel.»

Tom hatte nicht die Absicht, dorthin zu ziehen. «Dann kann Mama wenigstens endlich aufhören zu heulen.»

«Ich muss dir noch was Schlimmes sagen: Oma ist tot.»

Tom schluckte, sein Gesicht versteinerte sich. «Umso besser. Dann ist Mama diese Sorge los.»

«Ach Tom, was ist bloß mit dir passiert? Warum bist du so gemein?»

Jetzt brach es aus dem Jungen heraus: «*Ich* bin nicht derjenige, der gemein ist. Ich habe alles verloren. Alles, wovon ich geträumt habe. Und jetzt habe ich nichts mehr.» Nun hatte auch Thomas Gericke plötzlich Tränen in den Augen, sein harter Gesichtsausdruck wurde etwas weicher. «Oma ist tot», wiederholte er leise. Gleich darauf kehrte seine trotzige Miene zurück. «Dann hab ich erst recht keinen Grund mehr, in den Westen zu gehen. Sag Mama ... ach, sag Mama nichts!»

«Musstest du denn bei Barlay keine Papiere abgeben? Oder eine Einverständniserklärung von Mama? Du bist ja noch nicht volljährig.»

«Ich habe mich für älter ausgegeben, als ich bin, und behauptet, dass ich meine Papiere in Marienfelde abgegeben habe und die Mitarbeiter sie dort bisher nicht wiederfinden konnten. Sie haben mir geglaubt. Jedenfalls hat bisher niemand nachgefragt. Und wenn das jemand tut, dann lasse ich mir eben etwas einfallen. Mama schreibe ich in einer Weihnachtskarte, dass sie aufhören soll, nach mir zu suchen, da ich nach Amerika ausgewandert bin.»

«Tom, du kannst Mama und mich nicht einfach alleinlassen! Wir haben dich doch lieb. Du fehlst uns so.»

Toms Kiefer mahlten. Monika konnte sehen, dass den Bruder ihr Flehen nicht unberührt ließ. Doch er blieb hart. «Ich kann euch nicht unterstützen, Moni. Und wie es aussieht, braucht ihr mich auch nicht mehr, Mama und du. Sobald ich eine eigene Nummer als Artist aufgebaut habe, werde ich mich einer reisenden Zirkustruppe anschließen. Dann bin ich sowieso weg. Ich muss mir ein eigenes Leben aufbauen, ich kann nicht ewig an Mamas Rockzipfel hängen. Aber ich werde auch nicht vor denen im Westen in die Knie gehen und um Unterstützung betteln. Ich kenne jemanden, der mir hilft.»

«Wer?»

«Das sage ich dir nicht. Du hast Mama doch nicht etwa erzählt, wo ich bin?»

«Natürlich nicht! Das habe ich dir ja versprochen. Ich muss aber bald wieder zurück, sonst vermisst sie mich. Wir müssen auch packen für den Umzug.»

«Es ist wirklich besser, du gehst jetzt. Warum bist du überhaupt gekommen? Ich hatte doch gesagt, du sollst mich vergessen.»

«Mama heult sich die Augen aus. Erst stirbt Papa, und dann haust du auch noch ab.»

Thomas Gericke betrachtete seine kleine Schwester mürrisch. «Ich bleibe hier bei Barlay. Der Westen ist nichts für mich. Da haben wir nur Schlechtes erlebt. Die wollen uns doch überhaupt nicht haben.»

«Mama schaut mich schon die ganze Zeit so komisch an. Ich glaube, sie ahnt, dass ich weiß, wo du steckst.»

«Gib es zu, du hast was gesagt!»

Monika verdrückte eine Träne. «Hab ich nicht! Auch nicht der netten Kommissarin, die bei uns war und mich zur Seite genommen hat.»

Tom wurde vollends misstrauisch. «Welche Kommissarin?»

«Die zwei Kommissare von der Mordkommission hast du ja selbst noch erlebt, die Kommissarin gehört wohl zu ihnen. Anscheinend glauben sie noch immer, Mama könnte was mit dem Tod von diesem Jarusch zu tun haben.»

Toms Gesicht versteinerte sich. «So ein Blödsinn! Die im Westen sind einfach nur meschugge. Mama würde so was nie tun.»

«Klar. Die Kommissarin hat jedenfalls versucht, mich auszuhorchen. Hab aber nix gesagt. Obwohl dieses Fräulein Lenné eigentlich sehr nett ist. Ich habe nur das wiederholt, was wir schon den Kommissaren gesagt haben.»

«Dann ist ja gut. Mein Zuhause ist im Osten. Schlimm genug, dass ich wegen Papa in der Artistenschule als Republikflüchtling meine Ausbildung nicht beenden kann.»

«Papa kann nichts dafür. Du weißt genau, dass Oma der Grund dafür war.»

«Ist mir egal. Jedenfalls war der ganze Plan von Anfang an Mist. Wären wir geblieben, wo wir waren, ginge es uns jetzt besser. Wo sollen wir überhaupt hin? In dieses Lager gehe ich auf keinen Fall zurück!»

«Ich habe doch gesagt, dass wir eine Wohnung bekommen und Mama Geld verdient. Jetzt wird alles gut.»

«Geld, Geld – das ist alles, worum es im Westen geht. In so einem Staat will ich nicht leben. Mama war Lehrerin, Papa ein berühmter Dompteur. Und was ist jetzt? Mama weint unentwegt, und Papa ist tot.»

Monika stampfte mit dem Fuß auf. «Du musst aber zurückkommen! Sonst bin ich ganz allein. Und außerdem ist Mama zur Polizei gegangen.»

«Was hat Mama getan?»

«Sie hat sich solche Sorgen gemacht. Sie glaubt, du irrst durch die Straßen und weißt nicht, wohin. Deshalb hat sie dich als vermisst gemeldet. Nun wird nach dir gesucht.»

Jetzt wirkte Thomas Gericke regelrecht feindselig. «Hat Mama sie noch alle? Sie macht mir noch die allerletzten Chancen kaputt, die ich hier habe. Jetzt, wo alles einigermaßen läuft. Vielleicht bin ich bald gut genug, um eigene Engagements zu bekommen. Hier bei Barlay darf ich sogar bei den Luftakrobaten mittrainieren. Und wenn ich mich geschickt anstelle, bauen sie mich vielleicht in ihre Nummer ein. Dann bin ich nicht mehr nur der Zeltarbeiter und Stallbursche. Sag Mama, sie muss sofort zur Polizei gehen und melden, ich sei wieder da!»

«Dann wird sie aber wissen wollen, warum sie das sagen soll und wo ich dich getroffen habe.»

Tom starrte seine Schwester nachdenklich an. «Egal, was ist, ich komme nicht in den Westen. Denk dir was aus!»

«Aber dann müssen wir Weihnachten wirklich ohne dich feiern und den Jahreswechsel auch. Das kannst du uns nicht antun, Tom!»

«Na gut. Dann schreibe ich Mama eben tatsächlich eine Karte. Mit Stempel aus Hiddensee oder so. Das organisiere ich schon irgendwie. Oder ne, noch besser, sag ihr, ich bin nach Bad Saarow, dahin, wo Opa gewohnt hat.»

Jetzt konnte Monika Gericke ihr Schluchzen nicht mehr unterdrücken. «Ach Tom, ich vermisse dich so!»

«Dann komm zu mir! Ich bringe uns beide schon durch.»

«Das geht nicht. Dann ist Mama ganz allein. Darf ich dich wenigstens hin und wieder besuchen?» Monika streckte ihrem

Bruder ein zusammengefaltetes Stück Papier hin. «Hier, Tom, ich habe dir unsere neue Adresse aufgeschrieben.»

Thomas Gericke strich seiner kleinen Schwester übers Haar. «Ach Moni, das ist alles ein scheußlicher Schlamassel. Du musst unbedingt dafür sorgen, dass Mama die Vermisstenanzeige zurückzieht!»

«Wen will sie denn suchen lassen?» Eine männliche Stimme mischte sich in das Gespräch der Geschwister.

Monika fuhr herum. Sie sah sich einem Mann mit rötlichen Haaren gegenüber. Er war schlank, drahtig und hatte einen schmalen Mund. Aus den Augen sprühte etwas, das Monika Angst machte. Auch Tom versteifte sich.

Der Mann blieb eine Weile in der Wohnwagentür stehen und schloss sie dann. «Wer bist du?», fragte er zu Monika gewandt. Er trug ein zerschlissenes Jackett und darunter einen dicken Wollpullover mit Rentiermuster. Seine hellblauen Augen schauten Monika an, als wolle er das Mädchen gleich aus dem Wohnwagen werfen. Monika bekam eine Gänsehaut. «Wer ist das?», fragte sie ängstlich ihren Bruder, ohne dem Mann zu antworten.

«Das ist mein Freund Anton», meinte Tom nach einer Pause gepresst.

Monika begriff, dass auch ihr Bruder erschrocken war.

«Er arbeitet auch beim Zirkus.»

«Wer ist das?», fragte Anton noch einmal. Seine Stimme klang jetzt bedrohlich. Er nahm Tom Monikas Zettel aus der Hand und pfiff anerkennend. «Sieh an, Töchterlein aus reichem Hause! Na, da hast du dir aber eine schnieke Biene geangelt. Villa in Dahlem. Was sag ick, Junge, aus dir wird noch wat! Da muss ich doch mal vorbeischauen in Dahlem und hallo sagen, was meinste?»

«Das ist meine Schwester», erklärte Tom.

Er hörte sich so kleinlaut an, so eingeschüchtert. Monika bekam noch mehr Angst. Sie wollte nicht, dass der Mann nach Dahlem kam.

Die Stimme des Manns wurde kalt. «Wie bitte, deine Schwester? Was macht die Göre hier? Ick hab dir gewarnt! Wieso weiß die überhaupt, det du hier bist?»

«Ich ... ich ...»

«Ick hab dir verboten, es jemandem zu erzählen!»

Tom ließ den Kopf hängen.

Monika nahm all ihren Mut zusammen. «Tom kann nichts dafür. Ich habe ihn so lange gelöchert, bis er mir gesagt hat, wohin er geht.»

Der Mann namens Anton packte sie so fest am Arm, dass sie aufschrie. «Ick warne dir, Kleene, auch nur ein Pieps, und dein Bruder kann sehen, wo er bleibt!»

«Ich sag nichts, ich verspreche es.» Monika zitterte am ganzen Körper. Warum half Tom ihr denn nicht?

Der hob endlich den Kopf. «Lass sie in Ruhe, Anton! Sie wird nicht verraten, wo ich bin.»

«Das will ich auch hoffen!»

«Monika, du gehst jetzt am besten. Und komm nie wieder her! Versprichst du mir das?»

Sie nickte. «Ach Tom ...», sagte sie noch, ehe sie die Tür des Wohnwagens hinter sich schloss.

Anton sah ihr nach. «Kannst du ihr trauen? Was, wenn sie zur Polizei geht?» Er sprach plötzlich reinstes Hochdeutsch.

«Das wird sie nicht, ich schwör's.»

«Das ist auch besser so. Für sie und für dich. Du weißt, was mit Menschen geschieht, denen ich nicht vertrauen kann.»

Tom nickte. O ja, das wusste er. Er hatte es selbst erlebt.

KAPITEL ZWÖLF

Sonnabendmittag, 17. Dezember 1960

KRIMINALMEISTERIN LILLI LENNÉ war nachdenklich. Der Besuch im Reinickendorfer Lager vom Vortag ging ihr nicht aus dem Kopf.

«Da sind Sie ja! Wo waren Sie? Was sagt die Kleine?», erkundigte sich Otto Kappe am Mittag im Büro in der Gothaer Straße.

«Nichts sagt sie. Das Mädchen ist stumm wie ein Fisch geblieben. Da stimmt was nicht. Ich war heute Morgen noch mal dort, weil ich der Angelegenheit auf den Grund gehen wollte. Deshalb bin ich so spät dran.»

«Wie kommen Sie darauf, dass etwas nicht stimmt?»

«Das Mädchen ist völlig durch den Wind. Und der Mutter geht es richtig schlecht. Dabei hätten die beiden guten Grund, etwas gelöster zu sein. Die Familie hat Wohnung und Arbeit in Dahlem in Aussicht.»

«Na ja, der Junge ist schließlich nach wie vor verschwunden.»

«Das allein ist es nicht», stellte Lilli Lenné fest. «Ich weiß nicht, warum, aber für mich sieht es fast so aus, als habe die Tochter vor irgendetwas Angst.»

«Wovor sollte sie Angst haben?»

«Genau das weiß ich nicht. Monika hatte heute ein völlig verheultes Gesicht. Das Mädchen bedrückt etwas.»

«Hat die Kleine selbst etwas dazu gesagt?»

«Nein, Monika stellte sich stur, machte den Mund einfach nicht auf. Aber ich bin mir sicher, dass sie uns etwas verschweigt.»

«Wie? Wer verschweigt was?» Galgenberg kam zur Tür herein. Lilli Lenné erklärte ihm die Lage.

«Ick werd mal Druck in der Vermisstenstelle machen. Je schneller wir Thomas Gericke finden, desto besser.»

«Ich frage mich gerade, ob der Unfall des Vaters und das Verschwinden des Jungen etwas miteinander zu tun haben. Dann wäre der Bengel vielleicht sogar in Gefahr. Zumindest, falls hinter dem Unfall wirklich ein Mordanschlag steckt. Wir müssen uns unbedingt näher damit beschäftigen. Zu dem Unfall muss es doch eine Akte geben.» Otto Kappe schaute sehr sorgenvoll von Galgenberg zu Lilli Lenné.

«Ick kümmere mich drum. War gerade schon im Archiv. Hab aber noch nichts gefunden», antwortete Hans-Gert Galgenberg.

Der Fernsprechapparat klingelte. Das Grinsen im Gesicht von Revierleiter Karl Schulz war für Otto Kappe sogar übers Telefon auszumachen. «Wir ham euren Anton.»

«Ist nicht unser Anton. Und - wo war er?»

«Im Bett einer gewissen Zirkusdirektorin namens Edda Reiz. Mitten am helllichten Tag. Was sagt man dazu! Na ja, vielleicht haben die gedacht, zu der Zeit ist der Herr Direktor anderweitig beschäftigt. Da hätten Sie dabei sein sollen! Erst wollte der Rotschopf flüchten. Splitterfasernackt übers Zirkusgelände. Das hat der werte Gatte natürlich mitbekommen. Der hat vielleicht geschäumt, der Herr Direktor! Würde mich nicht wundern, wenn seine Frau sehr viel Ärger bekommt.»

«Oh, ein Verhältnis! Meinen Sie, Reiz tut seiner Frau etwas an?»

«Ich würde jedenfalls nicht die Hand dafür ins Feuer legen, dass er nicht Mordgelüste hegt.»

«Sollten wir nicht etwas unternehmen?»

«Was denn? Noch hat er ja nichts gemacht. Und Sie wissen so gut wie ich, dass wir erst dann eingreifen können, wenn etwas passiert ist. Aber ganz ehrlich, verstehen könnte ich ihn schon.»

Die letzte Bemerkung hätte Schulz sich besser gespart, dachte Otto Kappe und fragte sich, wie er reagieren würde, wenn Gertrud ... Nein, so etwas würde sie nicht tun. In ihrer Ehe war, wenn überhaupt, er derjenige, der mal einen Blick riskierte. Zum Beispiel auf ein gewisses Fräulein Lenné. Und Gertrud konnte sogar mit ihm darüber lachen, wenn er hin und wieder unwillkürlich einem hübschen Mädchen hinterherschaute. Doch zurück zu Anton. «Schicken Sie den Kerl hierher, in die Gothaer Straße!»

«Ist schon unterwegs, müsste gleich bei Ihnen eintreffen. Frohe Vernehmung, Kollege!»

Galgenberg schaute fragend, als Kappe den Telefonhörer aufgelegt hatte.

«Wir bekommen Besuch. Sie haben diesen Anton gefunden.»

«Na prima, wird doch!»

«Ich bin gleich wieder da», erklärte Kriminalmeisterin Lilli Lenné und ging ohne weitere Erklärung aus dem Raum.

Als Anton eintraf, fielen Otto Kappe sofort dessen Augen auf. Darin verbarg sich etwas Lauerndes. Mit diesem Blick und seinen rötlichen Haaren erinnerte der Stallbursche an einen Fuchs.

«Wo haben Sie gesteckt?», begann Kappe die Befragung, nachdem geklärt war, dass Antons Nachname tatsächlich mit K begann. So wie der des Zeugen im Prozess gegen die Pferdediebe. Kreusel lautete er. Anton Kreusel, 45 Jahre alt, war ungelernter Hilfsarbeiter. Geboren in Pankow.

Der Betreffende schaute unschuldig, so gut er es mit seinem Fuchsgesicht vermochte. «Wieso?»

«Wir haben Sie gesucht – hat Ihnen die Familie Reiz das nicht gesagt?»

Der Zeuge grinste anzüglich. «Also, ick war ziemlich beschäftigt. Aber jetzt bin ick ja da. Was wollen Sie eigentlich von mir? Weshalb die Sehnsucht?»

«Kennen Sie einen gewissen Karl Jarusch?»

«Nie gehört, den Namen.»

«Det kann nicht sein. Hören Sie auf, uns zu verkohlen!», donnerte Hans-Gert Galgenberg dazwischen.

Anton Kreusel gab sich weiter, als wäre er die Ruhe selbst, aber in seine blauen Augen war ein wachsamer Ausdruck gestiegen. «Ne, ick weiß nicht, wer det is. Wat is überhaupt mit dem?»

«Sie kennen Karl Jarusch», beharrte Otto Kappe. «Sie haben zusammen mit ihm in einem Prozess ausgesagt.»

«Kann mir nich erinnern.»

Galgenberg zog die Stirn in Zornesfalten. «Und davon, det ein gewisser Mickler, inzwischen Inhaber des Kleinen Ballhauses, eine Truppe Jugendlicher engagiert hatte, um beim Zirkus Barlay an der Friedrichstraße Pferde zu stehlen, weeste natürlich auch nüscht.»

«Woher sollte ick? Und sag'n Sie nich du zu mir. Für Sie bin ick immer noch Herr Kreusel.»

Otto Kappe knallte die von Galgenberg besorgte Akte vor Anton Kreusel auf den Tisch und bemerkte mit Genugtuung, dass dieser tatsächlich ein wenig zusammenzuckte. «Hier, Herr Kreusel! Darin steht es schwarz auf weiß: Sie haben wie Karl Jarusch im Jahr 1953 als Zeuge im Prozess gegen die Verdächtigen des gescheiterten Pferdediebstahls ausgesagt. So etwas vergisst man nicht.»

«Ach, det war mir wirklich glatt entfallen. Hab ja auch nicht viel gesehen. Bin nur zufällig Gast im Kleinen Ballhaus gewesen, als Mickler die ganze Schose ausgeheckt hat. Aber mit dem Pferdeklau selbst hatte ich nüscht zu tun.»

Hans-Gert Galgenberg warf Otto Kappe einen bedeutungsvollen Blick zu. Der hatte gerade etwas sagen wollen, schloss auf dieses Zeichen hin den Mund aber wieder, gespannt, was nun folgen würde. Er vermutete, der Kollege hatte sich die Unterlagen zum Fall Mickler in der Zwischenzeit ein wenig genauer angeschaut. Jedenfalls wirkte er, als wolle er gleich eine Bombe platzen lassen.

«Sie sind also ganz zufällig beim Zirkus Reiz gelandet, *Herr Kreusel*?»

«Ja. Hab mir da beworbn.»

«Sie kannten den Herrn Zirkusdirektor nicht von früher?»

«Woher sollte ick ihn gekannt haben?»

«Sie scheinen ja ein reines Unschuldslamm zu sein.»

«Bin ick, Herr Kommissar, bin ick.»

«Und wie kommt es dann, dass beim Zirkus Reiz bereits im

Jahr 1952 zwei Pferde aus dem Bestand der Zirkusse Mickler und Baruk gefunden wurden, die laut der damaligen Aussagen einem gewissen Anton Kreusel gehörten?»

«Wer sacht det?»

«Das hat im Prozess ein gewisser Karl Jarusch behauptet, der zuletzt als Stall- und Zeltarbeiter bei Reiz beschäftigt war.»

«Lüge, det is allet Lüge! Wenn ick Pferde hätte, denn müsste ick nich als Knecht arbeiten.»

«So wie ich das sehe, war der missglückte Diebstahl im Jahr 1953 wohl nicht der erste Versuch von Mickler, seine Pferde zurückzubekommen. Wahrscheinlich steckten sie mit ihm unter einer Decke, haben die beiden Rösser für ihn schon vorher geklaut und schnellstens bei Reiz untergestellt, mit dem Wissen des Herrn Direktor Reiz persönlich.»

«Ick war nicht beteiligt, an nüscht. Hat der Reiz am Ende so wat behauptet? Würde ihm ähnlich sehen. Der und Jarusch sind bloß eifersüchtig. Fragen Sie doch mal den Reiz nach seiner Rolle bei dem Diebstahl der Barlay-Klepper!»

«Was soll das nun wieder heißen?», hakte Otto Kappe nach. «Was hat Reiz mit dem Pferdediebstahl zu tun?»

«Ick sach nüscht. Reden Sie doch einfach mit Reiz selbst!»

«Und warum sollten Reiz und Jarusch eifersüchtig sein?»

«Na, weil Edda Reiz jetzt *mir* ihre Gunst schenkt. Det gefällt den Herren nicht. Mit Jarusch hatte sie och mal was am Laufen. Mehr sag ick aber nich. Bin ja Gentleman. Die Dame weiß eben meine Fähigkeiten zu schätzen.»

«Kann ich mir vorstellen», befand Kappe trocken.

Anton Kreusel nickte. Er schien für Ironie völlig unempfänglich zu sein. «Stimmt doch, det der Reiz behauptet hat, ick wär in den Pferdediebstahl verwickelt gewesen, oder? Sie brauchn nix zu sagen. Der lügt, der will mir wegen seiner Frau bloß eins reinwürgen. Machen kann der nämlich im Prinzip nüscht. Der Zirkus gehört seiner Frau. Und wenn die ihn rausschmeißt, dann ist er völlig mittellos.»

«Und wie stand es zwischen Ihnen und Karl Jarusch? Vielleicht hatten Sie Streit, vielleicht gab ein Wort das andere, und dann kam ein Messer ins Spiel. Womöglich waren Ihre Fähigkeiten doch nicht so befriedigend, wie Sie sagen, und Edda Reiz wollte zu Jarusch zurück, der angeblich von Ihnen ausgestochen wurde. Deshalb haben Sie ihn umgebracht. So eine reiche Zirkusdirektorin, die ist schon ein mögliches Motiv.»

«Ach, und woher sollte ick jewusst haben, det der wieder in der Arminiushalle arbeitet?»

Otto Kappe richtete sich auf, das Gesicht von Hans-Gert Galgenberg zeigte Anspannung. «Kollege Galgenberg, habe ich was von Arminiushalle gesagt?»

Der schüttelte den Kopf.

«Und von ‹wieder› schon gar nichts. Sie standen also doch in Kontakt.»

Jetzt hatten sie den abgebrühten Anton Kreusel erwischt. Er wurde ein wenig unruhig. «Was wollen Sie damit sagen? Ick meine, Sie wollen doch nicht ... Jetze weiß ick's wieder: Det stand in der Zeitung, det der Jarusch in der Arminiushalle gearbeitet hat.»

Das stimmte dummerweise. «Ich glaube, dass Sie das auch ohne Zeitung wussten. Wäre nicht das erste Mal, dass ein eifersüchtiger Liebhaber einen Nebenbuhler umbringt.»

Anton Kreusel sprang auf. «Ick war det nich! Ick hab den nich abgestochn und in die Blutwürste gelegt. Den Reiz müssen Se fragen! Der hatte 'nen Grund. Oder einen gewissen Holger Gericke. Der hat früher immer mit dem Jarusch rumgehangen, det hat mir der Reiz erzählt. Waren wohl mal ganz dicke, die beedn. Der Jarusch hat den Gericke auch zu Reiz gebracht. Wunderte mich sowieso, weshalb der plötzlich als Aushilfe bei so 'ner Klitsche arbeiten wollte. Der war bei Barlay im Osten ein ganz bekannter Dompteur. Jarusch hat ihn eines Tages angeschleppt.»

«Warum hat Jarusch das getan?»

«Was weiß denn icke? Vielleicht hatte der Gericke Ärger im Ostn, vielleicht hat der Jarusch och dessen Frau beglückt und hinterher ein schlechtes Gewissen bekommen. Der war doch hinter jedem Rock her. Was nicht bei drei auf dem Bäumen saß, hat der sich gegriffen. So, und mehr sag ich jetzt nich. Ick will mit mein' Anwalt sprechen. Und an dem Montag war ick bei meiner Edda.»

«Wir werden Sie wohl vorerst hierbehalten», befand Otto Kappe seelenruhig. «Denn wir haben Ihnen nicht gesagt, dass das Opfer in den Blutwürsten lag. Und *davon* stand auch nichts in der Zeitung.»

«Sie werden schon sehen, Edda bestätigt allet», jammerte Anton Kreusel, inzwischen sehr viel weniger selbstsicher.

«Wir werden mit ihr reden», meinte Hans-Gert Galgenberg – und schaute zur Bürotür, die sich gerade öffnete.

Kriminalmeisterin Lilli Lenné kam ins Zimmer. «Ich wollte nur sagen, dass wir Nachricht von den Kollegen aus Ost-Berlin haben. Der Junge, Thomas, ist wirklich nie in der Artistenschule aufgetaucht.»

«Ist das sicher?», erkundigte sich Otto Kappe.

«Ich denke schon», antwortete Kriminalmeisterin Lenné, ehe sie die beiden Herren anlächelte. «Ich werde noch ein drittes Mal mit der Mutter und der Schwester reden. Vielleicht sind sie jetzt gesprächiger. Steter Tropfen höhlt den Stein.»

Anton Kreusel hielt die Luft an. Otto Kappe wunderte sich, schob es dann aber auf den Umstand, dass der Mann bis zur Klärung seines Alibis in Untersuchungshaft verbringen würde. «Sie sind verhaftet. Mordverdacht», erklärte er.

Kreusel strich sich durch die Haare, verzog aber keine Miene. «Ick will 'nen Anwalt.»

«Kriegen Sie. Später.» Der Mann bräuchte vor allem mal einen Friseur, dachte Kappe. Nun, wenn er verurteilt war, würde der Herr Kreusel den richtigen Schnitt schon bekommen.

Nachdem Kreusel abgeführt worden war, wurden die Kollegen vom zuständigen Revier in Kladow losgeschickt, um dessen Alibi zu überprüfen. Eine Stunde später berichteten sie telefonisch: Edda Reiz hatte ihrem Liebhaber tatsächlich ein Alibi gegeben, Zirkusdirektor Reiz hingegen bestand darauf, dass *er* zur nämlichen Zeit seiner Frau beigewohnt habe, wie es vornehm hieß, Kreusel also gar nicht bei ihr gewesen sein könne. So stand Aussage gegen Aussage. Die Einzige, die dadurch ein ziemlich gutes Alibi hatte, war Edda Reiz.

Und genau das gab Otto Kappe zu denken. Die Frau sah harmlos aus, schien es aber faustdick hinter den Ohren zu haben.

«So», sagte er schließlich, nachdem es fast zehn Uhr abends geworden war, «die Ungereimtheiten in diesem Fall werden wir heute nicht mehr lösen. Jetzt machen wir erst einmal Feierabend. Am Montag reden wir weiter. Kreusel sitzt sicher hinter Schloss und Riegel.»

Kurz darauf kam Anita Gericke mit einer Postkarte ohne Briefmarke in die Mordkommission Gothaer Straße und behauptete, die Karte habe auf der Schwelle ihres Zimmers im Lager gelegen. Auf der Vorderseite prangte ein dickbäuchiger Weihnachtsmann samt Schlitten, hintendrauf stand in ungelenker Schrift: *Bin nach Amerika ausgewandert. Mir geht es gut. Tom.*

Da die Herren Kappe und Galgenberg sowie das Fräulein Lilli Lenné gerade nach Hause gegangen waren, gab Anita Gericke die Karte beim Nachtportier ab. Dort geriet sie unter einen Stapel Zeitungen und mit dem dann versehentlich ins Altpapier. So lief die Suche nach Thomas Gericke weiter.

KAPITEL DREIZEHN
Montag, 19. Dezember 1960

«DEN GANZEN SONNTAG musste ich über diese Edda Reiz nachdenken, meine Gertrud war schon ganz eifersüchtig», begann Otto Kappe die montagmorgendliche Besprechung mit den Kollegen Hans-Gert Galgenberg und Lilli Lenné.

«Ging mir ähnlich. Bäumchen wechsel dich, wa?»

Kappe zwinkerte dem Kollegen Galgenberg zu. «Versteh mir einer die Weiber!»

Lilli Lenné schüttelte den Kopf, ihre blauen Augen blitzten. «Ne, so ist das nicht. Ich bin davon überzeugt, dass zumindest Anita Gericke mit niemandem ein Verhältnis hatte.»

Kappe schaute erstaunt. «Anita Gericke? Ne, die nicht. Mit wem denn auch?»

«Mit Jarusch zum Beispiel, wie Anton Kreusel gesagt hat. Deshalb habe Holger Gericke den Clown abgemurkst», fiel Galgenberg ein.

«Kollegen, ich muss schon bitten. Das ist mir ein bisschen zu viel Sodom und Gomorrha. Ich glaube inzwischen, der Tod von Jarusch hat nichts mit Liebe oder Eifersucht zu tun.»

«Na ja, ick find, beim Zirkus Reiz herrschen ziemlich überraschende Verhältnisse. Wir sollten diese Motive wenigstens bedenken», wandte Galgenberg ein. «Aber eigentlich seh ick det ähnlich: Anita Gericke hat ihren Mann geliebt.»

Kriminalmeisterin Lenné nickte. «Außerdem hätte ihre Tochter Monika bestimmt etwas bemerkt. Kinder haben feine Antennen.»

«Zumal die Herren Jarusch und Gericke während ihrer gemeinsamen Zeit beim Zirkus Barlay angeblich richtig dicke miteinander waren. Und Kreusel hat auch mal bei Barlay gearbeitet. Meine Theorie: Die drei Männer ham 'ne gemeinsame Leiche im Keller. Jarusch wurde von einem der Kerle – oder von beiden – umgebracht. Dann hat Gericke Muffensausen bekommen und wollte sich stellen, woraufhin Kreusel ihn über den Haufen gefahren hat.» Hans-Gert Galgenberg guckte während seines Vortrags ein Loch in die Luft.

Otto Kappe runzelte die Stirn.

«Glaubste nich? Du solltest die Unterlagen wirklich selbst mal lesen. Jarusch war nach dem Krieg zeitweise Pausenclown bei Barlay, aber auch Tierpfleger und Hilfsmusiker bei der Barlay-Kapelle. Bassist. Jedenfalls hat er das beim Prozess zu seiner Person angegeben. Hab gleich heute Morgen noch mal nachgeschaut. Ja ja, ick kann eben früher uffstehn als gewisse andere Herrschaften.» Niemand reagierte. «Vielleicht hat ihm die Musike die Fingerfertigkeit bei den Damen eingebracht», fuhr er fort.

Lilli Lenné räusperte sich, schien aber über die Anzüglichkeit nicht allzu schockiert.

«Tschuldigung», nuschelte Galgenberg mit einem kaum merklichen Grinsen. Dann erzählte er weiter: «Gericke war ja ebenfalls bei Barlay, als Dompteur. Kreusel war dort bei den Pferden beschäftigt, meist mit dem Ausmisten. Er wechselte dann allerdings bald zu Reiz.»

«Also haben die drei Herren eine gemeinsame Vergangenheit. Auch wenn Kreusel jetzt so tut, als gebe es keine gemeinsamen Bande, scheint mir, dass der Herr Zirkusdirektor Reiz der Vierte im unheiligen Bunde war.»

«Könnte hinkommen.» Galgenberg nickte. «Ick mein gelesen zu haben, det unsere liebeshungrige Edda auch mal ein Engagement bei Barlay hatte. Bin mir aber nich sicher. Muss noch mal nachsehen.»

«Ich glaube auch, dass Reiz mit denen unter einer Decke steckt. Das würde passen. Schließlich standen in seinem Stall für eine Weile Rösser, die ihm nicht gehörten, bis sie urplötzlich verschwunden waren. Es ist ziemlich unwahrscheinlich, dass der Herr Direktor Reiz nicht gewusst hat, woher die stammten. Vermutlich sind sie verkauft worden, und er hat mitkassiert. Das Geld konnte er gut brauchen, um seine Klitsche über Wasser zu halten», mutmaßte Kriminalmeisterin Lenné.

«Der Einzige des Quartetts, der sich umgebracht hat, ist Holger Gericke», meinte Kappe nachdenklich. «Unser Familienvater. War wohl doch nicht der brave, vom sozialistischen System bedrohte Bürger, als den seine Frau ihn uns präsentiert hat. Na, vielleicht weiß sie das auch nicht besser. Was meint ihr, Kollegen, Selbstmord wegen schlechten Gewissens?»

«Nee, glaub ich nich. Ich tippe weiter auf Verzweiflung, weil die Familie völlig am Ende war. Durch Gerickes Tod ist dessen Frau mit den Kindern doch noch ins Notaufnahmeverfahren gerutscht. Das hatte der vorausgesehen», widersprach Hans-Gert Galgenberg. «Wenn sich außerdem jeder umbringen würde, der ein schlechtes Gewissen hat, wäre die Welt schnell entvölkert. Ne, der Gericke war kein schlimmer Finger, det sagt mir mein Instinkt. Der wusste einfach nicht mehr weiter. Sein Selbstmord hat nüscht mit unserm Fall zu tun.»

«Ob der Selbstmord wirklich einer war?»

«Ja, Kollegin Lenné, det is sicher, sagt die Rechtsmedizin. Gericke hat sich eine Überdosis Schlaftabletten verpasst.»

«Trotzdem bleibt ein Umstand: Vorher hat ihn jemand über den Haufen gefahren und liegen lassen. Dass Gericke zunächst überlebt hat, ist einzig einem aufmerksamen Passanten zu verdanken. Dummerweise ist der ebenfalls abgedüst, bevor seine Personalien aufgenommen werden konnten», rekapitulierte Kappe.

«Hm. Vielleicht ist Gericke unabsichtlich in etwas hineingeraten, oder er wusste was, das er nicht wissen sollte, über den Pferdediebstahl zum Beispiel. Und nachdem Jarusch ihn mit der Wohnung so über den Tisch gezogen hatte, hat er gedroht, den falschen Freund bei der Polizei anzuzeigen, wenn der ihm nicht Geld gibt und seine Habseligkeiten zurückbringt», schlug Lilli Lenné vor. «Daraufhin wurde er über den Haufen gefahren.»

«Aber *was* hätte Gericke ausplaudern können? Wer von den drei anderen hätte ein besonders starkes Motiv, ihn über den Jordan zu schicken? Meiner Ansicht nach muss es etwas mit der gemeinsamen Vergangenheit des windigen Quartetts zu tun haben. Das wäre einleuchtend. Dann scheidet Gericke aber als Jaruschs Mörder aus. Niemand bringt die Kuh um, die er melken will», meinte Kappe.

«Könnte, sollte, wäre – Beweise haben wir für nix», fand Galgenberg. «Dennoch ...» Er begann im Raum herumzutigern. «Ick will ja nich zu weit vorpreschen, aber ick fress 'nen Besen, wenn det nich so ist. Ick meine, mit der gemeinsamen Leiche im Keller.»

«Besen sind Frauensache», erklärte Kriminalmeisterin Lenné und lächelte versonnen.

Otto Kappe räusperte sich vernehmlich.

«Aber was für 'ne Leiche könnte det sein?» Galgenberg starrte an Lilli Lenné vorbei. Dann sammelte er sich. «Ach, bevor ick et vergesse: Vorhin, als ihr noch nich da wart, ist das Ergebnis von der Spurensicherung in der Arminiushalle gekommen.»

Kriminalmeisterin Lenné und Kriminaloberkommissar Kappe schauten fragend.

«Ick fass mal zusammen.»

Zwei Köpfe nickten, zwei Augenpaare schauten noch immer fragend.

Galgenberg machte eine Pause und feixte. «Durch die Kamine kann der Mörder nicht entkommen sein, die sind Richtung Kellergewölbe zugemauert. Aber ...»

«Nun red schon!»

«Is ja gut, Kappe. Also, ganz hinten in den Kellern steht ein riesiges Weinfass, halbes Fuder, schätz ick. Das strömt einen derartigen Weindunst aus, dass die Kollegen zunächst dachten, es sei tatsächlich Wein drin. War aber nicht so. Dafür hatte es den Anschein, als habe sich in dem Fass jemand versteckt. Die Kollegen haben eine Winterjacke darin gefunden. Is zwar seltsam bei dem Wetter, aber ick schätze, da war jemand konfus und in Panik. Oder wollte einfach schnell weg. Womöglich war es sogar unser Mörder, der die Jacke dagelassen hatte. Die is allerdings ziemlich klein. Muss einem schmächtigen Kerl gehört haben. Deswegen das ‹womöglich› in meinen Ausführungen, die werten Kollegen haben das sicherlich bemerkt. Das Messer ist Jarusch mit ziemlicher Kraft in den Rücken gerammt worden, wie wir wissen. Aber es soll ja auch schmächtige Menschen mit Muckis geben. Außerdem steht das Weinfass fluchttechnisch gesehen günstig, direkt neben dem Notausgang Richtung Bugenhagenstraße. Da könnte er unter Umständen rausgeschlüpft sein.»

«Unter welchen Umständen?»

«Na ja, der Notausgang war abgeschlossen, det ham wir ja schon früher festgestellt. Wer da durch wollte, brauchte also einen Schlüssel. Det gilt übrigens auch für den zweeten Notausgang der Arminiushalle, der auf die Bremer Straße führt. Der is aber weiter weg von dem Weinfass und deswegen vielleicht strategisch nicht so günstig.»

Lilli Lenné schaute ratlos. «Und woher sollte dieser spillerige Jemand einen Schlüssel gehabt haben? Moment, vielleicht war es jemand, der ohnehin Zugang hatte, eine Person aus der städtischen Verwaltung, die für die Arminiushalle zuständig ist, oder so. Der einzige der Beteiligten, der neben den Händlern noch einen Schlüssel gehabt haben könnte oder die Möglichkeit hatte, einen nachmachen zu lassen, war Karl Jarusch. Doch der wird sich wohl kaum einen Schlüssel herstellen lassen, um dann damit seinem eigenen Mörder die Flucht zu ermöglichen.»

«Doch! Zumindest vielleicht.» Galgenberg strahlte. Und machte eine Kunstpause.

Lilli Lenné stöhnte leise vor sich hin.

«Man, dauernd macht ihr mir mit eurer Ungeduld die Pointe kaputt! Ick hätte 'ne Idee, wer es gewesen sein könnte. Darauf kommt ihr nie. Es sind Fingerabdrücke gefunden worden. Die Kollegen vom Revier Oldenburger Straße ham ganze Arbeit geleistet und sie zunächst mit den Fingerabdrücken von denjenigen abgeglichen, die in der Halle beruflich zugange sind. Dann haben sie welche von unserer Leiche gefunden, ich meine, vermutlich aus der Zeit, als die noch lebendig war, und dann noch welche ...»

Kappe und Lilli Lenné stöhnten jetzt gemeinsam laut auf.

«... die wir zum Glück ebenfalls zuordnen konnten. Die können noch gar nicht alt sein. Unser Fleischermeister Fechner schwört nämlich Stein und Bein, det seine Theke täglich gereinigt wird, bis sie absolut keimfrei ist. Und nun haltet euch fest! Die Fingerabdrücke stammen von einem gewissen Anton Kreusel. Es war geradezu genial, wie du bei dessen Vernehmung auf den Busch geklopft hast, Kappe. Der hat was mit dem Tod des Clowns zu tun, da bin ich mir sicher. Warum sonst hätten sich direkt auf der Glasfläche des Tresens und ganz in der Nähe der Stelle, an der die Leiche in der Wurst lag, die Abdrücke seiner Patschefinger gefunden? Jetzt sagt ihr nichts mehr, wa?»

Das stimmte. Es herrschte zunächst Stille. «Das ist ja ein Ding!», befand Kappe schließlich und meinte damit nicht nur das Ergebnis der Spurensicherung, sondern ein bisschen auch seinen eigenen Instinkt. «Der Verdacht gegen Kreusel war ein Schuss ins Blaue», erklärte er sodann bescheiden. «Der Stallbursche war also auf jeden Fall in der Arminushalle, entweder direkt am Tag des Mordes oder kurz davor. Vielleicht sogar mit einem Schlüssel, den er von Jarusch hatte. Oder den er Jarusch nach dem Mord abgenommen hat.»

Galgenberg und Lilli Lenné nickten.

«Wir holen Kreusel gleich noch einmal zu uns und fühlen ihm auf den Zahn, ich lasse ihn aus der U-Haft herbringen», entschied Otto Kappe.

Sie hatten jedoch kein Glück. Anton Kreusel war mangels zusätzlicher Verdachtsmomente und wegen eines bisher nicht zu widerlegenden Alibis an diesem Montag bereits in aller Herrgottsfrühe aus der Untersuchungshaft entlassen worden. Offenbar hatte ein Anwalt gute Arbeit geleistet und einen Haftrichter aufgetrieben, der sehr früh aufstand.

Otto Kappe schäumte, weil ihn niemand über die Entlassung Kreusels in Kenntnis gesetzt hatte, und bedachte den Moabiter Haftrichter mit unflätigen Ausdrücken. Sodann kontaktierte er den für Kladow zuständigen Revierleiter mit der Bitte, den Verdächtigen sofort wieder festzunehmen. Er befinde sich aller Wahrscheinlichkeit nach auf dem Gelände des Zirkus Reiz. Der Haftbefehl werde nachgeliefert. Der Telefonanruf des Revierleiters kam nicht lange danach: Kreusel war mal wieder verschwunden.

Das war jedoch nicht die letzte Überraschung, die Kappe, Galgenberg und Lilli Lenné an diesem Tag ereilen sollte. Die nächste brachte der Kollege von der Vermisstenstelle. Drei Köpfe wandten sich der Tür zu, als diese sich öffnete und Heinrich Lauscher mit einem breiten Grinsen und einer Akte unter dem Arm erschien. Lauscher war bekannt dafür, seinem Namen alle Ehre zu machen: Er hatte nicht gerade kleine Ohren. Es ging das Gerücht, dass er sogar die Flöhe husten hörte. Wie auch immer es sein mochte, er hatte oft sehr gute Eingebungen, die ihn dann auch zu Ermittlungserfolgen führten.

«Habt ihr Thomas Gericke gefunden?», fragte Lilli Lenné mit hoffnungsvollem Gesichtsausdruck.

«Ne.»

«Und warum grinst de denn wie ein Honigkuchenpferd?», erkundigte sich Galgenberg. Die beiden duzten sich, spielten hin und wieder Doppelkopf miteinander.

«Mehr Respekt bitte, Kollege Galgenberg! Wir haben etwas anderes herausgefunden. Es steht im Zusammenhang mit einem Fall, bei dem jede Menge Pferde aus dem Zirkus Barlay geklaut werden sollten. Sie haben davon gehört?»

«Haben wir», bestätigte Otto Kappe.

Lauscher legte die Akte mit der Aufschrift *Thomas Gericke* auf Kappes Schreibtisch ab, angelte in seiner Hosentasche herum, förderte ein Taschentuch zutage, schneuzte hinein, betrachtete das

Ergebnis und versenkte das Tuch wieder in der Tasche. «Tschuldigung, hab Schnupfen. Wo waren wir stehengeblieben? Ach ja, bei diesem versuchten Pferdediebstahl. Also, etwa zeitgleich gab es eine Vermisstenanzeige. Ist mir wieder eingefallen, weil ich damals damit zu tun hatte, allerdings eher am Rande. Sie betraf einen Jungen, der war vierzehn damals, glaube ich, also rund drei Jahre jünger als Thomas Gericke heute. Und nun ratet mal, um wen es sich dabei gehandelt hat!»

Die drei Kommissare schauten ratlos.

«Der Junge hieß Ernst. Ernst Reiz. Er ist nie wieder aufgetaucht. Weder lebendig noch tot.»

«Der Zirkusdirektor und seine Frau hatten also noch einen Sohn.» Lilli Lenné hatte sofort geschaltet.

«Richtig, Kollegin, richtig.» Heinrich Lauscher vom Kriminalreferat M I im Kommissariat 6, das sich mit vermissten Personen befasste, weidete sich noch einen Moment an der Verblüffung in den Gesichtern der Kollegen, stapfte dann mit zufriedenem Ausdruck aus dem Raum und warf die Tür schwungvoll hinter sich zu. Allerdings vergaß er die Akte zum Fall Thomas Gericke auf dem Schreibtisch von Otto Kappe. Niemand bemerkte es. Zunächst.

«Immer wieder dieser Pferdediebstahl», meinte Kappe nach einer Gedankenpause. «Wir müssen im Umfeld von Reiz und Barlay nach dem Mordmotiv suchen. Jetzt bin ich mir endgültig sicher. Vermutlich finden wir in diesem Dunstkreis auch denjenigen, der Gericke über den Haufen gefahren hat.»

«Die arme Frau Gericke! Das alles auch noch so kurz vor Weihnachten. Hoffentlich ist ihrem Thomas nichts passiert! Hoffentlich finden wir den Körper des Jungen nicht irgendwo im Berlin-Spandauer Kanal! Nicht, dass ihm jemand etwas angetan hat! Das würde die Mutter nicht überleben», meinte Lilli Lenné.

«Aber warum sollte überhaupt jemand den Jungen umbringen wollen?»

«Womöglich hat der auch was mitgekriegt, wie sein Vater. Ist ein kluger Kerl, ziemlich weit für sein Alter», sagte Lilli Lenné. «Kein Wunder, er hat schon einiges mitmachen müssen. Aber genau das macht mich stutzig. So, wie der gestrickt ist, würde er die Mutter und seine Schwester nicht einfach im Stich lassen. Vielleicht hat sich der Vater ihm anvertraut.»

«Was meinst du, Galgenberg? Nu sag doch auch mal was dazu!», meinte Kappe. «War es Kreusel?»

«Wir sollten Reiz und seine sinnenfrohe Frau nicht vergessen. Es war immerhin deren Sohn, der verschwunden ist. Falls Jarusch was damit zu tun hatte, steht das Ehepaar meiner Ansicht nach noch weiter oben auf der Verdächtigenliste als Kreusel. Rache ist ein feines Motiv. Das beste nach Eifersucht und Geldgier. Und außerdem stoßen wir immer wieder auf diesen Pferdediebstahl, wo immer wir auch graben.»

Kappe nagte an seiner Oberlippe. «Du hast doch die Unterlagen dazu genau durchforstet. War bei diesem missglückten Diebstahl ein Junge dabei, der Ernst Reiz hieß? Ist dir der Name irgendwo aufgefallen?»

«Ich kann mich nich erinnern, aber ich prüf det noch mal.» Galgenberg machte eine Pause. «Moment, an einen Ernst erinnere ich mich schon. Aber Reiz hieß der nich. Wartet mal!» Er ging zu seinem Schreibtisch, griff sich die Akte und blätterte. «Der hieß Ernst Baum.»

«Ich habe von einem Bendrich Baum gehört, einem bekannten Artisten. Wenn ich das richtig in Erinnerung habe, hat meine Oma von ihm erzählt. Sie liebte Zirkus, genau wie ich.» Das war Kriminalmeisterin Lenné.

«Bendrich Baum? Da klingelt bei mir auch was», fiel Galgenberg ein. «Ich glaube, den hatte dieser Mickler sogar engagiert, in dem Sommer, bevor ihm die Behörden in der Zone wegen angeblicher Steuerschulden auf die Pelle gerückt sind. Vielleicht hat der Artist auch gar nichts mit dem Jungen zu tun, aber wir sollten der Sache nachgehen.»

«Fräulein Lenné, Sie sind eine besondere Bereicherung für unser Team», sagte Otto Kappe würdevoll.

Galgenberg nickte. Er sah sehnsüchtig aus, fand Kappe.

Lilli Lenné strahlte. «Dann werde ich mal schauen, ob sich über Bendrich Baum irgendwo eine Akte finden lässt.» Mit elegantem Hüftschwung schritt sie zur Tür hinaus. Die Kollegen schauten ihr anerkennend hinterher.

Als ob es für diesen Tag nicht schon genug Überraschungen gewesen wären, kam eine weitere dazu, dieses Mal in Person von Hermann Kappe, der beschlossen hatte, der Mordkommission in der Gothaer Straße einen unangekündigten Besuch abzustatten. «Habt ihr was Neues?», erkundigte sich Otto Kappes Onkel.

Der Neffe bemühte sich, nicht allzu säuerlich zu schauen. Er mochte seinen Onkel sehr. Nur nicht in seinem Büro.

«Ne, nüscht», antwortete Galgenberg an Otto Kappes Stelle.

Der ging zu seinem Schreibtisch. Da fiel ihm die vergessene Akte auf. «Die müssen wir den Kollegen von der M I zukommen lassen», meinte er. «Kein Wunder, dass die ihre Vermissten nicht finden, wenn ihnen sogar Akten abhandenkommen.»

Onkel Hermann spitzte die Ohren. «Vermisste? Wer wird denn vermisst?»

«Och, ein Junge, Thomas, den kennst du nicht. Er ist der Sohn von einem gewissen Holger Gericke, der beim Zirkus gearbeitet hat.»

Hermann Kappe richtete sich auf. «Ist Tom nicht die Kurzform von Thomas?»

«Wieso fragst du?» Jetzt wurde Otto Kappe aufmerksam.

Hermann Kappe gab sich skeptisch. «Das wäre wirklich ein ziemlicher Zufall. Ne, das kann ich nicht glauben.»

«Was ist los?», meldete sich Galgenberg zu Wort. «Was meinen Sie, Herr Kappe?»

«Als ich im Zirkus Barlay war, habe ich einen jungen Pagen gesehen. Der hieß Tom.»

Otto Kappe griff sich die Akte und holte das Bild heraus, das Anita Gericke von ihrem Sohn dagelassen hatte. Dann hielt er es seinem Onkel unter die Nase. «Ist er das?»

«Tatsächlich, das ist er. So was aber auch!»

«Das ist wirklich kaum zu glauben!» Otto Kappe brauchte einen Moment, um diese Neuigkeit zu verdauen. Schließlich sagte er: «Zum Glück ist dem Jungen nichts passiert. Ich hatte schon die Befürchtung, dass ich der Mutter die Nachricht von seinem Tod überbringen muss. Die wird sich freuen, dass wir ihren Sohn gefunden haben. Jetzt müssen wir den Jungen nur noch in den Westen kriegen. Ich finde, er ist uns einige Erklärungen schuldig.»

«Vielleicht sollten wir besser erst mit dem Bengel reden, bevor wir seine Mutter benachrichtigen. Wer weiß, welche Überraschungen wir noch erleben», wandte Galgenberg ein.

«Du hast recht, so ist es wohl besser», fand auch Otto Kappe.

«Das ist ein netter Junge. Ich hol ihn euch», schlug Kappe senior vor.

«Onkel Hermann, nein, lass das! Wir regeln das selbst.»

Den letzten Satz hörte Hermann Kappe schon nicht mehr. Er war bereits durch die Tür verschwunden.

«Nu lass den alten Knacker doch, Kappe!», meinte Galgenberg grinsend. «Was soll schon passieren?»

Otto Kappe merkte, dass er immer gereizter wurde. «Ich werde eine andere Lösung finden.»

Auch nach Dienstschluss ließ seine schlechte Laune nicht nach. Glücklicherweise war an diesem Abend noch einmal Training. Das letzte in diesem Jahr 1960. Beim Faustball des Polizeisportvereins konnte er sich noch einmal richtig den Ärger von der Seele rennen. Und das tat er dann auch.

KAPITEL VIERZEHN
Dienstag, 20. Dezember 1960

KOLLEGE HEINRICH LAUSCHER von der Vermisstenstelle kam am nächsten Morgen, ohne anzuklopfen, ins Büro. Kriminaloberkommissar Otto Kappe war allein, die Kollegen Hans-Gert Galgenberg und Lilli Lenné waren im Haus unterwegs.

«Ich habe meine Akte vergessen», ließ Lauscher den Kollegen wissen.

Der schaute von seinem Schreibtisch hoch. «Liegt schon da vorne. Abholbereit. Und bei der Gelegenheit hätte ich noch eine Frage.»

«Gerne, immer wieder zu Diensten.»

«Sind Sie sicher, dass der vermisste Junge, also dieser Ernst, mit Nachnamen Reiz heißt und der Sohn von Herrn Zirkusdirektor Reiz und seiner liebwerten Gattin Edda ist?»

Lauscher schaute verdutzt. «Weshalb fragen Sie?»

«Mir war so, als wäre Edda Reiz die zweite Ehefrau des Herrn Direktor. Ihr gemeinsamer Sohn heißt Gernot und ist vier Jahre jünger als Thomas Gericke. Dieser verschwundene Ernst müsste heute 21 Jahre alt sein, wenn ich richtig gerechnet habe.»

«Stimmt. Ist das denn wichtig?»

Otto Kappe wiegte den Kopf. «Das kann ich nicht sagen. Aber ich bin nun mal ein unverbesserlicher Logiker, der nicht an Zufälle glauben mag. Dass dieser Ernst ausgerechnet verschwunden ist, als ein ganzer Pferdestall ausgeräumt werden sollte, hat in mir den Gedanken aufkommen lassen, dass die beiden Ereignisse etwas miteinander zu tun haben könnten. In diesem Zusammenhang wäre es interessant zu wissen, in welchem Verhältnis der verschwundene Junge zu den Protagonisten dieser misslungenen Aktion steht. War er womöglich dabei? Ist er deshalb abgehauen? Jedenfalls hätte ich gerne gewusst, wer in der Geburtsurkunde von Ernst als Vater vermerkt ist. Soweit wir inzwischen wissen, sieht Edda Reiz zwar aus wie eine verschüchterte graue Maus, ist aber durchaus kein Kind von Traurigkeit. Also hätten Sie die Güte und würden nachschauen, Kollege?»

«Ich hätte, Kollege, ich hätte.» Lauscher schnappte sich die Akte des Vermisstenfalls Thomas Gericke und stiefelte zur Tür hinaus.

Etwa eine halbe Stunde später läutete das Telefon auf Kappes Schreibtisch. Als der Oberkommissar den Hörer wieder auflegte, sah er sehr nachdenklich aus. Der Kollege von der Vermisstenstelle hatte ihm mitgeteilt, in der Akte des verschwundenen Ernst stehe *Vater unbekannt* – neben dem Namen der Mutter, der zur Zeit der Geburt Edda Baum gelautet hatte.

Baum also hatte die Mutter von Ernst geheißen, nicht der Vater. Kappe nahm sich die Vernehmungsakten im Fall Jarusch noch einmal vor. In den Personalien, die vor den Befragungen von einem Kollegen aufgenommenen worden waren, las er, was er bisher übersehen hatte: Edda Reiz war eine frühere Baum. War das nun ihr Geburtsname oder ein Ehename? Das stand nicht da. «Schlamperei!», knurrte Kappe.

Vater unbekannt. Verbarg sich dahinter womöglich wirklich dieser Bendrich Baum, von dem Lilli Lennés Oma erzählt hatte? Nein, wohl nicht. Sonst wäre er bestimmt als Vater genannt worden. War Ernst das Produkt eines Seitensprungs? Gab es also noch jemanden, der Grund hatte, eifersüchtig zu sein? Sie würden mit Edda Reiz über ihr bewegtes Vorleben reden müssen. Hoffentlich kamen dabei nicht noch mehr Männer zum Vorschein. Die Verhältnisse von Edda Reiz, frühere Baum, waren auch so schon unübersichtlich genug.

Kappe griff erneut zum Telefon. Kollege Lauscher war sofort dran. «Es gibt noch Unklarheiten. Könnten Sie mir bitte noch einmal weiterhelfen und herausfinden, ob ein gewisser Bendrich Baum etwas mit unserer Edda Reiz zu tun hatte? Mich würde außerdem interessieren, was aus ihm geworden ist.»

«Mach ich. Hab gerade noch einiges zu tun, aber ...»

«Könnten Sie meiner Nachfrage bitte Vorrang einräumen? Mein Gefühl sagt mir, dass wir das möglichst schnell wissen sollten.»

Aus dem Telefonhörer kam ein Stöhnen. «Also gut, weil Sie es sind.»

«Danke. Ich schulde Ihnen einen Gefallen.»

«Das tun Sie Kollege, allerdings! Wie wäre es mit einer Kiste Schultheiss Bier?» Lauscher wartete die Antwort von Otto Kappe nicht ab, sondern legte auf.

Galgenberg sah nicht gerade fröhlich aus, als er bald darauf zur Tür hereinkam. Kappe blickte ihn fragend an.

«Die Unfallakte Gericke ist ziemlich dünn. Er selbst hat nich viel ausgesagt, konnte angeblich den Fahrer nicht erkennen. Scheint auch keinen Zeugen zu geben, der den Unfall beobachtet hat.»

«Das kann ich mir gar nicht vorstellen», erwiderte Kappe. «Das ist eine vielbefahrene Straße, selbst nachts sind da Leute unterwegs. Irgendjemand muss sich doch finden lassen. Zumindest dieser Passant, der den Krankenwagen gerufen hat.»

«Kann durchaus sein, det der den Unfall nicht gesehen hat. Gericke muss laut ärztlichem Untersuchungsbericht 'ne Weile auf der Straße gelegen haben. Aber ick hätte da 'ne Idee: Wir könnten über die Presse einen Zeugenaufruf starten.»

«Guter Einfall, Galgenberg! Ich lasse das noch von oben absegnen, aber der Zeugenaufruf müsste durchgehen. Wenn wir Glück haben, reagieren die Rundfunksender schnell. Bei den Zeitungen wird es etwas länger dauern. Hoffentlich schaffen wir das noch vor dem Heiligabend.»

Galgenbergs Blick wurde zuversichtlich. «Bis dahin werde ick etwas tiefer in die Vergangenheit der Familien Reiz und Gericke sowie in die von Jarusch und Kreusel eintauchen. Möglicherweise war der geplante Pferdediebstahl nicht die erste gemeinsame Aktion. Eine Akte Reiz gibt es nicht, so viel steht fest. Aber vielleicht sind Jarusch und Kreusel vermerkt. Det hätten wir längst prüfen sollen.»

«Hätten wir», bestätigte Otto Kappe. «Falls sich nichts finden lässt, kann uns vielleicht Anita Gericke weiterhelfen. Vielleicht sollten wir ihr doch langsam mitteilen, dass wir wissen, wo ihr Junge ist.»

«Ick denke immer noch, wir sollten warten, bis dein Onkel Hermann wieder da ist», wandte Galgenberg ein. «Womöglich weigert sich der Bengel mitzukommen.»

«Guter Einwand, obwohl ich das nicht glaube. Onkel Hermann ist schwer zu widerstehen, wenn er sich etwas in den Kopf gesetzt hat.» Kappe seufzte tief.

«Manchmal kann das ganz schön von Nutzen sein.» Galgenberg griente.

«Kann es.» Kappe feixte zurück.

«Denn wollen wir mal! Ich geh Akten wälzen.» Mit diesen Worten schlurfte Galgenberg hinaus.

Lilli Lenné sah glücklicher aus, als sie eine Stunde später das Büro betrat. «Ich habe gerade den Kollegen Lauscher auf dem Gang getroffen, der hat was über Bendrich Baum herausgefunden.»

«Ui, dann war er aber schnell!»

«Lauscher hatte sich die Akte des Vermisstenfalls Ernst Baum schon geholt, er brauchte bloß hineinzuschauen. Und dann noch nachzufragen, was aus Bendrich Baum geworden ist, der ist damals nämlich auch vernommen worden. Aber er ist nicht der Vater des Jungen, sondern der Bruder unserer Edda Reiz. Außerdem hat er vor drei Jahren das Zeitliche gesegnet. Er fällt also als Zeuge aus.»

«Wenigstens nicht noch ein Verhältnis von Edda Reiz!» Otto Kappe atmete auf. «Allerdings wissen wir jetzt immer noch nicht, wer der Vater von Ernst ist.» Er sah nachdenklich zu Kriminalmeisterin Lenné. «Haben Sie eigentlich eine Ahnung, wie lange Reiz schon sein Winterquartier auf diesem Bauernhof in Kladow hat?»

Diese schüttelte den Kopf. «Wieso fragen Sie?»

«Mir kam gerade der Gedanke, dass eventuell nicht alle verschwundenen Jungs so ein Glück haben wie Thomas Gericke. Nehmen wir mal an, der Zirkus Reiz hat bereits in Kladow überwintert, als Ernst verschwunden ist. Vielleicht haben wir ja Glück, und wir finden dort noch einen Hinweis, was mit ihm passiert sein könnte. Oder halten Sie das für sehr weit hergeholt? Ich meine, ein Junge verschwindet zeitgleich mit einem missglückten Pferdediebstahl und meldet sich sieben Jahre lang nicht bei seiner Mutter. Das ist doch seltsam. Selbst wenn ich davon ausgehe, dass der Bursche an dieser Diebstahlsgeschichte beteiligt war und Angst hat geschnappt zu werden.»

«In diesem Fall halte ich so langsam nichts mehr für weit hergeholt. Allerdings glaube ich nicht, dass wir die Genehmigung bekommen, auf diesem Bauernhof herumzustöbern. Und schon gar nicht die dafür notwendigen Kollegen zur Unterstützung. Wir haben nichts in der Hand. Das Gelände ist groß, darauf könnten wir Tage suchen, ohne etwas zu finden. Und ich denke mal, die Kollegen von der Vermisstenstelle haben sich damals auch schon dort umgeschaut.»

«Das ist allerdings wahr.»

«Aber wenn ich so darüber nachdenke ... Ich finde, Sie haben recht. Wir sollten uns in Kladow noch einmal umsehen. Es müsste sich doch ein Grund für eine Durchsuchung finden lassen. Und was ist, wenn wir das, was wir haben, ein bisschen zurechtbiegen, Herr Kriminaloberkommissar?»

«Ja, Fräulein Kriminalmeisterin Lenné?»

«Wir sind uns doch inzwischen fast sicher, dass der tote Clown Jarusch, der Stallknecht Anton, der Zirkusdirektor Reiz und der tote Dompteur Gericke eine gemeinsame und möglicherweise dunkle Vergangenheit haben.»

«Ja, und?»

«Nur mal angenommen, Reiz hat diesen gescheiterten Pferdediebstahl als willkommene Gelegenheit genutzt, den unliebsamen

Stiefsohn und Mitwisser loszuwerden? Wissen wir, ob im Prozess alles ans Tageslicht kam, was geschehen war? Oder ob da nicht am Ende noch was zu finden ist bei Reiz? Ich rede von der gemeinsamen Leiche, von der wir bereits gesprochen haben.»

«Sie sind ein Schlitzohr, Fräulein Lenné.»

«Das könnte doch alles sein.» Kriminalmeisterin Lenné schaute blauäugig.

«Na ja, eine Theorie ist es allemal. Und jetzt soll ich also einen Grund finden, der es uns erlaubt, dort hinzufahren und uns umzuschauen. Sehe ich das richtig? Ich könnte zum Beispiel behaupten, dass wir Hinweise dafür haben, dass Thomas Gericke von seinem Vater etwas über die Machenschaften dieses Quartetts Reiz, Gericke, Jarusch und Kreusel erfahren hat. Meinten Sie etwas in der Art, Fräulein Lenné?»

Die schaute noch blauäugiger. «Durchaus. Und dann hat der dumme Junge versucht, Reiz oder Kreusel zu erpressen.»

«Hm. Und die haben ihn daraufhin auf dem Gelände in Kladow verschwinden lassen, meinen Sie? Thomas ist aber bei Barlay, das wissen wir.»

«So? Wissen wir wirklich, dass er da noch ist? Barlay sitzt in Ost-Berlin. Und es hat diesbezüglich keine offizielle Nachfrage gegeben, oder?»

«Stimmt, jetzt, wo Sie es sagen. Es war nur ein privater Zirkusbesuch. Nicht mehr. Also könnten wir offiziell durchaus davon ausgehen, dass Thomas etwas passiert ist.»

«Womöglich sogar was Schlimmes.»

«Unter Umständen hat jemand den Jungen tatsächlich verschwinden lassen.»

«Unter Umständen ist der Junge bei Reiz eingesperrt worden, vielleicht liegt er sogar verscharrt auf dem Grundstück des Bauernhofs in Kladow.»

Kriminaloberkommissar Otto Kappe sah Lilli Lenné eine Weile an, dann schüttelte er den Kopf. «Diese Geschichte wird nicht funktionieren. Wir brauchen handfestere Hypothesen, um die Genehmigung zu bekommen, den Bauernhof in Kladow zu durchsuchen.»

«Schade. Wär jedenfalls eine gute Geschichte gewesen. Und was machen wir nun?», erkundigte sich Lilli Lenné.

«Wir müssen recherchieren, sonst kommen wir nicht weiter, auch nicht mit noch so viel Phantasie. Wir brauchen einfach mehr Fakten. Ich denke, wir sollten so schnell wie möglich jemanden auftreiben, der den Prozess beobachtet hat. Ich weiß auch schon, wen: den Journalisten Günther Meineke. Der wohnt inzwischen im Westen. Ich bin in den Unterlagen auf seinen Namen gestoßen. Schauen Sie nicht so, ich habe mir die Berichte inzwischen auch angesehen. Ich kann ja nicht Galgenberg und Ihnen das Feld überlassen, schließlich bin ich der Leiter der Ermittlungen. Aber da ist noch etwas: Viele von den Leuten, die damals an dem missglückten Diebstahl beteiligt waren, leben bis heute unbehelligt im Westen. Die könnten auch zu den Mordverdächtigen zählen. Zum Beispiel dieser Mickler, der nicht nur wegen der Pferdegeschichte in Abwesenheit verurteilt worden ist, sondern auch wegen gewerbsmäßigen Verstoßes gegen die Handelsschutzbestimmungen und wegen verbotenen Waffenbesitzes. Außerdem könnte ich mir vorstellen, dass das eine oder andere Detail wegen Platzmangel in der Berichterstattung der Zeitungen unter den Tisch gefallen ist. Denn immerhin fielen die Prozessvorbereitungen in die Zeit des Arbeiteraufstands vom 17. Juni. Schon in dessen Vorfeld gab es jede Menge Verfahren gegen Feinde der Deutschen Demokratischen Republik, die Akten auf den Schreibtischen stapelten sich, und die Zeitungen hatten anderes zu berichten.»

Galgenberg kam wieder ins Zimmer. «Hab was von Schreibtischen gehört. Bin bisher bezüglich der Akten nicht fündig geworden.»

Kappe knurrte wie ein Terrier, der sich in einen Knochen verbissen hatte. «Ich sagte gerade zur Kollegin Lenné, dass wir mit einem gewissen Journalisten sprechen müssen, der ausgiebig von dem Prozess berichtet hat.»

«Ah, den Meineke meinste? In den sogenannten gutunterrichteten Kreisen auch Sensationsgünther genannt.»

Sensationsgünther ging nicht ans Telefon und öffnete nicht die Tür, als Kappe und Galgenberg kurz entschlossen zu ihm gefahren waren.

Dafür hatten sie einen anderen Erfolg zu verbuchen: Die Rundfunkstation SFB sendete den Zeugenaufruf zum Unfall von Holger Gericke. Kappe hörte ihn zu Hause zusammen mit Gertrud in den Abendnachrichten.

KAPITEL FÜNFZEHN
Mittwoch, 21. Dezember 1960

FRIEDA KESSEL, ihres Zeichens Sekretärin bei der Abteilung K 3, Referat M1, Tötungsdelikte, hatte verweinte Augen. Kriminaloberkommissar Otto Kappe fragte sie nicht nach dem Grund. Jeder wusste inzwischen Bescheid und versuchte, Friedas Trauermiene nach Möglichkeit zu ignorieren, damit sich die Tränenfluten nicht wieder Bahn brachen. Die 48-Jährige war sehr plötzlich von ihrem Mann wegen einer Jüngeren verlassen worden. Mitfühlende Bemerkungen und Trostversuche bewirkten meist das Gegenteil von dem, was sie bezweckten. Frieda Kessel lächelte dann keineswegs getröstet, sondern heulte erst recht los. Dabei hatte sie einst ein so ansteckendes Lächeln gehabt. Alle aufmunternden Vorschläge, doch mal Urlaub zu machen, lehnte sie rigoros mit dem Hinweis ab: «Dann grüble ich bloß noch mehr.» Das war natürlich nachvollziehbar.

«Hier ist ein Mann, der gestern Abend den Zeugenaufruf im Radio gehört hat und eine Aussage machen will», verkündete die Sekretärin an diesem Morgen.

Otto Kappe verstand nicht gleich und schaute fragend.

«Na, den Zeugenaufruf zu dem Unfall am Zoo.»

«Rein mit dem Mann!»

«Ich geh ihn holen, er sitzt bei mir.» Frieda Kessel schloss die Tür hinter sich.

Die öffnete sich jedoch sogleich wieder, und Galgenberg erschien. Mit verschlafenem Gesicht. Nur Minuten später kam auch Kriminalmeisterin Lilli Lenné. Sie zeigte ebenfalls Anzeichen von Übermüdung. Kappe selbst hatte auch nicht gut geschlafen. Doch das sagte er nicht, sondern berichtete: «Wir haben einen Zeugen zu dem Unfall von Holger Gericke. Müsste gleich hier eintrudeln.»

«Es geschehen noch Zeichen und Wunder», befand Galgenberg.

«Ich koch Kaffee», erklärte Lilli Lenné.

Kappe fand beide Äußerungen sehr vernünftig und nickte.

Kurz darauf tauchte Frieda Kessel mit dem Zeugen auf, einem schlanken großen Mann um die 1,80 Meter mit einem Schmiss im Gesicht. Ein Bein zog er etwas nach. Oben Mensur, unten Kriegsverletzung, folgerte Kappe.

«Das ist Herr Oskar Mütze», sagte Frieda Kessel und zog sich wieder zurück.

«Eine Mütze für Kappe», murmelte Galgenberg leise.

Kappe hörte es und warf ihm einen strafenden Blick zu. Der Kollege grinste.

«Bitte setzen Sie sich doch!», wurde der Zeuge namens Mütze eingeladen. «Sie haben sich wegen des Aufrufs im Radio gemeldet?»

«So isset», knarzte Oskar Mütze und sank auf einen Holzstuhl, der für solche Gelegenheiten bereitstand. «War 'ne Weile wech. Bin Reisender in Sachen Staubsauger. Aber die Milli, wo meine Frau ist, hat mir erzählt, det sie Zeugen suchen von dem Unfall am Zoo. Also, ick hab nich hunderprozentich jenau jesehen, was jeschehen ist. Kriegst ja am Anfang 'nen Schreck bei so was. Aber ick dachte, ick komm mal zu Ihnen. Hab erst jetzt erfahrn, det der arme Mann so schwer verletzt worden is. Als ick jesehen hab, det der Fahrer anjehalten und sich über den Mann auf der Straße jebeugt hat, bin ick weiter. Dachte, der kümmert sich um den. Sonst hätt ick doch jeholfen.»

«Der Fahrer hat angehalten? Interessant. Geholfen hat er allerdings nicht, aber das konnten Sie ja nicht ahnen. Es war eine gute Entscheidung hierherzukommen», bestätigte Kappe. «Können Sie sich noch an den Unfallhergang erinnern?»

«Ja, kann ick. So unjefähr. Der Fahrer is anjebraust jekomm' mit seim schwarzen Leukoplaste-Bomber, als wär der Leibhaftige hinter ihm her. Und denn is er och noch direkt uff den Mann auf dem Fahrrad zujerast. Ick war mit meim eigenen Fahrrad auf der Jegenfahrbahn, hab noch jebrüllt. Aba der Radfahrer hat nüscht jehört. Ick dachte, der Autofahrer spinnt. So im Nachhinein denke ick, dass der det mit voller Absicht jemacht hat.»

«So so, mit voller Absicht.» Kriminalmeisterin Lilli Lenné trat mit einer Kaffeekanne ins Zimmer. «Warum kommen Sie dann erst jetzt? Und was haben Sie überhaupt zu nachtschlafender Zeit am Zoo gemacht?»

Die Kollegen Kappe und Galgenberg schauten interessiert, der Zeuge namens Mütze wand sich. «Ja, also, ick meine ... Muss meine Frau det erfahrn? Sie wissen schon, ein Mann macht manchmal, wat ein Mann eben machen muss.»

Kappe und Galgenberg schauten verständnisvoll, Lilli Lenné leicht pikiert, als sie die Kaffeekanne abstellte und spitz verkündete: «Ich geh Tassen holen. Und mache, was eine Frau eben machen muss – nämlich dreckige Kaffeetassen spülen. Weil die Herren so etwas ja nicht nötig haben.» Damit war sie auch schon wieder zur Tür hinaus.

Für einen Moment herrschte Stille, dann erklärte Otto Kappe: «Na, mal schaun, ich denke, das mit der Diskretion kriegen wir schon hin.»

Es war offensichtlich, dass dem Zeugen eine Last von der Seele fiel.

Galgenberg hatte sich in der Zwischenzeit die Akte Jarusch gegriffen und zog Photos hervor. «Haben Sie den Fahrer oder die Fahrerin genauer gesehen?»

«'n Mann, det war 'n Mann.»

Galgenberg kam mit den Bildern zu Oskar Mütze. «Schauen Sie genau hin! Erkennen Sie jemanden?»

Der Zeuge schaute, nickte manchmal, brummte, gab aber keinen verständlichen Hinweis von sich. Galgenberg wollte die Photos schon wieder einräumen, als Oskar Mütze ihn stoppte. «Kann ick det dritte Bild noch ma sehn? Es war dunkel. Ick bin mir nich ganz sicher.»

Galgenberg zückte das dritte Photo.

«Doch, nu bin ick mir sicher. Det isser.»

«Potz Blitz!», sagte Galgenberg.

«Donnerlittchen!», sagte Otto Kappe.

Der Zeuge ließ noch seine Personalien da, dann machte er sich auf den Heimweg.

Als Kriminalmeisterin Lenné mit drei sauberen Tassen zurückkam, staunte sie nicht schlecht. Nicht, weil der Zeuge weg war, sondern vielmehr, weil sein Besuch neue Erkenntnisse mit sich gebracht hatte. «Da brat mir doch einer 'nen Storch!», erklärte sie, als sie erfuhr, dass der Fahrer, den Oskar Mütze wiedererkannt hatte, tatsächlich Karl Jarusch gewesen war – der Mann, der mit einem Clownsgesicht tot in der Arminiushalle gelegen hatte.

«Erst fährt er den Gericke über'n Haufen, und einige Monate später ist er selbst tot. Also, wenn es da keinen Zusammenhang gibt, fress ick 'nen Besen», sinnierte Galgenberg.

«Sagte ich nicht neulich, dass Besen Frauensache sind?» Lilli Lenné schaute wieder einmal blauäugig in die Runde.

Kappe beschloss, die Anzüglichkeit zu ignorieren. «Einen Besen wirst du nicht fressen müssen, Galgenberg. Ich sehe das ähnlich.»

«Jetzt müssten wir bloß noch herausfinden, worin der Zusammenhang besteht», meinte die Kriminalmeisterin.

«Die Theorie mit der gemeinsamen Leiche im Keller hatten wir ja schon. Gericke weiß etwas, will reden. Jarusch wird nervös und fährt ihn über den Haufen.»

«Und dann bringt jemand Jarusch um. Aber wer? Anita Gericke? Und warum? Wie sollte die erfahren haben, dass Jarusch ihren Mann auf dem Gewissen hatte?»

«Ich hätte zwei Vorschläge, nein, drei», meldete sich Lilli Lenné wieder zu Wort. «Aber ich weiß nicht ...»

Die Kollegen schauten sie aufmunternd an.

«Vielleicht war es Edda Reiz. Was, wenn der Vater ihres verschwundenen Sohnes Jarusch war? Die kannten sich doch über den Zirkus Barlay. Was, wenn Jarusch sie damals im Stich gelassen hat? Viele Morde sind Beziehungstaten. Möglicherweise hat Edda Reiz auch erfahren, dass Jarusch Gericke überfahren hat und es brühwarm Anita Gericke erzählt. Vielleicht haben sich die beiden zusammengetan.»

«Ein Rachefeldzug der zornigen Frauen?» Otto Kappe schaute ungläubig.

«Warum nicht?», meinte Kriminalmeisterin Lenné. «Wir Frauen können ganz schön wütend werden. Eigentlich sind wir sowieso nicht das schwache Geschlecht.»

«Ja, warum nicht?», befand auch Galgenberg. «Jetzt müssten wir nur noch herausfinden, ob Anita Gericke und Edda Reiz sich kennen. Oder ob Anita Gericke den Stallarbeiter Anton Kreusel beziehungsweise unseren Zirkusdirektor Reiz kennt. Theoretisch könnte sie auch von denen erfahren haben, wer ihren Mann auf dem Gewissen hat.»

«Theoretisch», sagte Lilli Lenné gedankenverloren. «Dann wissen wir aber immer noch nicht, wie der Mörder – oder die Mörderin – es in die Arminiushalle rein und wieder raus geschafft hat. Und wer Ernst Baum auf dem Gewissen hat – sofern überhaupt jemand den Jungen auf dem Gewissen hat. Es gibt noch zu viele offene Fragen.»

«Dann versuchen Sie herauszufinden, wer mit wem Kontakt hatte! Am besten, Sie fahren zu Anita Gericke. Deren neue Adresse in Dahlem haben Sie?», fragte Kappe.

Da klopfte es an der Tür. Lilli Lenné, die gerade hinauswollte, öffnete sie. Die Kriminalmeisterin nickte dem Ankömmling zu, zögerte, trat einen Schritt zurück. Durch die Tür kam ein Mann und sagte: «Günther Meineke mein Name, Gerichtsreporter. Sie wollten mit mir reden? Die Nachbarn haben Bescheid gesagt, dass mich die Polizei sucht. Da bin ich nun.»

Kappe schaute erfreut, Lilli Lenné schloss die Tür von innen und blieb stehen.

Kappe machte eine einladende Handbewegung. «Schön, dass Sie kommen konnten. Bitte setzen Sie sich! Es geht um Mickler und den Prozess wegen des Pferdediebstahls.»

«Mickler schreckt vor nichts zurück. Was wollen Sie wissen?»

«Wir sind auf den Fall eines vor Jahren verschwundenen Jungen gestoßen. Und Sie haben über den Prozess berichtet, in dem es um den versuchten Diebstahl von Pferden aus den Barlay-Ställen ging. Haben Sie in diesem Zuge von einem gewissen Ernst gehört? Nachname Baum. Erinnern Sie sich an ihn?»

«Ach, die olle Kamelle. Und ob ich mich erinnere! Im Prozess war von einem Ernst nicht die Rede. Aber in den Verhandlungspausen. Im Gang. In den Akten werden sie Ernst Baum nie finden. Obwohl er bei dem Überfall dabei war. Aber das ist eine lange Geschichte.»

Kappe lehnte sich zurück. Also doch! «Und wer hat etwas darüber erzählt?»

Günther Meineke kniff die ohnehin schon engstehenden Augen unter dem wilden braunen Haarschopf zusammen, der Otto Kappe in Anbetracht seiner eigenen, besonders am Hinterkopf schon recht lichten Haarpracht unwillkürlich Neid abnötigte.

«Informantenschutz. Kann ich nicht sagen.»

Galgenberg schnaufte ungeduldig. «Wir müssen wissen, was mit dem Jungen passiert ist. Es geht um Ermittlungen in einem Mordfall. Sie wollen sich doch mit Ihrem Informantenschutz nur wichtig machen! Behinderung von Ermittlungen nennt man das. Und das ist strafbar. Im Zweifel nehmen wir Sie eben in Beugehaft», wetterte er in reinstem Hochdeutsch. Was er sehr wohl konnte. Zum Beispiel, wenn er Eindruck schinden oder einen Zeugen einschüchtern wollte.

Günther Meineke wirkte jedoch nicht im Mindesten eingeschüchtert, fand Kappe.

«Ich kann keine Namen nennen.»

Galgenberg prustete verächtlich.

«Ich kann das verstehen», erklärte Kappe daraufhin. «Aber irgendetwas werden Sie uns doch sagen können, ohne den Informantenschutz zu verletzen.»

«Also gut», meinte Meineke versöhnlich. «Auf dem Gang wurde über Gespräche geredet, die im Kleinen Ballhaus belauscht worden sind. Mickler hatte diesen Ernst anscheinend überredet, zusammen mit anderen jungen Leuten bei dem Pferdediebstahl mitzumachen. Er hat ihm dafür ein Engagement angeboten, ihn mit Gastspielen in Zürich, Lyon, Marseille gelockt. Mickler hat nämlich erklärt, er wolle einen neuen Zirkus aufmachen, für den er die Rösser aus den Barlay-Stallungen benötige. Aber Ernst müsse sich vor der Aktion von allen verabschieden, auch von seiner Mutter. Er dürfe niemandem sagen, wohin er wolle.»

«Die Mutter heißt heute übrigens Edda Reiz.»

Günther Meineke schaute groß. «Tatsächlich? Das wundert mich.»

«Weshalb?»

«Der Herr Zirkusdirektor Reiz mochte ihren Jungen, den Ernst, nicht. Die beiden hatten ja damals schon einen gemeinsamen Sohn. Hätte trotzdem nicht gedacht, dass die beiden mal heiraten. Na ja, wo die Liebe hinfällt.»

«Was soll das nun wieder heißen?», schaltete sich Galgenberg ungeduldig ein.

«Ernst ist ja nicht Reiz' leiblicher Sohn. Die Mutter hatte als blutjunges Mädchen eine Liaison, mit einem gewissen Jarusch. Aber bitte, das können auch nur Gerüchte sein. Es wird ja viel getratscht.»

Kappe schaute zu Kriminalmeisterin Lenné. «Donnerwetter, guter Instinkt!», sagte er anerkennend.

«Jarusch! Ja halt ich's aus!» Galgenberg brüllte fast.

«Was hat denn der Kollege? Schlecht geschlafen? Vielleicht sollte ich lieber wieder gehen, wenn ich hier so viel Wirbel verursache», sagte Günther Meineke.

Otto Kappe warf Galgenberg einen warnenden Blick zu. Wenn der so weitermachte, würde er den Journalisten noch verärgern. Es war niemandem gedient, wenn Meineke nicht mehr redete. «Nein, so war das nicht gemeint. Bitte erzählen Sie weiter! Wir sind nur sehr überrascht», versuchte Kappe die Wogen zu glätten.

Der Journalist nickte. «Ich will ja auch helfen. Die Geschichte beschäftigt mich schon seit Jahren. Aber ich hatte nie Beweise. Also hab ich die Klappe gehalten. Wissen Sie, auf eine gewisse Weise bin ich richtig froh, dass Sie nachfragen.»

«Dann reden Sie endlich!», brummte Galgenberg. Der mochte die Presseheinis nun mal nicht, das wusste Otto Kappe. Er selbst war der Meinung, dass es auch anständige Leute unter ihnen gab und nur wenige schwarze Schafe. Die meisten schlugen sich mehr schlecht als recht durch, insbesondere die freien Journalisten, die für 'nen Appel und 'n Ei arbeiteten und gerade so über die Runden kamen. Kappe hatte schon einige Prozessberichte von Günther Meineke gelesen. Die waren gar nicht schlecht, meistens ziemlich verständlich aufbereitet und fair. Der Mann verstand sein Geschäft. Das sagte Otto Kappe ihm nun auch.

Meineke lächelte ihm zu. «Danke, das hört unsereiner nicht oft. Viele Zeitgenossen halten alle Menschen, die bei der Presse arbeiten, für eine Ausgeburt der Hölle. Aber so ist es nicht. Sie tun Ihren Job, ich mache meinen – und beide müssen wir uns an die Regeln halten. Ohne Beweise kann auch ich nichts schreiben und Personen beschuldigen schon gar nicht.» Er machte eine Pause. «Sie wissen, dass der Plan für den Pferdediebstahl verraten worden ist?»

«Laut unseren Unterlagen soll in besagter Nacht um 1.20 Uhr ein Mann beim Operativstab der Volkspolizei-Inspektion Mitte angerufen haben. Ein gewisser Herr Paschke aus der Bergstraße, dessen Sohn sich an dem Überfall beteiligen wollte», sagte Kappe.

«Genau. Der Vater hat Muffensausen gekriegt, weil er befürchtete, dass seinem Sprössling etwas passieren könnte. Allerdings vermute ich, er hat ihn nicht mehr rechtzeitig überreden können sich abzuseilen», ergänzte Galgenberg. «Der junge Paschke ist nämlich erwischt worden.»

Meineke nickte. «So ist es. Ich glaube aber bis heute nicht, dass der Vater aus eigenem Antrieb bei der Polizei angerufen hat. Jemand hat ihn gewarnt, jedenfalls muss ihm der Plan verraten worden sein. Von jemandem, der wohl ein schlechtes Gewissen hatte und Barlay kannte. Ernst und dieser Paschke-Sohn, Simon hieß er, glaube ich, waren übrigens befreundet und arbeiteten beide in den Barlay-Ställen – wussten Sie das?»

«Wer war der Verräter?»

«Ich sagte doch, ich nenne keine Namen. Außerdem bin ich mir selbst nicht sicher.»

«Und wie wäre es, wenn Sie einfach nicken oder den Kopf schütteln, wenn wir Ihnen Namen nennen?», schlug Kappe vor.

Günther Meineke nickte.

«Gregor Reiz?»

Günther Meineke schüttelte den Kopf.

«Die Person hatte ein schlechtes Gewissen, sagten Sie?»

Günther Meineke nickte.

«Gericke, Holger Gericke?», fragte Galgenberg, noch ehe Kappe den Mund aufmachen konnte.

Günther Meineke nickte.

«Det is aba praktisch für Sie. Der Mann is tot. Den können wir nicht mehr fragen», polterte Galgenberg.

«Wie – tot? Davon habe ich überhaupt nichts gehört.»

«Erst hat ihn jemand über den Haufen gefahren, und dann hat er im Krankenhaus Selbstmord begangen», erklärte Kappe.

«So ...», sagte Günther Meineke gedehnt.

«Was soll das heißn?» Galgenberg schaute grimmig.

«Ich habe gehört, dieser Ernst ... Also, das ist eine lange Geschichte. Um es kurz zu machen: Er ist wahrscheinlich bei diesem Überfall auf der Flucht vor der Vopo angeschossen worden. Ich habe immer gedacht, der hat sich wieder berappelt. Sind sowieso nicht alle geschnappt worden damals. Lassen Sie mich raten: Der Mann, der Gericke über den Haufen gefahren hat, hieß Jarusch?»

«Ja, und der ist auch tot», konterte Galgenberg. «Aber woher wissen Sie das?»

«Na ja, die Ganggespräche ... Ich habe jemanden sagen hören, dass Ernst der Sohn von Jarusch und dieser Edda sein soll. Jedenfalls ... Ach, was soll's! Es war Reiz, der Herr Direktor, der darüber gesprochen hat. Mit einem Kerl namens Kreusel. Die haben nicht gemerkt, dass ich in der Nähe war. Der Reiz schien ganz froh zu sein, dass Ernst verschwunden war. Er hat sich etwas seltsam ausgedrückt und gesagt: ‹Wenn Stroh wachsen könnte, dann wären wir auf der sicheren Seite. Aber den findet da drunter auch so niemand mehr.›»

«Finden? Unter dem Stroh?», fragte jetzt Lilli Lenné nach.

«Ja, unter dem Stroh», bestätigte Meineke.

«Meinte der womöglich das Stroh in seinem Zirkus?»

«Möglich, aber beschwören kann ich das nicht.»

«Das ist zumindest etwas Handfestes», stellte Kappe fest.

Galgenberg nickte.

«Ich glaube, ich kümmere mich schnellstens um einen Durchsuchungsbeschluss für das Gelände eines gewissen Zirkus in Kladow», erklärte Kriminalmeisterin Lenné und eilte aus dem Raum.

«Tun Sie das!» Kappe sah ihr nach, bevor er sich wieder dem Zeugen zuwandte. «So, und nun zu Ihrer langen Geschichte. Wir würden sie gerne komplett hören. Es ist besser, Sie sagen alles, was Sie wissen, bevor wir unter dem Stroh tatsächlich etwas finden. Informantenschutz hin oder her. Das könnte sonst so aussehen, als wollten Sie jemanden decken. Bitte, Sie sind dran!»

Durch Günther Meineke ging ein Ruck. «Also gut, ich sage Ihnen, was ich gehört habe. Sie wissen, wie der Überfall ursprünglich ablaufen sollte? Ist ja gründlich in die Hose gegangen dank Herrn Paschke.»

Kappe schaute zu Galgenberg, und der referierte wieder in reinstem Hochdeutsch: «Nach der offiziellen Version sind einige

Mitglieder der Diebesbande die Ziegelmauer in der Kalkscheunenstraße entlanggeschlichen. Die Mauer bildete die Rückwand des Pferdestalls vom Zirkus Barlay. An deren Ende befanden sich die Torflügel der hinteren Zufahrt. Paschke junior ist neben dem Tor über die Mauer geklettert und hat es geöffnet. Aber da hatte die Vopo das Zirkusgelände bereits umstellt. Vier Toniwagen, also Funkstreifen Ost, standen auf der Linie Invalidenstraße–Große Hamburger bis hin zum Spreeufer gegenüber der Museumsinsel. Die Funkwagen der Inspektionen Prenzlauer Berg und Friedrichshain waren westlich der Friedrichstraße postiert worden, um die Linie Invalidenstraße–Luisenstraße bis hin zum Schiffbauer Damm abzusichern. Die Friedrichstraße blieb nach Süden hin offen, da wollten sie die Jungs durchtreiben. Toni 10 und 14 hatten Befehl, zur Ziegelstraße zu fahren, die Fahrzeugbeleuchtungen auszuschalten und den Einsatzbefehl abzuwarten. Auf das Stichwort ‹Johannishof› sollten die Wagen auf das Objekt zufahren.»

Meineke nickte. «So weit, so gut. Aber das ist noch nicht alles. In den Polizeiprotokollen der Vopo, die ich einsehen konnte – fragen Sie mich jetzt bitte nicht, wie ich das hinbekommen habe –, stand, dass die Personen an der Mauer nur ein Teil der Bande waren. Ein anderer Teil der Truppe hockte derweil zwischen den Gräbern auf dem Friedhof an der Sophienstraße und wartete auf die Pferde, um sie wegzubringen. Als niemand auftauchte, sind einige von ihnen mit ihren Motorrädern aufgebrochen, um zu sehen, wo die Komplizen blieben.»

«Einige Motorradfahrer, sagen Sie?» Galgenberg runzelte die Stirn. «Laut meinen Unterlagen war det nur einer.»

«Ich sagte doch, die Akten sind unvollständig. Eines der Motorräder soll einen Beiwagen gehabt haben. Ich denke jedenfalls, dass diese Maschine ebenfalls vom Friedhof gekommen sein muss. Woher sollte sie sonst so plötzlich aufgetaucht sein? Aber genau weiß ich das natürlich auch nicht.»

Galgenberg schaltete sich wieder ein. «Also, der Motorradfahrer, von dem wir wissen, hatte keinen Beiwagen. Der kam auf seiner Suche nach den säumigen Komplizen an der Ackerstraße vorbei und fuhr dann Richtung Koppenplatz, anschließend weiter zur Großen Hamburger. Auch da war niemand. Also machte er sich auf den Weg in die Krausnickstraße, dann nach rechts in die Oranienburger, danach in die Tucholskystraße, und als er in die Johannisstraße einbog, muss er gemerkt haben, dass was schiefgegangen ist.»

«Die Strecke stimmt wohl. Aber noch mal: Nach den Gesprächen, die ich mitbekommen habe, müssen das mindestens zwei Motorräder gewesen sein. Zuerst ist die eine Person losgefahren, und einige Zeit später wohl noch eine andere. Ich kann mir das jedenfalls nicht anders erklären. Laut Polizeiakten gab es ein schreckliches Kuddelmuddel. Von dem zweiten Mann, also dem mit dem Beiwagen, stand jedenfalls später in keinem Bericht was, auch nicht in meinen eigenen Artikeln. Ich habe erst später davon erfahren. Wie auch immer, in dieser Nacht wurde geschossen. Mehrmals. Dabei wurde Ernst getroffen und ging zu Boden. Dann kam der Kradfahrer mit dem Beiwagen angebraust wie aus dem Nichts, hat den Verletzten in den Beiwagen gehievt und ist abgedüst. Ein Vopo soll noch versucht haben, ihn aufzuhalten. Aber auch das habe ich nur gehört.»

«Sie reden von mehreren Schüssen. In der Presse war lediglich von einer einzigen Beretta die Rede, die bei den Banditen gefunden wurde. Es waren auch nur Platzpatronen darin.»

«Der Junge wurde von scharfer Munition getroffen. Jemand hat in dieser Nacht geschossen. So viel ist mal sicher.»

«Von Schüssen steht überhaupt nichts in unseren Unterlagen.»

«Es war aber so, wie ich es gesagt habe. Wenn ich über das nachdenke, was Sie mir erzählt haben, könnte es sein, dass der Schütze eigentlich den jungen Paschke treffen wollte. Aus Rache, weil der wohl vorher im Zirkus gequatscht hatte. Woher hätte Gericke sonst von dem Plan wissen sollen? Er hat ja wie Simon Paschke beim Zirkus Barlay gearbeitet. Und ist dann zum alten Paschke gegangen, um ihn zu warnen. In dem ganzen Durcheinander hat der Schütze vielleicht den Falschen erwischt, nämlich den Ernst.»

«Sie können uns viel erzählen.» Galgenberg zog die Stirn in Falten.

«Herrje! Das ist alles, was ich weiß. Finden Sie einfach den Mann, der geschossen hat! Oder denjenigen, der den Verletzten weggebracht hat.»

«Sie wissen mehr. Von wem haben Sie das alles erfahren? Ihre Schilderung der Ereignisse ist sehr detailliert. Sie müssen mit jemandem geredet haben, der vor Ort war.» Kappe hatte jetzt auch Zweifel, das war ihm anzusehen.

Der Journalist schüttelte den Kopf.

«Herr Meineke, bitte!»

«Wirklich, ich kann nur spekulieren.»

«Sie wollen doch nicht behaupten, dass niemand etwas von den Schüssen gemerkt hat! Es muss einen Grund geben, warum der Vorfall nirgends in den Akten auftaucht.»

Meineke seufzte. «Ich weiß, ich weiß, Herr Kommissar. Das kam mir auch komisch vor. Ich erkläre mir das so: Es war dunkel, es herrschte, wie gesagt, ein ziemliches Tohuwabohu, die Vopo hat die Bande gejagt, einige Mitglieder festgenommen und dabei in die Luft geschossen. Das hat jemand ausgenutzt und auf den Jungen gezielt. Vermutlich hat der Junge noch nicht einmal gewusst, woher der Schuss kam, der ihn traf. Und in den offiziellen Akten ist das Ereignis meiner Meinung nach deshalb nicht aufgetaucht, weil nie ein Verletzter gefunden wurde. In dieser Nacht hat sicherlich niemand die Schüsse gezählt und schon gar nicht nachgeprüft, wer da alles geschossen hat. Und dass der Vopo einige Bandenmitglieder durch die Lappen gegangen sind, das wusste jeder. Die meisten lebten ja ohnehin im Westen. Und an die kamen sie nicht ran, selbst wenn sie alle Namen gewusst hätten. Also werden sie auch nicht allzu gründlich nachgeforscht haben.»

«Und wer war dieser zweite ominöse Kradfahrer mit dem Beiwagen? Geben Sie zu, Sie wissen, wer es war! Sagen Sie uns außerdem den Namen Ihres Informanten! Sonst kommen wir nicht weiter.»

«Also gut. Ich weiß das alles vom alten Paschke. Der war vor Ort, weil er sich Sorgen um seinen Jungen machte. Er hat alles beobachtet. Und ja, der hat mir auch erzählt, dass er Ernst erkannt hat. Der war ja ein Freund von Simon Paschke. Und der alte Paschke hat auch den zweiten Kradfahrer erkannt. Den hatte er mal im Kleinen Ballhaus gesehen, als er seinen Sohn gesucht hat. Mickler hatte ihn beim Namen genannt.» Der Journalist zögerte. «Wenn ich jetzt ein offizielles Protokoll unterschreiben muss, werde ich den Namen nicht nennen. Sonst glauben künftig alle meine potentiellen Informanten, dass sie mir nicht trauen können. Nur wenn Sie versprechen, mich rauszuhalten, sage ich Ihnen den Namen.»

Kappe nickte.

«Der Mann, der den Jungen aufgeladen hat, war Gericke. Genau der Holger Gericke, der den alten Paschke gewarnt hatte. Ich habe Paschke übrigens gedrängt, zur Polizei zu gehen. Aber der wollte nicht. Um keinen Preis. Na ja, der Alte ist jetzt auch schon tot. Und sein Junge, der Simon, ist vollends auf die schiefe Bahn geraten.»

«Und wer war der Schütze? Das wissen Sie doch bestimmt auch.»

«Der ist später als Belastungszeuge bei Gericht aufgetaucht. Doch da wusste ich noch von nichts. Der alte Paschke hat mir erst nach dem Prozess sein Herz ausgeschüttet. Der Kerl heißt Kreusel. Anton Kreusel. Das ist der Mann, mit dem Reiz im Gang geredet hat. Ist der etwa auch tot?»

«Das gibt's doch gar nicht!», sagte Galgenberg. «Also hat Kreusel den Sohn von Jarusch umgenietet. Jarusch wiederum hat Gericke über den Haufen gefahren und wurde in der Arminiushalle ermordet.»

«Das ist ja ein Ding!», befand jetzt auch Günther Meineke. «Was für ein Durcheinander! Nun verstehe ich, warum Sie glauben, die Ursache des ganzen Schlamassels sei bei dem Pferdediebstahl zu suchen. Aber warum sollte Jarusch Gericke umbringen? Der hat doch versucht, den Jungen zu retten.»

«Leider können wir weder Jarusch noch Gericke dazu befragen. Immerhin ist Kreusel, der Schütze, noch am Leben», antwortete Kappe. «Aber verschwunden ist er und zur Fahndung ausgeschrieben. Ich habe so eine Ahnung, warum Jarusch Holger Gericke über den Haufen gefahren haben könnte. Er hat vermutlich geglaubt, dass es Gericke war, der seinen Jungen getroffen hat. Und wer könnte ihm das weisgemacht haben? Na, Kollegen, eine Vermutung? Es war doch Kreusel, der geschossen hat. Ich frage mich nur, warum das alles erst jetzt passiert ist, Jahre später.»

Kollege Galgenberg schaute nachdenklich.

Kappe grinste schief. «Na ja, nur Kreusel kann uns dazu noch etwas sagen. Haben Sie eine Ahnung, wo er stecken könnte, Herr Meineke?»

«Hab ich», antwortete Günther Meineke, «hab ich.»

KAPITEL SECHZEHN
Donnerstag, 22. Dezember 1960

IM MORGENGRAUEN kamen sie nach Kladow, mit allem, was benötigt wurde, um ein weitläufiges Gelände zu durchsuchen. Inklusive Spaten. Kriminaloberkommissar Otto Kappe hatte angeordnet, dass sich die Mannschaft zunächst auf die Ställe beschränken sollte. Die meisten Boxen waren leer. Bis auf das Pony hatte der Zirkus Reiz keine Pferde mehr zu bieten. Trotzdem lag überall Stroh. Nicht nur in der Box des Ponys. Allerdings war es nur dort frisch aufgeschüttet worden. Kappe ließ das gesamte Stroh beiseite schaffen. Es war alt, teilweise schon faulig. Darunter kam ein mit Ziegeln gepflasterter Boden zum Vorschein. In einer leeren Box, ganz außen an der Stallwand, fanden sie eine Stelle, wo der Boden eine leichte Mulde aufwies. Außerdem hatte jemand die Pflasterung herausgerissen und nicht ganz ordentlich wieder eingefügt. Der Unterschied war nur geringfügig, für das Auge eines unbedarften Betrachters nicht auf den ersten Blick wahrzunehmen. Aber die Kollegen von der Spurensicherung waren darauf geeicht, minimale Abweichungen zu beachten. Die Stelle war etwa 1,80 Meter lang und etwa halb so breit.

«So was habe ich schon mal gesehen», meine Lilli Lenné. «Wenn Leichen verbuddelt werden und verwesen, dann sinkt der Boden mit ihnen zusammen. Also, ich finde ja, das sieht aus wie ein Grab. Wir sollten da mal genauer nachschauen.»

«Ganz meine Meinung», befand auch Kappe, der daran dachte, was Sensationsgünther einst zum Thema Stroh belauscht hatte.

«Da ist nichts!», donnerte Direktor Reiz. Er und seine Frau Edda standen sichtlich unruhig daneben, als Otto Kappe und seine Leute begannen, die Ziegel herauszureißen. Kappe meinte, in den Augen der Zirkusbesitzer Verunsicherung, sogar Angst zu entdecken. Schließlich legte er den Finger direkt in die Wunde. «Sie wirken sehr beunruhigt. Haben Sie Angst vor dem, was wir hier finden könnten? Wann ist Ihr Sohn verschwunden, Frau Reiz? War das nicht 1953?»

«Mein Ernst ist nicht tot. Ich bin seine Mutter, das würde ich doch spüren», stammelte Edda Reiz.

Ihr Mann hingegen plusterte sich auf. «Wieso, frage ich Sie, sollte Ernst überhaupt tot sein und ausgerechnet hier liegen? Das müsste ich doch wissen!»

«Vielleicht wissen Sie das ja auch», war die scharfe Erwiderung, die er sich von Kappe einfing.

Während die Männer im Stall weiter gruben, nahmen Kappe und Lilli Lenné die angeblich so ahnungslose Edda Reiz beiseite und befragten sie zu ihrem spurlos verschwundenen Sohn. Der Ehemann nahm das mit wenig begeisterter Miene zur Kenntnis.

«Warum haben Sie erst Tage nach dem Verschwinden Ihres Jungen Anzeige erstattet?», erkundigte sich Kappe.

Edda Reiz wand sich. «Sie müssen das verstehen. Das waren damals schwierige Zeiten für eine Frau mit einem unehelichen Kind. Ich habe mich anfangs nicht getraut. Und mein Mann, also, mein jetziger Mann, hat auch gesagt: ‹Der Ernst ist bald wieder da, wirst sehen. Das ist ein temperamentvoller Junge, ein ganzer Kerl, so einer reißt schon mal aus.›»

«Hatte Ihr Sohn denn einen Grund zum Ausreißen? Gab es Ärger?»

«Nein, wirklich nicht. Ich war damals übrigens Seiltänzerin bei Barlay.»

Kappe und Lilli Lenné nickten einander kaum merklich zu. Da war sie, die gemeinsame Vergangenheit Eddas und der anderen Verdächtigen.

Die Frau Zirkusdirektorin merkte davon nichts und fuhr fort:

«Bei Barlay habe ich Gregor kennengelernt, meinen Mann. Er war jung, ehrgeizig und ein berühmter Entfesselungskünstler. Fast so berühmt wie der große Houdini. Er wollte seinen eigenen kleinen Zirkus gründen und hat mich gefragt, ob ich mit ihm komme. Gregor war der Überzeugung, dass in wirtschaftlich schwierigen Zeiten ein kleiner Familienzirkus mit weniger Unterhaltskosten besser zurechtkommt. Dass die Menschen nach den schweren Jahren ein großes Bedürfnis nach Unterhaltung haben, stand für ihn fest. Und ich war ganz alleine und hatte einen kleinen Sohn. Der Vater von Ernst hatte nicht heiraten wollen, und dann bin ich von Gregor schwanger geworden, und mein zweiter Sohn Gernot kam auf die Welt. Als Gregor mir einen Heiratsantrag gemacht hat, habe ich zugegriffen. Nach dem Krieg hatten es viele schwer, da ist man ohnehin näher zusammengerückt. So viele heiratsfähige Männer gab es auch nicht mehr. Ich war schon damals nicht mehr die Jüngste. Ich bin etwas älter als Gregor. Da hatte ich schon Glück. Ich habe ihm geglaubt, dass er mich liebt. Kurz darauf haben wir zusammen den Zirkus Reiz gegründet. Mein Mann hat immer gesagt, der Ernst komme bald wieder.»

Kappe runzelte ungläubig die Stirn. «Warum haben Sie ihm so blind vertraut? Wir haben inzwischen den Verdacht, dass Ihr Mann in den Überfall auf Barlay im April 1953 verstrickt war. Was wissen Sie davon, Frau Reiz? Könnte Ihr Ernst am Ende auch dabei gewesen sein? Jedenfalls ist er zu diesem Zeitpunkt verschwunden. Fanden Sie das nicht beunruhigend? Sie müssen doch zumindest etwas geahnt haben. Immerhin standen eine Zeitlang Pferde bei Ihnen, die meiner Ansicht nach ursprünglich von Mickler kamen und weder Ihnen noch Anton Kreusel gehörten.»

Edda Reiz versuchte sich herauszureden. «Ehrlich, das weiß ich nicht. Mein Mann hat sicher nichts damit zu tun. Und mein Ernst schon gar nicht. Da kann man auch nicht von Diebstahl reden. Zumindest sehe ich das so. Die Pferde gehörten doch eigentlich sowieso dem Mickler. Der wurde wegen der angeblichen Steuerschulden regelrecht in die Pleite getrieben. Als Baruk einsprang und die Pferde übernahm, wurde auch der gepfändet. Und die Pferde landeten bei Barlay. Das war doch alles ein abgekartetes Spiel. Barlay läuft ja inzwischen zusammen mit Busch als Staatszirkus und brauchte damals dringend neue Tiere. Wenn Sie mich fragen, war das nur Schikane von denen da drüben, dem Mickler und dem Baruk die Steuer auf den Hals zu hetzen. Mit dem Überfall hatte mein Mann wirklich nichts zu tun. Er hat nämlich ein Alibi. So nennt man das doch bei Ihnen, oder? Er war in dieser Nacht bei mir.»

«Ah, Sie wissen also ganz genau, wann der Überfall war?»

«In der Nacht zum 22. April 1953. Wir sind damals auch befragt worden.»

Die Frau hatte ein gutes Gedächtnis, fand Kappe. «Und warum haben Sie nichts vom Verschwinden Ihres Jungen gesagt, als Sie wegen des Diebstahls vernommen wurden? Kannten Ihr Sohn und Mickler sich eigentlich?»

Edda Reiz schaute auf den Boden. «Er war doch noch so jung. Ja, sie kannten sich. Ernst war oft im Kleinen Ballhaus. Mickler hatte das Etablissement übernommen. Da gab es Mädels und junge Männer, die Ernst imponiert haben, unter ihnen viele GIs. Und viele aus dem Zirkusmilieu. Mir war das nicht recht, aber Gregor hat immer gesagt, ich solle Ernst machen lassen. Jeder junge Mann müsse sich die Hörner abstoßen. Ich habe Gregor auch gefragt, ob er meine, dass mein Sohn etwas mit dem Pferdediebstahl zu tun gehabt haben könnte, aber er hat das ausgeschlossen.»

«Denken Sie nicht, dass Sie zu gutgläubig waren? Das alles ist doch kein Grund, erst vier Wochen nach dem Verschwinden Ihres Jungen eine Vermisstenanzeige aufzugeben. Ich habe mir die Akte angeschaut, es waren sogar fast fünf.»

«Der Ernst war eben immer sehr wild.»

«So so. Mit welchem Geld wurde eigentlich der Zirkus Reiz gegründet?»

«Ich hatte eine Erbschaft gemacht. Meine Familie hatte früher eine Fabrik für Strickwaren. Direkt nach dem Krieg liefen die

Geschäfte gut. Kurz darauf ist mein Vater allerdings gestorben. Wir haben uns nicht so gut verstanden, er ...»

Lilli Lenné hakte nach. «Er hat sie rausgeworfen wegen des unehelichen Sohns?» Ihre Stimme klang sanft. «Das muss weh getan haben.»

«Ja, so war das eben damals. Meine Mutter war schon tot. Da bin ich zum Zirkus gegangen. Die Mutter eines unehelichen Kindes stellte sonst niemand ein. Die Zirkusleute nehmen es mit solchen Sachen nicht so genau, jedenfalls sind sie gegenüber sogenannten Verfehlungen toleranter als der Rest der Gesellschaft. Ich war jung, beweglich, sportlich, hatte ein gutes Gleichgewichtsempfinden. Deshalb habe ich es geschafft. Ich war ja auch noch jung, als Ernst auf die Welt kam. Erst habe ich mich bei einer kleineren Klitsche hochgearbeitet, dann kam ich zu Barlay. Und im Zirkus zu leben war die Rettung für Ernst und mich. Das ist dort wie in einer Familie, jeder hat mit auf meinen Jungen aufgepasst. Und als mein Vater dann gestorben ist, habe ich sein Unternehmen verkauft.» Edda Reiz senkte den Kopf.

«Und Ihr Sohn? Der war nicht glücklich?», fragte Lilli Lenné vorsichtig nach.

Edda Reiz schaute dankbar zu ihr. «Sie sind eine Frau, Sie verstehen meine damalige Lage besser. Eine Frau zählt halt nichts ohne Mann.»

Kappe kannte die Kollegin Lenné inzwischen gut genug, um zu wissen, dass ihre Sanftheit, ihr verständnisvoller Blick Methode hatten. Sie setzte sie bei Verhören immer wieder bewusst ein. So auch dieses Mal. Deshalb hielt er sich zurück bezüglich der wichtigsten Frage, die sie alle umtrieb – und Lilli Lenné stellte sie, in scharfem Ton und schnörkellos: «Wer ist der Vater von Ernst? Hieß er Karl Jarusch? Sind Sie nicht nur seinetwegen zum Zirkus?»

Edda Reiz zuckte zusammen, doch sie ließ sich nicht aus dem Konzept bringen. «Das sage ich nicht. Das geht Sie nichts an. Sie werden in den Ställen nichts finden. Mein Junge lebt. Da bin ich mir sicher.»

Eine Stunde später fand sich ein menschliches Skelett im Pferdestall. Kappe nahm Reiz und dessen Frau zwecks weiterer Befragungen gleich mit in die Gothaer Straße, wo sie zusammen auf das Ergebnis der ersten Leichenschau warteten.

Wie sich herausstellte, handelte es sich bei dem Fund um das Skelett eines etwa vierzehnjährigen Jungen. Es wies eine Schussverletzung an einer Rippe in Höhe des Herzens auf. Um den Hals lag eine Goldkette mit einem Medaillon. Beim Öffnen schaute den Kollegen von der Mordkommission das Gesicht einer jungen Frau entgegen, das unzweifelhaft zu Edda Reiz gehörte. Und das Gesicht eines jungen Mannes, der Otto Kappe bekannt vorkam: Karl Jarusch.

Da knickte Edda Reiz ein und bestätigte endlich den Namen des Vaters von Ernst.

Kappe hätte das Ehepaar Reiz am liebsten sofort festgenommen. Wegen Behinderung von Ermittlungen und Verschleierung einer Straftat. Doch da gab es das Alibi, das Edda Reiz ihrem Mann für die Nacht des Pferdediebstahls gegeben hatte. Kappe musste den Herrn Direktor und seine Frau ziehen lassen. Vorerst, wie er sich schwor.

Anita Gericke strahlte den Mann an ihrer Seite an. Sie stand mit ihm vor der geöffneten Haustür der Villa in Dahlem. «Schade, dass Sie schon gehen müssen. Ich bin so froh, dass wir uns getroffen haben.»

«Ich auch. Wenn ich nur früher vom Tod Ihres Mannes und den üblen Machenschaften von Karl Jarusch erfahren hätte, wäre ich viel eher gekommen. Nicht zu fassen, was Ihnen alles geschehen ist! Erst der Schock nach der Entwendung Ihrer Habseligkeiten, dann der Unfall von Holger, sein Tod, schließlich das Verschwinden von Thomas. Sie sind eine tapfere Frau. Ich bewundere Ihren Mut und Ihre Stärke.»

«Ach, wenn ich Sie nicht hätte! Es ist wie ein Wunder. Sie sind wie der Weihnachtsmann, haben uns sogar Teile unserer Sachen zurückgebracht. Es ist zwar schrecklich, was mit diesem Karl Jarusch geschehen ist, aber ehrlich gesagt, ich weine ihm keine Träne nach. Ich wusste überhaupt nicht, dass mein Mann einen so guten Freund wie Sie hatte. Er hat nie von Ihnen erzählt, Herr Kreusel.»

«Es freut mich sehr, dass ich helfen konnte. Ihr Mann und ich hatten uns aus den Augen verloren, wie das eben manchmal so geht. Sie müssen mir nicht danken.»

«Dann danke ich Gott, dass er Sie geschickt hat. Ich freue mich über die guten Nachrichten, die Sie mir von Tom bringen. Ich bin so erleichtert, dass es ihm bei Barlay gutgeht.»

Kreusel lächelte. «Ja, ist das nicht ein schöner Zufall? Wenn ich nicht ehemalige Zirkuskollegen dort besucht hätte, wäre ich dem Sohn meines alten Freundes Holger nie begegnet. Sie haben einen prächtigen Jungen. Sie können stolz auf ihn sein. Mein ehemaliger Kollege hat den neuen Pagen in höchsten Tönen gelobt. Er machte sich allerdings Sorgen, weil der Junge Schwierigkeiten zu haben scheint, über die er nicht reden will. Als ich begriffen habe, dass Tom der Sohn von Holger sein muss, gab es natürlich kein Zögern mehr. Ich habe mich sofort mit Ihnen in Verbindung gesetzt. War gar nicht so einfach, Sie zu finden. Aber schließlich ist es mir ja doch noch gelungen.»

Anita Gericke war so glücklich über die neue Entwicklung, dass sie völlig vergaß nachzufragen, woraus Kreusel geschlossen hatte, dass der Page bei Barlay ihr Sohn Thomas sein musste, und vor allem, wie er sie gefunden hatte. Sie strahlte den Mann an, als wäre er ein Held. «Ich weiß nicht, wie ich das jemals wiedergutmachen soll.»

«Machen Sie sich darüber keine Gedanken! Ich bin dankbar, dass ich der Witwe einer meiner besten Freunde helfen konnte. Da ich wusste, wo Karl Jarusch wirklich wohnt, bin ich nach unserem Telefongespräch einfach dorthin und habe einen kleinen Einbruch riskiert. Und was habe ich in seiner Wohnung gefunden? Die Sachen, die Sie mir beschrieben hatten. Zumindest teilweise. Einiges hatte er wohl schon verkauft. Aber immerhin konnte ich Ihnen die Fotoalben und einen Teil des Familiensilbers zurückbringen. Leider nicht Ihren Familienschmuck.»

«Ach, das macht nichts. Wenigstens habe ich wieder einige Erinnerungsstücke an Holger und an meine Eltern. Wenn jetzt noch Tom zurückkäme, dann wäre die Welt in Ordnung. Auch wenn wir vorläufig nur in einer kleinen Wohnung unter dem Dach leben, haben wir doch wieder so etwas wie ein Zuhause. Meine neue Arbeitgeberin ist sehr gut zu mir, sie macht mir meine Rolle als Gesellschafterin leicht. Ich darf sogar Männerbesuch empfangen.» Anita Gericke lachte, es klang leicht verunsichert. «Monika geht wieder in die Schule, sie müsste übrigens gleich nach Hause kommen. Wir werden uns schon einleben.»

«Ja, Ihre Arbeitgeberin scheint eine sehr freundliche Frau zu sein. Ich finde, Sie haben es sehr gemütlich hier. Das habe ich gesehen, als Sie mir vorhin Ihre Wohnung gezeigt haben. Die Hand einer Frau mit Geschmack ist rundum erkennbar. Sie verstehen es eben, aus allem etwas zu machen, auch mit den einfachsten Mitteln, Anita. Ich darf doch Anita sagen?»

«Danke. Natürlich dürfen Sie Anita sagen.»

«Soll ich noch einmal mit Ihrem Jungen reden? Vielleicht hört er ja auf mich.»

«Ach, das würden Sie tun? Das wäre das schönste Geschenk für mich, wenn wir gemeinsam unter dem Weihnachtsbaum stünden.»

«Natürlich werde ich das tun. Ich bin fest davon überzeugt, dass Ihr Sohn Weihnachten wieder bei Ihnen ist. Er ist ein guter Junge, der seine Familie liebt. Fast beneide ich ihn. Ich werde Weihnachten allein in meinem Zimmer feiern. Obwohl man da von feiern gar nicht sprechen kann.»

«Sie sind allein? Aber Herr Kreusel, das muss doch nicht sein! Kommen Sie einfach an Heiligabend hierher! Ich kann nicht viel auftischen, aber es wird sicherlich für uns alle reichen.»

«Meinen Sie? Das wäre wunderbar! Überhaupt, Anita, ich

weiß, vielleicht ist es noch zu früh – aber ich habe noch niemals eine so wunderbare Frau wie Sie getroffen.»

Anita Gericke errötete. «Sie sind herzlich willkommen. Und wenn Sie dann noch meinen Tom mitbringen ...»

«Das werde ich. Versprochen!»

Thomas Gericke stand unentschlossen auf dem Gehsteig gegenüber der Villa, in der seine Mutter und Monika jetzt lebten. Die Schwester hatte ihm die Adresse bei ihrem Besuch im Wohnwagen dagelassen. In einem Anfall von Sehnsucht hatte er sich aufgemacht, ohne einen konkreten Plan. Es war doch bald Weihnachten. Und er fühlte sich einsam. Es war schwer, mit niemandem reden zu können. Das Geheimnis drückte so sehr auf seine Brust, dass er kaum noch atmen konnte. Er wusste, er durfte nichts sagen. Aber er wollte zumindest etwas Nähe spüren. Er sehnte sich so sehr danach.

Da sah er, wie seine Mutter und Anton Kreusel aus der Tür traten. Kreusel trug eine schweinslederne Aktentasche. Seine Mutter lachte zu ihm auf. Sie wirkten vertraut. Tom blieb fast das Herz stehen. Er duckte sich schnell hinter einen Wagen am Straßenrand, um nicht gesehen zu werden. Dieser Verbrecher hatte sich an seine Familie herangemacht! Er konnte seiner Mutter und seiner Schwester schaden. Das hieß erst recht, dass Tom niemals reden durfte. Sonst würde Monika und der Mutter etwas Schlimmes passieren. In Toms Kopf arbeitete es fieberhaft. Was sollte er tun? Hass stieg in ihm auf. Dieser Mann war an allem schuld! Daran, dass er niemals mehr eine Heimat haben würde. Daran, dass er nie wieder zu seiner Mutter und zu seiner Schwester zurückkonnte. Er schämte sich zu sehr. Aber er musste etwas tun.

Jetzt legte Kreusel der Mutter sogar vertraulich die Hand auf den Arm. Tom wurde schlecht vor Abscheu. Er musste dafür sorgen, dass Kreusel nie wieder jemandem etwas tun konnte.

Die Mutter ging zurück ins Haus, Kreusel schlenderte davon und bestieg die U-Bahn-Linie A. Tom folgte ihm, gab sich dabei große Mühe, nicht gesehen zu werden. Außerdem hatte er kein Geld und musste schwarzfahren. Am Wittenbergplatz stieg Kreusel endlich aus.

In den Auslagen der Geschäfte blinkte und blitzte es. Halb Berlin war unterwegs, um auf den letzten Drücker Geschenke zu kaufen. Aus Lautsprechern dudelten Lieder wie *Stille Nacht*, *Leise rieselt der Schnee* oder *Kling, Glöckchen, klingelingeling* bis auf die Straße hinaus. Im Eingangsbereich des seit 1956 siebenstöckigen KaDeWe-Gebäudes am Tauentzien dröhnte ein dickbäuchiger Weihnachtsmann in den Pausen, in denen der Kinderchor gerade einmal nicht sang: «Na, mein Kind, wie heißt du denn? Warst du auch brav?» Er stand vor einem Schlitten mit zwei künstlichen Rentieren, deren Hufe mit fluffigen Wattebäuschchen beklebt waren, um Schnee zu simulieren.

Die älteren Kinder grinsten. Die rotwangigen jüngeren Dreikäsehochs sanken in sich zusammen, schauten, bevor sie nickten, mit ängstlichen, großen Augen auf den Weißbärtigen, auf dessen Stirn Schweißtropfen glitzerten und der schon ziemlich verschwitzt roch. Väter und Mütter strahlten, fühlten eine wohlige Wärme in sich durch die Erinnerung an ihre eigene Kindheit und vergaßen dabei, wie beängstigend die Frage des großen, dickbäuchigen Mannes, gestellt mit polternder Stimme und gerunzelter Stirn, für eine vierjährige Göre und selbst für den mutigsten dreijährigen Knirps sein konnte. Die Angst der Kleinen verflog jedoch schnell wieder, wenn der Weihnachtsmann in seinen Sack griff und Süßigkeiten hervorzog. Trotzdem klammerte sich so mancher kleine Tropf nach diesem Erlebnis noch für eine ganze Weile am Rockzipfel seiner Mutter fest.

Auch Tom erinnerte sich an frühere Weihnachtstage, als er Anton Kreusel durch das Gedränge folgte. Ihm wurde wehmütig zumute, als er an die Zeiten dachte, in denen die Familie noch zusammen gewesen war, als die Mutter ihn und Monika mitgenommen hatte zu Weihnachtseinkäufen – ohne zufriedenstellend erklären zu können, warum die Weihnachtsgeschenke für die

Kinder vom Weihnachtsmann gebracht wurden und die für den Vater nicht.

Der Siebzehnjährige hatte Mühe, Kreusel mit seiner schweinsledernen Aktentasche nicht aus den Augen zu verlieren. Der ging schnurstracks ins KaDeWe und wand sich durchs Gewühl wie ein Aal. Glücklicherweise blieb er mal hier, mal dort stehen und besah sich die Auslagen, so dass Tom immer wieder aufschließen konnte. Insbesondere Radios und Plattenspieler sowie Tonbandgeräte schienen es Anton Kreusel angetan zu haben. Tom beobachtete, wie er hin und her marschierte, sich alles genau besah und schließlich die Aktentasche auf ein Transistorradio stellte, eines, wie Tom es sich selbst sehnlich wünschte: das erste Volltransistorradio der ostdeutschen Radioindustrie namens Sternchen.

Tom wurde angerempelt und war für einen Moment abgelenkt. Als er wieder zu Kreusel schaute, konnte er das Gerät nicht mehr entdecken. Er vermutete zunächst, dass es von der Aktentasche verdeckt wurde.

Kreusel blickte sich immer wieder um. Schließlich begriff Tom: Kreusel hatte noch einen zweiten Verfolger bekommen, einen Mann mit wachen Augen, durch sein Benehmen unschwer als Kaufhausdetektiv zu erkennen. Als Kreusel ihn bemerkte, hob er die Aktentasche wieder hoch. Da war das Radio. Tom verstand: Das musste eine jener Aktentaschen sein, in denen sich der Boden ausklinken und aufklappen ließ: Die Tasche wurde über den begehrten Gegenstand gestülpt, und der Boden wurde wieder eingeklinkt.

Kreusel schlenderte weiter. Wie es aussah, wollte er in die Feinschmeckeretage. Tom lief das Wasser im Mund zusammen. Er hatte noch nichts gegessen. Bei Barlay musste er zwar nicht hungern, aber für einen im Wachstum begriffenen Siebzehnjährigen reichte es nie.

Tom stockte mitten im Schritt, als er entdeckte, dass Kreusel auf einen Mann zusteuerte, den er selbst aus der Zeit kannte, als der Vater noch gelebt hatte: Gregor Reiz. Der Zirkusdirektor hatte sich offenbar mit Kreusel verabredet, denn Reiz' finsteres Gesicht hellte sich etwas auf, als dieser auf ihn zuging. Dem Ausdruck beider Männer nach zu urteilen war dies kein freundschaftliches Treffen, sondern eher eine Zusammenkunft aus Notwendigkeit. Reiz redete auf Kreusel ein, gestikulierte. Tom versuchte, etwas näher an die beiden heranzukommen, um herauszufinden, worum es ging. Doch der Lärm, verursacht von den vielen Weihnachtseinkäufern und den Kaufempfehlungen, die über Lautsprecher durchgesagt wurden, machten das unmöglich. Er verstand nur bruchstückhaft, was Reiz sagte. Die Worte «Junge» und «reden» drangen an sein Ohr.

Ihm wurde heiß. Es war stickig im Kaufhaus. Das Gedränge verursachte Beklemmungen bei ihm. Junge? Reden? Er wagte sich weiter in die Nähe der Männer und drückte sich hinter einen Berg mit Konservendosen. Jetzt konnte er die beiden besser belauschen.

«Der Junge redet nicht, Reiz, ich bin mir sicher!», erklärte Kreusel gerade. «Er weiß, was ihm blüht, wenn er was sagt. Außerdem habe ich Kontakt zur Mutter. Sie vertraut mir, glaubt, ich sei in sie verliebt. Naiv wie ein Christkind, die Frau! Ein paar Komplimente, ein tiefer Blick – das übliche Repertoire eben –, und schon schmilzt sie dahin. Ich werde Thomas in aller Deutlichkeit vor Augen führen, dass es seiner Mutter und seiner Schwester schlecht ergeht, wenn er Sperenzchen macht. Er wird nicht reden. Über nichts. Auch nicht darüber, was mit Ernst passiert ist. Falls er das überhaupt weiß. Der ist nicht so ein Trottel wie sein Vater, der uns erpressen wollte. Und falls doch, habe ich vorgesorgt. Es gibt keinen Grund zur Beunruhigung. Mit diesem Hänfling werde ich schon fertig. Außerdem wird er im Frühjahr sowieso mit Barlay auf Tournee gehen, dann ist er weg aus Berlin. Und falls es hart auf hart kommt, verschwindet eben noch ein Junge.» Kreusel lachte dreckig.

Gerade eben noch war Tom heiß gewesen. Jetzt wurde ihm eiskalt. Kreusel hatte tatsächlich vor, sein Schweigen zu erzwingen, indem er sich an seine Mutter und Monika heranmachte. Jemand wie Kreusel tat nichts ohne Eigennutz. Und ganz sicher nichts aus Liebe. Die Mutter war so arglos, so gutgläubig. Kreusel würde ihr weh tun. Der Mann schreckte vor nichts zurück, um seine Ziele zu erreichen.

Der Vater hatte die beiden also erpressen wollen. Aber womit? Was war das für eine Sache mit diesem Ernst? Moment, hatte der Vater der Mutter nicht mal von einem Jungen erzählt, der so hieß? «Ist das der Sohn von Frau Reiz?», hatte die Mutter daraufhin gefragt. «Genau, von der Frau dieses Zirkusdirektors», war die Antwort des Vaters gewesen.

Der Brief! Der, den der Vater ihm hinterlassen hatte. Nur ihm. Die Mutter ahnte nichts davon. Er hatte ihn schon fast vergessen gehabt, hatte einfach nicht mehr daran denken wollen und war mehrfach sogar kurz davor gewesen, ihn ungeöffnet zu verbrennen oder zu zerreißen. Nun musste er den Brief doch noch lesen. Sosehr sich in ihm auch alles dagegen sträubte.

Tom hielt es nicht mehr an seinem Platz. Er sprang so schnell hoch, dass er beinahe den Konserventurm umgestoßen hätte, und rannte nach draußen. In seinem Kopf kreisten die Gedanken, er konnte zunächst keinen davon wirklich festhalten. Vor dem KaDeWe holte er tief Luft. Was sollte er tun? Wie konnte er verhindern, dass Kreusel sich seiner Mutter und seiner Schwester weiter näherte? Wenn er nur nicht so vertrauensselig gewesen wäre! Es war alles seine Schuld.

Langsam wurde er ruhiger, und ein Gedanke schälte sich aus dem Durcheinander in seinem Kopf: Er musste Kreusel stoppen. Das hätte er schon längst tun sollen. Diese schreckliche Idee ließ sich nicht mehr vertreiben. Hartnäckig reckte sie immer wieder den Kopf, drängte sich in seinen Verstand. Egal, was in dem Brief stehen würde, Anton Kreusel musste sterben.

Tom wusste, wo er den Mann finden konnte – im Kleinen Ballhaus, in dem er oft verkehrte. Er musste ihn nur erwischen, ihn in eine Falle locken. Tom zitterten die Knie. Er konnte sich kaum noch bewegen. Der Brief. Vielleicht half der Brief.

Die Menschen mit den erwartungsvollen Gesichtern, vorangetrieben von dem Gedanken an Weihnachten, die Kinder, die mit großen Augen die Auslagen anstarrten und von einer Eisenbahn, einer Puppe oder einem Teddy träumten, traten völlig in den Hintergrund. Tom bemerkte noch nicht einmal, dass er in diesem Strom ein Hindernis bildete und die Menschen ihm ausweichen mussten, den Kopf schüttelten. Er stand versunken und mit völlig leerem Ausdruck auf dem Bürgersteig vor dem KaDeWe und schien seine Umgebung überhaupt nicht wahrzunehmen.

«Junge, was ist mit dir? Geht es dir nicht gut? Hast du kein Zuhause?»

Jemand hatte Tom an der Schulter gepackt. Der schreckte hoch und blickte in das Gesicht eines jungen Schutzmannes. «Doch, doch, alles klar. Ich habe ... ich habe über Weihachsgeschenke für meine Familie nachgedacht.»

Der Schutzmann schaute zweifelnd. «Na, ick wees nich. Wir wolln mal lieber deine Personalien aufnehmen, und dann bring ick dir nach Hause. Mit dir stimmt was nich, Jungchen.»

Tom überlegte fieberhaft, wie er aus dieser Situation herauskommen konnte, als der spitze Schrei einer Frau ertönte: «Meine Tasche, haltet den Dieb!»

Der junge Schutzmann sah sich um und spurtete in die Richtung, aus welcher der Schrei gekommen war.

Tom machte, dass er davonkam. Er sah nicht, dass Anton Kreusel ihn entdeckt hatte und hinter ihm herlief.

Vor dem U-Bahnhof Wittenbergplatz hatte Kreusel den Jungen eingeholt. Der einstige Hausarchitekt der Hoch- und U-Bahn, Alfred Grenander, hatte für den mit Muschelkalkplatten verkleideten Umsteigebahnhof eine kreuzförmige Eingangs- und Schalterhalle in neoklassizistischen Formen mit quadratischem Turmaufsatz entworfen. Sie diente als Übergang zwischen den drei Bahnsteigen mit fünf Gleisen. Doch das interessierte Kreusel nicht. «So, du verfolgst mich also. Und warum, wenn ich fragen darf?»

Tom fuhr herum und starrte Kreusel an. Es dauerte etwas, bis er die Fassung wiedergewonnen hatte. «Lass meine Mutter und meine Schwester in Ruhe!», brach es aus ihm heraus.

In Kreusels Gesicht zeigte sich Verachtung. «Jungchen, glaubst du tatsächlich, du kannst mir drohen?»

Tom machte sich so groß wie möglich. «Wenn du dich nicht von meiner Familie fernhältst, dann ... sage ich Herrn Reiz, dass du mit seiner Frau ein Verhältnis hast. Das hast du mir selbst erzählt.»

Anton Kreusel brach in schallendes Gelächter aus. «So so, das sagst du ihm.» Er gluckste. «Nicht mehr lange, dann werde *ich* der Herr Direktor im Zirkus Reiz sein. Der heißt dann Zirkus Kreusel. Die Dame ist in mich verliebt. Und Liebe macht bekanntlich blind.»

«Wirklich, ich sage Herrn Reiz alles!»

«Das wirst du schön bleiben lassen! Denn sonst, ich schwöre es dir, könnte deiner Mutter etwas Schlimmes zustoßen. Nein, wenn ich es mir recht überlege, erst deiner Schwester Monika. Die Kleine stänkert sowieso schon die ganze Zeit bei eurer Mutter gegen mich. So was mag ich überhaupt nicht. Und was ich mit ihr machen werde, das wird dir nicht gefallen, glaube es mir!» Kreusels Stimme wurde jetzt gefährlich leise. «Also geh lieber! Und versuche nichts, das du später bereuen würdest. Soweit ich weiß, wurde dir bei Barlay angeboten, mit auf Tournee zu gehen. Das solltest du tun, Jungchen, wirklich. Und halt dich von deiner Familie fern! Glaub nicht, dass du sie retten kannst! Ich erfahre es sofort, wenn du wiederauftauchst.» Kreusel lachte, dann wandte er sich um und ging davon.

Tom schaute ihm nach. Die zerstörte Gedächtniskirche, die in den Himmel ragte wie ein erhobener Zeigefinger, erschien ihm wie ein mahnendes Symbol. Er zögerte und machte sich schließlich auf den Weg in die Friedrichstraße, er hatte Verpflichtungen bei Barlay. Sterben! Sterben! Sterben!, hämmerte es im Takt der Schritte in seinem Kopf. Kreusel musste sterben. Sonst nahm dieser Alptraum nie ein Ende.

KAPITEL SIEBZEHN

Freitagabend, 23. Dezember 1960

DAS LOKAL war schon gegen neun Uhr am Abend brechend voll, die Luft zum Schneiden dick. Der Pianist wühlte in den Tasten, die Trompeten jazzten, der Mann am Schlagzeug hämmerte den Rhythmus zu *Mucki, mein Schnucki, tanz mit mir doch einen Boogie Woogie*. Überall amerikanische Laute. Das KBS, das Kleine Ballhaus an der Schöneberger Hauptstraße, gehörte zu den Lieblingslokalen der amerikanischen Berlin-Brigade.

Tom sah den schwitzenden Paaren zu, die sich über die Tanzfläche schoben. Er sah älter aus, als er war, und hatte es geschafft, sich am Türsteher vorbeizuschmuggeln. Im Ballhaus verkehrte Anton Kreusel oft. Und hier hoffte Tom, wieder auf ihn zu treffen, in dem Gedränge von schwitzenden Menschen, der Geräuschkulisse aus Trommelwirbeln, Lachen und spitzen Schreien, welche die deutschen Fräuleins ausstießen, wenn die amerikanischen Männer sie beim Rock 'n' Roll auf die Arme nahmen und herumwirbelten, bis die weiten, mit meist mehreren gestärkten Petticoats unterfütterten Röcke hochrutschten und die Strapse zu sehen waren.

Tom hatte keinen Blick für die nylonbestrumpften Beine, keinen Sinn für Flirts und die erotisch aufgeladene Atmosphäre. Er wartete. In seiner Tasche brannte der Brief. Warum nur hatte er den Umschlag nicht früher geöffnet? Alles wäre anders gekommen. Kreusel hätte ihn nicht belügen und zu einem Verbrecher machen können.

Aber er hatte den Brief bei diesem Besuch des Vaters im Krankenhaus einfach eingesteckt. Kommentarlos. War dem Blick des Vaters ausgewichen, der Verzweiflung in dessen Augen. Wollte nichts davon wissen, hatte den Satz verdrängt, den der Vater mit leiser Stimme gesprochen hatte: «Wenn mir was passiert, dann lies das! Aber erst dann, mein Sohn. Und pass auf Mama und Monika auf! Du bist der Mann in der Familie, falls ich es nicht mehr sein kann.»

«Es geht dir doch besser», hatte er lahm erwidert. Ungerührt. Und nun drohten ihm die Verzweiflung und die Reue über sein Verhalten die Luft abzuschnüren. Wie dem Vater damals. Vielleicht hätte er dessen Selbstmord verhindern können. Wenn er nur auf ihn eingegangen wäre, ihn in den Arm genommen und ihm gesagt hätte, wie sehr sie ihn brauchten! Aber er war in dieser trotzigen Starre verharrt geblieben, in der er lebte, seit sie ihn gezwungen hatten, aus dem Osten zu flüchten. Er hatte nicht in den angeblich so goldenen Westen gewollt, hatte seine Freunde, die Heimat, seine Träume nicht aufgeben wollen und es doch tun müssen. Das nahm er dem Vater nach dem Unfall noch immer übel. Er hatte erleben müssen, dass der einst so starke und lebenslustige Mann schwach geworden war. Dabei hatten Eltern stark zu sein und klug. Tom hatte die Schwäche des Vaters verachtet. Deswegen hatte er den Brief einfach in die Jackentasche geschoben. Entschlossen, ihn zu vergessen.

Und dann, nach dem Selbstmord? Da hatte er den Vater gehasst, legte dessen letzte Worte ganz unten in den alten Pappkoffer. Jenen Koffer, den er mitgenommen hatte, als er von seiner Mutter und Monika weggegangen war. Und da lag der Brief. Ungelesen. Viele Monate lang. Er hatte ihn erst jetzt geöffnet, nachdem er Kreusel mit seiner Mutter gesehen hatte. «Du bist der Mann in der Familie, falls ich es nicht mehr sein kann.»

Als er den Brief gelesen hatte, war er erneut nach Dahlem gefahren. Wartete vor der vornehmen Villa auf Moni, spähte mehr als eine Stunde zu den Fenstern unter dem Dach hinauf, in der Hoffnung, einen Blick auf sie zu erhaschen. Für einige Momente gab er sich der Illusion einer heilen Welt hin. Wie gern wäre er bei seiner Mutter und Monika hinter dieser freundlichen ockerfarbenen Fassade unter dem Walmdach mit den Fledermausgauben gewesen! Die Erker und Altane machten einen heimeligen Eindruck. Er spürte es schon da: Er hätte nicht nach Dahlem fahren dürfen. Aber er hatte es nicht mehr ausgehalten, sich alleine mit allem abzuquälen. Und tatsächlich, als hätte sie ihn gespürt, kam Monika in den Garten. Er redete nicht von seinem Plan, Kreusel umzubringen. Aber er erzählte Moni von dem Brief, von der Gefahr, in der sie und die Mutter wegen Kreusel schwebten. Und Moni flüsterte: «Ich hab so Angst vor ihm, Tom. Bitte, bitte komm doch heim!»

«Das geht nicht», erwiderte er. «Aber ich helfe euch, Moni. Ich versprech's.»

Moni nickte tapfer, nahm ihn in den Arm. Und er suchte bei der kleinen Schwester Trost, stammelnd, verwirrt. Doch Trost konnte sie ihm nicht geben.

Er war ein Versager. Warum nur, warum hatte er den Brief nicht früher gelesen? Es waren viele Seiten, gefüllt mit Selbstvorwürfen und Erklärungsversuchen.

Der Vater schilderte darin die Rollen von Reiz, Kreusel und Jarusch bei der missglückten Entführung der einstigen Mickler-Pferde aus den Barlay-Ställen. Und er schonte sich selbst ebenfalls nicht. Dass er von dem geplanten Überfall gewusst und ihn nicht angezeigt, sondern nur den alten Paschke informiert habe, schrieb er. Beim Zirkus verrate man einander nicht. Er habe sich stattdessen das Kraftrad mit Beiwagen gegriffen und sei einfach so durch die Berliner Straßen gefahren, um nicht in die Angelegenheit hineingezogen zu werden. Das Motorrad habe einem Gastartisten aus dem Westen gehört, der gerade auf Urlaub gewesen sei und ihm den Schlüssel überlassen habe.

Und dann war er doch Richtung Pferdestall zurückgefahren, von einer ihm noch immer unerklärlichen Unruhe getrieben. Er sah die Polizei, Männer wurden abgeführt, mehrere Menschen liefen davon. Plötzlich brüllte jemand. Schüsse waren gefallen, ein Junge wankte, sank zu Boden. Der Vater erkannte den Schützen: Anton Kreusel. Doch niemand kümmerte sich um ihn, und auch nicht um den Jungen. Die anderen Banditen rannten weiter, die Vopo hinterher. Der Junge versuchte noch sich aufzurichten und sich weiterzuschleppen. Dann erst begriff der Vater, dass es Ernst war. Er kannte ihn und dessen Mutter noch aus der gemeinsamen Zeit bei Barlay. Er dachte nicht lange nach, fuhr zu ihm und zog ihn in den Beiwagen, um ihn zu seiner Mutter Edda zu bringen, inzwischen die Frau Direktor des Zirkus Reiz. Alles ging sehr schnell. Die Vopos versuchten noch, ihn aufzuhalten. Aber vergeblich. So raste er in dieser Nacht mit dem verwundeten Jungen im Beiwagen durch halb Berlin und über die Grenze nach Kladow, vorbei an den Grenzposten. Bei der Bodenwelle dort wäre ihm Ernst beinahe aus dem Wagen gekippt. Und auf der wilden Fahrt verblutete der Junge dann.

Dass er einen Toten im Beiwagen hatte, merkte der Vater erst, als er schon ein Stück über die Grenze war und die Fahrt etwas verlangsamen konnte. Und weil ihm nichts anderes einfiel, legte er den leblosen Ernst in den Ställen des Zirkus Reiz ab. Einfach weil er dachte, bei den Pferden sei der Junge nicht ganz allein und dort würde ihn bald jemand finden. Danach fuhr er weg. Schob Krad samt Beiwagen sogar noch ein Stück, um keinen Lärm zu machen.

Der Vater machte sich im Nachhinein große Vorwürfe: Er hätte den Plan anzeigen oder wenigstens Ernst gleich in ein Krankenhaus bringen sollen, dann könnte der Junge noch leben. Doch er hatte anders gehandelt aus der Entscheidung eines Augenblicks heraus, aus Feigheit, aus Angst, mit dem Pferdediebstahl und dem verletzen Jungen in Verbindung gebracht zu werden - es gab so viele Gründe. Und er hatte den Schützen nicht angezeigt, das hatte der Vater sich bis zuletzt nicht verziehen.

So wie er, Tom, sich sein Handeln nicht verzeihen konnte. Er konnte den Vater inzwischen gut verstehen. Jetzt begriff er, wie niederdrückend Schuld sein konnte, wie sie das Leben und alles Glück aus einem herauspresste. Wie sie täglich in einem bohrte, stocherte, zerrte. Man entkam ihr nicht. Jetzt endlich war er dem Vater nahe. Zu spät. Viel zu spät.

In seinem Abschiedsbrief bat der Vater ihn, seine Fehler wiedergutzumachen. Ohne der Mutter und Monika etwas davon zu erzählen. Zum Schluss schrieb der Vater, wer ihn angefahren hatte: Karl Jarusch. Der Mann, dessen Sohn Anton Kreusel in jener Nacht im April 1953 angeschossen hatte.

Und wie verhielt sich Kreusel, der Mann, der an allem schuld war? Der erzählte Jarusch nach dem missglückten Pferdediebstahl eine Lügengeschichte und behauptete, dass ein gewisser Holger Gericke verantwortlich sei für den Tod von Ernst. Gericke habe geschossen.

Jarusch glaubte Kreusel. Wartete geduldig Jahr um Jahr, bis die Stunde der Rache gekommen war. Und als ihn Holger Gericke um Hilfe bei der Flucht in den Westen bat, ergriff er die Gelegenheit. Er fuhr ihn um und ließ ihn dann blutend auf der Straße liegen. Auge um Auge. Jarusch stieg aus dem Wagen, beugte sich über ihn und spie ihm seinen Hass ins Gesicht. Und der Vater war unfähig, etwas zu erwidern, konnte nur zuhören, während das Leben aus ihm herausrann. Erst da begriff er, dass Jarusch ihn für den Mörder seines Sohnes hielt.

Tom wand sich innerlich. Doch er würde es tun. Ja, er würde den Vater rächen. Sich selbst rächen. Einen Jungen namens Ernst rächen.

Kreusel hatte sie alle belogen. Auch ihn. Der Stallarbeiter hatte andere mit seinen Verbrechen belastet und musste endlich dafür bezahlen.

Noch wusste Kreusel nichts von diesem Brief. Tom hatte sich den Kopf zerbrochen, hatte in der vergangenen schlaflosen Nacht einen Plan nach dem anderen gewälzt, in Gedanken Kreusel auf alle mögliche Arten getötet.

Der Plan, den er schließlich gefasst hatte, war einfach. Und einer, bei dem sich ihm selbst der Magen umdrehte. Er wusste nicht, ob er es schaffen würde. Aber er musste es schaffen. Er musste.

Da war er. Anton Kreusel kam aus dem Hinterzimmer des Kleinen Ballhauses. Lachte, schäkerte mit einem Mädchen, ging an die Bar. Der Barmann schob ihm ein Getränk zu. Kreusel benahm sich, als wäre alles völlig normal, als wären nicht seinetwegen drei Menschen gestorben. Ernst, Jarusch, der Vater. Nein, eigentlich vier. Denn Tom selbst würde auch bald tot sein. Wenn er Kreusel getötet hatte.

Tom drückte sich in eine Ecke. Er würde versuchen, Kreusel nach draußen zu locken. Dort hatte er einen Knüppel versteckt. Damit wollte er ihm eins überziehen und dann ...

«Tom, was macht du da?»

Tom schreckte zusammen. «Monika! Wieso bist du hier? Wie kommst du überhaupt hier rein? Geh sofort nach Hause, du bist viel zu jung für das Ballhaus!»

«Ich bin einfach zusammen mit einer Gruppe von Leuten durchgeschlüpft. Aber das ist doch jetzt egal. Tom, du darfst das nicht tun! Ich weiß, was du vorhast, ich habe es dir angesehen. Ich konnte die ganze Nacht nicht schlafen. Du musst zur Polizei gehen und denen Papas Brief geben. Ich kenne einen Kommissar, Kappe heißt der. Der ist nett.»

Tom stöhnte innerlich auf. Er hätte mit Monika nicht über den Brief sprechen dürfen. Aber er hatte sie doch vor Kreusel warnen müssen. «Woher weißt du überhaupt, wo ich bin?»

«Du hast mir gesagt, dass dieser Kreusel immer im Kleinen Ballhaus ist. Und ich konnte nicht vergessen, wie du geschaut hast, als du über Papas Brief geredet hast. Du warst so voller Hass. Da habe ich noch mehr Angst bekommen. So habe ich dich noch nie gesehen. Ich wusste, dass du was ganz Schlimmes vorhast. Und ich dachte mir, ich finde dich wahrscheinlich am ehesten da, wo Kreusel ist.»

«Hast du Mama gewarnt? Hast du ihr gesagt, was dieser Kreusel für ein Mensch ist?»

Monika liefen Tränen über die Wangen. «Ach Tom, nein, noch nicht. Jedenfalls nicht direkt. Ich habe es versucht und ihr gesagt, dass ich Kreusel für hinterlistig halte und ihn ziemlich schmierig finde. Die ganzen Komplimente, die er ihr macht, die sind doch nicht echt. Was will er bloß von Mama? Tom, kannst du mir das sagen?»

Tom zögerte einige Momente.

«Was ist, Tom, warum sagst du nichts?»

«Ach Moni, das ist kompliziert. Jedenfalls müssen wir Kreusel schnellstmöglich loswerden. Ich werde dafür sorgen, dass er weggeht. Der Mann ist ein Verbrecher. Weiß Mama das?»

«Nein, ich durfte ihr doch nichts von dem Brief erzählen. Sie hat mir nicht geglaubt. Wahrscheinlich denkt sie, ich sage das alles nur, weil ich Angst habe, dass Kreusel irgendwann Papa ersetzt. ‹Papa wird niemand ersetzen. Nie!›, hat sie gesagt. ‹Du musst dir also nicht solche Geschichten ausdenken, Moni.› Da wusste ich nicht mehr, was ich sagen sollte. Sie ist doch so glücklich, zum ersten Mal seit langer Zeit. Und dann hab ich mich wieder an deine Augen erinnert. Du tust doch nichts Schlimmes, Tom, oder?»

«Nein, Moni, nein, ich tue nichts Schlimmes», sagte der sanft. «Komm jetzt, ich bring dich nach Hause. Du kannst hier nicht bleiben.»

«Und wenn Kreusel bei ihr ist?»

«Das ist er nicht. Er ist hier.»

«Ach Tom, ich bin so froh, dass du nichts Unrechtes getan hast. Schwöre beim Tod unseres Vaters, dass das auch so bleibt!»

Seine Schwester sah nicht, wie er zusammenzuckte. Falsch zu schwören war etwas Schlimmes. Aber jetzt war eh alles egal «Ich schwör's, Moni. Ich werde Kreusel anzeigen, dann kommt er ins Gefängnis.»

Da wirkte sie beruhigt. Tom sagte ihr nicht, dass er plante zurückzukehren, sobald er sie heil in der Villa in Dahlem abgeliefert hatte. Er konnte Kreusel nicht anzeigen. Weil er sonst selbst ins Gefängnis kommen würde. Er würde nicht mit Moni in die Villa gehen, sonst hielt die Mutter ihn am Ende noch auf. Heute musste er es endlich tun. Er hatte schon viel zu lange gewartet.

KAPITEL ACHTZEHN
Freitagabend, 23. Dezember 1960

SIE GLAUBTEN TATSÄCHLICH, er würde es nicht bemerken. Aber ein Anton Kreusel ließ sich nicht so leicht fangen. Er hatte einen siebenten Sinn für drohende Gefahr. Im Kleinen Ballhaus gab es zwar immer mal wieder Razzien, doch dieses Mal war er selbst das Ziel der Aktion. Dieser Kommissar Kappe war keiner, der sich so leicht abschütteln ließ.

Thomas hatte auch geglaubt, er könne ihn beobachten, ohne dass er es merkte. Wahrscheinlich hatte der eine Stinkwut. Aber gegen ihn kam der Junge nicht an. Dieser Naivling! Der war dann ja auch gegangen. Seine Schwester war aufgetaucht, hatte ihn weggelotst. Hübsch, die Kleine! Ein raffinierter Racker. Raffinierter als die Mutter. Sonst wäre es ihr kaum gelungen, ins Ballhaus zu kommen. Und Anita - nun, so schlecht war es gar nicht, sich mit ihr abzugeben. Etwas verbraucht war sie, aber ansonsten noch immer appetitlich. Wenn man sie etwas aufpeppte, ließ sich mit ihr vielleicht sogar Geld verdienen. Auch mit der Kleinen, es gab genügend Kunden für unverbrauchtes Fleisch.

Das wäre eine wunderbare Rache an diesem Gericke. Der hatte sich als Moralapostel geriert und gedroht, zur Polizei zu gehen. So ein Idiot! Zum Glück hatte Jarusch Kreusel die Arbeit abgenommen und Gericke zum Schweigen gebracht. Noch so ein Idiot! Der glaubte auch alles. Kreusel hatte den Schuss nicht wirklich bedauert, auch wenn er eigentlich für Simon Paschke gedacht gewesen war, den Sohn dieses Verräters. Er hatte in der Hektik nicht genau genug gezielt, die beiden Jungen hatten zu nahe beieinandergestanden. Simon hatte noch mal Glück gehabt. Ernst eben nicht.

Er hatte ursprünglich vorgehabt, Edda nach der Aktion im April 1953 - nach einer angemessenen Zeit - ein neues Kind zu machen. Frauen kamen dann leichter über so etwas hinweg. Und er war ja schließlich kein Unmensch. Sie sah zwar nicht sonderlich gut aus, schien aber eine Bombe im Bett zu sein. Das hatte Jarusch jedenfalls irgendwann mal behauptet. Beinahe hätte es auch geklappt. Er hatte Edda schon vor dem missglückten Diebstahl umgarnt. Doch Reiz war schneller gewesen. Aber noch war nicht aller Tage Abend. Edda Reiz hatte einen feuchten Kuhblick, wenn sie einander begegneten. Der dominante Reiz mit seinem aufgeplusterten Gehabe hing ihr längst zum Hals raus. Da zeigte die Rolle, die Kreusel ihr vorspielte - die des sensiblen, leidenden, weil von allen verkannten Stallburschen -, schon mehr Wirkung. Er würde nie verstehen, warum bei Frauen ein bisschen Melancholie à la Werther so zog. Sie verspürten bei schwachen Männern offenbar einen starken Impuls, sich zu kümmern. Nun, ihm sollte es recht sein.

Kreusel ging ans Fenster und schielte zwischen zwei Lamellen der Jalousie hindurch. Es wurde langsam Zeit abzuhauen. Die Polizei würde das Kleine Ballhaus vermutlich bald stürmen. Aber es brachte nichts, blind davonzurennen, ein kluger Mann wartete den richtigen Zeitpunkt ab. Wer sich in die Rolle des Gejagten begab, machte Fehler. Die Jäger waren immer im Vorteil. Das hatten schon die Indianer gewusst. Aber ein Gejagter, der die Jäger ins Leere laufen ließ, hatte gute Chancen, egal, wie groß die Meute war, die ihn verfolgte.

Wenn ein Anton Kreusel nicht gefunden werden wollte, dann wurde er auch nicht gefunden. Von niemandem. Da konnten sie sich noch so geschickt anschleichen. Er baldowerte seine Fluchtwege immer sehr genau und rechtzeitig aus. Und in Schöneberg, immerhin inzwischen Sitz der West-Berliner Regierung, kannte er sich aus wie in seiner Westentasche - von der Grenze zu Wilmersdorf im Westen über die zu Kreuzberg und Tempelhof im Osten bis hin zu denen nach Tiergarten im Norden und Steglitz im Süden.

Es gab in Schöneberg den Sportpalast an der Potsdamer Straße, der gerade sein fünfzigjähriges Bestehen gefeiert hatte und immer wieder für einen Skandal gut war. Darin hatte Kreusel viele anregende und aufregende Stunden verbracht. Was war das für ein Aufruhr gewesen, als man das Notizbuch gefunden hatte, in dem der Radrennfahrer Piet van Kampen all die Beträge notiert hatte, die er zu zahlen bereit war, nur um die «Six Days» zu gewinnen! Dabei hätte der Belgier solche Absprachen gar nicht nötig gehabt. In Schöneberg lagen außerdem das Rathaus mit der Freiheitsglocke, der Insulaner, der Rias, der Kleistpark, der Innsbrucker Platz mit dem Hochhaus der Ge-De-Wo und der Ringbahn-Kreuzung. Ja, in dieser Gegend kannte er jedes Mauseloch, da hatte er schon als Zwölfjähriger seine Geschäfte abgewickelt. Und natürlich am Tauentzien, ab der Kaiser-Wilhelm-Gedächtniskirche, wo das Geschäftsleben brummte. Wieder, musste man sagen, denn es hatte dort im Krieg schwere Zerstörungen gegeben. Die Firmen Leiser, Stiller, Philips und viele andere hatten neue Geschäftshäuser errichtet, und am Ende des Tauentzien hatte 1950 bereits das KaDeWe wiedereröffnet, in dessen Gängen sich so manches Opfer trefflich beobachten ließ. Ja, Anton Kreusel hatte flinke Finger. Manchmal traf er sich mit einem Kumpan auch an der Südseite des Platzes.

Sein Vater, dieser angebliche Christ, hatte ihn zwischen Saufgelagen und Prügelattacken in den Matthäikirchhof geschleppt und ihm all die Gelehrten einzeln aufgezählt, die dort begraben liegen sollten. Es handelte sich um Personen, die heutzutage keinen Menschen mehr interessierten, zum Beispiel um einen Sprachwissenschaftler namens Georg Büchmann, einen Komponisten namens Max Bruch, eine gewisse Minna Cauer, zu Lebzeiten eine Anführerin der Frauenbewegung, den Archäologen Ernst Curtius und wie sie alle hießen. Die Einzigen, die ihn interessiert hatten, aber auch nur als ganz kleinen Jungen, waren Jacob und Wilhelm Grimm gewesen, wegen der Märchen. Der Vater hatte ihn außerdem mit Erzählungen über die Schöneberger Geschichte gelangweilt. Dass Schöneberg 1264 als Dorf Sconenberghe gegründet worden war. Dass es als landesherrliches Dorf zum Amt Mühlenhof gehört hatte. Dass Friedrich der Große im Jahr 1751 nördlich von diesem Dorf eine Kolonie für böhmische Siedler gegründet hatte, die später Neu-Schöneberg hieß. Von einem dieser Böhmen stammte der Vater ab und war stolz darauf. Aber wen interessierte das heute noch!

Manchmal, wenn der Vater bei Laune gewesen war, hatte er ihn mitgenommen ins Stadtbad hinter der Eisenacher Straße. Oder in den «Prälat», aber nur, um die Mutter zu beruhigen, die jedes Mal hoffte, dass ihr Mann nicht so viel trank, wenn der Sohn dabei war. Stets vergeblich. Denn kaum dort angekommen, vergaß der Vater seinen Sprössling. Das war immer eine gute Gelegenheit, sich davonzuschleichen, bevor mit dem Suff die aggressive Phase des Ausflugs begann und der Vater nach Opfern suchte, auf die er eindreschen konnte.

Wenn Anton Kreusel es recht bedachte, waren es diese Jahre gewesen, in denen er Übung darin bekommen hatte, sich rechtzeitig aus dem Staub zu machen. Eigentlich musste er diesem Arschloch von Erzeuger sogar dankbar sein. Das einzig Wichtige für ihn war bis heute, wie man schnell wegkam, wenn man sich verdrücken musste. Vom Nollendorfplatz aus ging das zum Beispiel ganz gut mit der U-Bahn, die als Hochstrecke zunächst durch die Bülowstraße bis zur Dennewitzstraße führte. Das war besser, als den Wagen zu nehmen, denn um den starken Straßenverkehr in den Griff zu bekommen, waren an der Potsdamer Straße sage und schreibe dreizehn Verkehrsampeln aufgestellt worden, welche die Eigenschaft hatten, sofort auf Rot zu schalten, wenn er es eilig hatte.

Kreusel spähte erneut durch die Ritzen der Jalousie. Weit und breit keine Spur mehr von Thomas und dessen Schwester. Gut so. Auf der Straße war es ungewohnt ruhig. Sie hatten also tatsächlich weiträumig abgesperrt. Unter diesen Umständen musste er seine Wege durch den Untergrund nutzen. Einer begann direkt im Keller des Kleinen Ballhauses und wurde rege von den besonders wichtigen amerikanischen Freunden genutzt, wenn die Militärpolizei unangekündigt auftauchte. Das geschah nicht oft. Meist warnte die Militärpolizei rechtzeitig davor. Kreusel grinste, sein linker Mundwinkel zuckte. Das war eine gute Idee. Er würde die Engländer anrufen, ehe er Fersengeld gab.

Kriminaloberkommissar Otto Kappe versuchte, sich ein Bild von der Lage zu machen. Sie hatten vor der Aktion ausgiebig besprochen, wie sie die Gegend um das Kleine Ballhaus am besten abriegeln konnten. Wer die Schöneberger Altstadt durchqueren wollte, kam dabei meist über die 2,6 Kilometer lange Hauptstraße, an der mit der Hausnummer 30 das Kleine Ballhaus lag. Die Hauptstraße bildete eine wichtige Verkehrsachse, denn als Ein- und Ausfallstraße stellte sie die Verbindung von der Innenstadt in Richtung Südwesten her.

Die Absperrung der Gegend war nicht ganz unproblematisch, denn die Hauptstraße führte von der Potsdamer Straße über den Kaiser-Wilhelm-Platz, verlief weiter durch den ursprünglichen Ortskern von Schöneberg, kreuzte die Dominicusstraße und erreichte am Innsbrucker Platz den Ortsteil Friedenau, von wo aus sie bis zum Lauterplatz führte.

Wie immer hatten sie zu wenig Leute bewilligt bekommen. Gerade mal er, die Kollegen Galgenberg und Rückert sowie drei Funkwagenbesatzungen der Polizeiinspektion Schöneberg waren an dem Einsatz beteiligt. Damit mussten sie auskommen. Allerdings waren damit keinesfalls alle Mauselöcher zu stopfen, durch die ein so durchtriebener Gauner wie Kreusel schlüpfen konnte, zumal er in diesem Bezirk einen Teil seiner Kindheit verbracht hatte, wie sie inzwischen wussten. Otto Kappe hoffte, dass sie sich das Überraschungsmoment zunutze machen konnten.

Im Lorenz-Handfunksprechgerät rauschte es. Kappe fand, die Dinger sahen aus wie überdimensionale Telefonhörer in Dunkelgrün. Das dazugehörige, mindestens ebenso unhandliche Stromaggregat – ein Metallkasten von etwa achtzehn Zentimeter Länge, zehn Zentimeter Höhe und vier Zentimeter Breite - hatte er am Gürtel befestigt. Die Kollegen in den dunkelgrauen Streifenwagen, allesamt VW Käfer, hatten es besser, denn in den Fahrzeugen waren die Funkgeräte fest eingebaut.

Durch Kappes Exemplar kam nun eine männliche Stimme, etwas blechern und verzerrt, aber deutlich zu verstehen: «Ida 1 an Cäsar 43, bitte melden!»

Cäsar 43, das galt ihm. Hinter diesem Namen verbarg sich der Funkkreis der Kriminalpolizei. In den Funkkreis Cäsar waren außerdem unter anderem der Regierende Bürgermeister und der Senator für Inneres eingegliedert.

Die Verkehrsstaffeln verständigten sich über den Funkkreis Viktor. Die Polizeiinspektionen Kreuzberg, Neukölln und Tempelhof benutzten den Funkkreis Anna, die Kollegen in Schöneberg, Steglitz und Zehlendorf hatten Ida, die Inspektionen Charlottenburg, Spandau und Wilmersdorf Berta und die Inspektionen Tiergarten, Reinickendorf und Wedding Dora. Jeder Beamte hatte eine persönliche Kennzahl. Der Leiter der Kriminalpolizei hatte die 50. Für Kappe war die 43 abgefallen.

«Ja, hier Cäsar 43. Was gibt es, Ida 1?»

«Noch zwei Minuten, dann können wir.»

«Verstanden. Cäsar 43 an Ida 13, bitte melden!»

«Ja, hier Ida 13.»

«Seid ihr vor Ort?»

«Alles paletti, sind bereits vor Ort, Cäsar 43.»

«Prima. Cäsar 43 an Ida 7, bitte melden! Wie weit seid ihr? Schon auf Position?»

«Ida 7 an Cäsar 43, wir rangieren noch. In vier Minuten ist bei uns alles dicht.»

In vier Minuten also würde alles weiträumig und sehr diskret abgesperrt sein. Kappe wollte nicht vergessen, die Kollegen dafür zu loben, wenn die Aktion vorbei war. Niemand im Kleinen Ballhaus durfte merken, dass ein Zugriff bevorstand. Heute würden sie diesen Kreusel schnappen, da war sich Otto Kappe sicher. Dieses

Mal würde er ihnen nicht durch die Lappen gehen. Es war zehn Uhr abends. Das bestätigten auch die Glocken der alten Schöneberger Dorfkirche, die genau in diesem Augenblick zu schlagen begannen. Zur Sicherheit noch fünf Minuten, dann würden sie loslegen.

Es gab ein lautes Geräusch, Otto Kappe zuckte zusammen. Aber es war nur die Elektrische, die über den Mittelstreifen ratterte und quietschte. An der nächsten Haltestelle würde sie wieder Fahrgäste ausspucken und neue aufnehmen.

Er sah sich um. Noch zwei Minuten. Plötzlich erstarrte er, beugte sich etwas vor, um besser sehen zu können, blinzelte, weil ihn ein Autoscheinwerfer blendete, schaute ein zweites und ein drittes Mal hin. Es war zwar dunkel, und er sah nur zwei Rücken, aber Otto Kappe meinte, im Licht der Straßenlaternen zu erkennen, zu wem sie gehörten. Da ging Monika Gericke, an ihrer Seite ein junger Mann, schlaksig, mit den Bewegungen eines Teenagers.

Konnte das am Ende Monikas Bruder Thomas sein, nach dem sie schon so lange suchten? Onkel Hermann hatte kein Glück gehabt. Bei Barlay hatte auch Vinod ihm keine Auskunft über den Verbleib des Jungen geben wollen. Da hatte selbst ein weiteres Trinkgeld keine Wirkung gezeigt. Der kleine Mann hatte ihn nur ausgesprochen misstrauisch gemustert und erklärt, er wisse nicht, wo der junge Page sei.

Otto Kappe versuchte, sich an das Bild zu erinnern, das Anita Gericke mitgebracht hatte. Von der Statur her konnte das Thomas sein. Ausgerechnet jetzt tauchte der auf! Und wieso in dieser Gegend? Hatte der Junge etwa auch etwas mit dem Kleinen Ballhaus und Kreusel zu schaffen? Und wenn ja, war er womöglich deshalb verschwunden? So, wie er neben seiner Schwester herging, einträchtig und vertraut, im gleichen Rhythmus der Schritte, war Thomas Gericke die Kleine nicht egal. Also musste der Junge einen guten Grund gehabt haben, Mutter und Schwester allein zu lassen. Einen wirklich guten.

Was sollte Kappe tun? Den beiden nachgehen? Sich Thomas

schnappen und ihn festnehmen? Aber der Junge hatte ja nichts verbrochen. Oder sollte er ihn am Schlafittchen packen und zur Mutter schleppen? Es konnte sein, dass Thomas und Monika Gericke ohnehin zur Villa in Dahlem unterwegs waren.

Kappe sah den beiden noch einen Moment lang hinterher. Der Junge drehte sich plötzlich um, sagte etwas zu seiner Schwester. Mondlicht fiel auf sein Gesicht. Doch, das war er! Die beiden gingen schneller.

Sollte er sich die Geschwister schnappen? Nein, erst mussten sie sich um Kreusel kümmern. Und für den Einsatz brauchten sie alle verfügbaren Leute. Thomas würde ihm nicht weglaufen. Noch wenige Stunden, dann war Heiligabend. Wenn er den Jungen richtig einschätzte, dann würde der das Christfest mit seiner Mutter und seiner Schwester verbringen wollen. Im Zweifel würden sie Monika ins Gebet nehmen. Wo sie das Mädchen fanden, wussten sie ja. Diese kleine Göre – tat so unschuldig, wusste aber ganz genau, wo der Bruder steckte!

Otto Kappe schaute auf die Uhr: Fünf nach zehn. Die vereinbarte Zeit. «Hast du die Kinder gesehen?», fragte er den Kollegen Hans-Gert Galgenberg, der neben ihm stand. Nur, um ganz sicher zu gehen, dass er sich nicht geirrt hatte.

Der nickte.

«Wenn mich nicht alles täuscht, war der Junge dieser Thomas Gericke, der verschwunden sein soll. Ist schon seltsam.»

«Dann war die Kleine vermutlich seine Schwester Monika», fügte Kollege Jürgen Rückert flüsternd hinzu, der für die Stürmung des Etablissements zu ihnen abgeordnet worden war. «Soll ich hinterher?»

«Ne, besser nicht. Wir sind ohnehin zu wenig Leute. Das reicht gerade, um den Laden in den Griff zu kriegen. Schauen wir mal, wie der Abend verläuft. Dann können wir immer noch etwas unternehmen.»

«Monika geht sicher zu ihrer Mutter», murmelte Galgenberg und bestätigte damit Kappes Vermutung.

«Über sie finden wir im Zweifelsfall auch heraus, wo sich der Junge aufhält», befand dieser und schaute erneut auf die Uhr. Es war so weit. «Cäsar 43 an alle: Wir schlagen los!»

Von allen Funkstreifen kam «Verstanden, Cäsar 43» zurück.

Kappe, Galgenberg und Rückert stürmten durch den Vordereingang ins Kleine Ballhaus. Die Kollegen aus den Funkstreifen nahmen die Hintertür. Der Pianist, der Klarinettist und der Schlagzeuger hörten abrupt auf zu spielen. Sie sahen erhitzt und nicht mehr ganz nüchtern aus. Kappe vermutete, dass sie gerade eine Jam Session gegeben hatten. Die Posaune schickte einige letzte Töne in die Stille.

«Kriminalpolizei, Ausweiskontrolle! Bleiben Sie, wo Sie sind!», brüllte Galgenberg.

Die Tänzer erstarrten, einer sogar so unvermittelt, dass er das deutsche Fräulein fallen ließ, das er gerade hochgehoben hatte. Der Uniform nach gehörte er zu einem US-Infanterieregiment.

Der Trompeter, vermutlich ein Mitglied der 298th US Army Band, reagierte als Erster und kam mit zornig blitzenden Augen und umwölkter Stirn auf Kappe zu. *«What do you do here?»*

Kappe schluckte und hoffte inständig, dass seine Männer Kreusel fanden, bevor die Militärpolizei Wind von der Razzia bekam. Ihm war mulmig zumute, denn er wusste, dass er sich auf unsicherem Terrain bewegte – nämlich im Einflussbereich der *Military Police.* Und der gefiel es überhaupt nicht, wenn sie nicht über Maßnahmen informiert wurde, die an einem der besonders beliebten Aufenthaltsorte ihrer Soldaten durchgeführt wurden. Das galt sowohl für die Amerikaner als auch für die Engländer.

Kappe sah sich um. Rückert schüttelte den Kopf. Galgenberg rollte mit den Augen. Dann verdrückten sich Rückert und Galgenberg. Sie sollten den Kollegen von der Polizeiinspektion Schöneberg bei der Durchsuchung der hinteren Räume helfen.

Kappe kam sich plötzlich sehr allein vor. Ihm wurde heiß. Da half nur eines: Zeit schinden. Er zog die Augenbrauen hoch. *«Not understand»*, erklärte er.

Doch diese Masche war wenig erfolgreich. Der Trompeter hatte entweder einen deutschen Hintergrund oder eine Beziehung mit einer deutschen Frau, jedenfalls wechselte er mühelos die Sprache. «Was wollen Sie hier? Ist das abgesprochen mit unserer MP?»

Otto Kappe nuschelte etwas.

«Wie bitte?»

«Nein, es eilte», musste Kriminaloberkommissar Otto Kappe zugeben. Im Augenwinkel sah er, wie der Infanterist sich zur Tür bewegte. Er wurde von Galgenberg aufgehalten. Es kam zu einem heftigen Wortwechsel, der immer erregter zu werden schien. Kappe brach der Schweiß aus, sie mussten schnellstens hier raus.

Da erschien der Mann, der im Kleinen Ballhaus das Sagen hatte, offensichtlich ebenfalls aufs Höchste erregt. «Was wollen Sie hier? Was soll das?» Micklers Gesicht war hochrot. Er gab den anständigen und völlig zu Unrecht verdächtigten Bürger. Der Chef des Ballhauses hatte eine Halbglatze, eine hohe Stirn und eine recht markante Nase über einem eher kleinen, weichen Kinn. Er mochte inzwischen um die fünfzig Jahre alt sein, überlegte Kappe und beschloss, die Flucht nach vorne anzutreten. Er brüllte: «Hört auf mit der Ausweiskontrolle, Kollegen! Hier ist ein Mann, der uns weiterhelfen wird.» Dann wandte er sich an Mickler. «Wir suchen Ihren Freund Anton Kreusel. Ist der hier?»

Micklers Blick wurde lauernd. «Kruse, Krise? Kenne ich nicht.»

«Kreusel. Sie wissen genau, wen ich meine. Ich sage nur: Pferdediebstahl und Barlay.»

Mickler wand sich. «Wollen Sie nicht mit in mein Büro kommen? Dieser Aufruhr hier ist schlecht für mein Geschäft. Ich führe einen anständigen Laden.»

Rückert tauchte aus einem der hinteren Räume auf. «Im Schießkeller war Kreusel auch nicht», raunte er seinem Chef im Vorbeigehen ins Ohr. «Aber er muss hier irgendwo sein. Wir werden ihn schon erwischen, wir haben die Gegend ja gut abgeriegelt.»

Kappe nickte und folgte Mickler in dessen Büro, das mit einem altersschwachen Aktenschrank, einem Couchtisch in Nierenform, zwei Sesseln und einem eingebauten Wandtresor ausgestattet war. Die Wände waren mit Plakaten und gerahmten Photos von Artisten dekoriert. Auf einem der Bilder entdeckte Kappe Harry Mickler in rotem Frack und Zylinder. Er hielt eine Peitsche ausgestreckt und dirigierte vier prachtvolle Rappen, die auf den Hinterbeinen standen. Mickler war für seine Dressuren berühmt gewesen, Kappe erinnerte sich gut.

Mickler sank in den Stuhl hinter seinem Schreibtisch. Er sah plötzlich sehr zufrieden aus. «Ach, der Kreusel. Den hab ich ewig nicht gesehen.»

Der Mann log. Und Otto Kappe wurde schlagartig klar, dass Kreusel ihnen ein weiteres Mal durch die Lappen gegangen war. Sie würden ihn in dieser Nacht nicht mehr erwischen, jedenfalls nicht im Kleinen Ballhaus. Und morgen war Heiligabend. Wahrscheinlich war der Kerl längst über alle Berge.

Das Bild von Thomas Gericke schob sich vor sein inneres Auge: ein finsteres Gesicht, ein verkniffener Mund. Der Junge hätte eigentlich hübschen Mädchen hinterherschauen sollen, stattdessen sah er aus, als wäre er vorzeitig gealtert. Was war mit Thomas Gericke los? Warum war er von zu Hause abgehauen? Was hatte er hier gewollt, zusammen mit seiner Schwester? Die Gericke-Kinder hatten etwas vor. Sie suchten offenbar den Kontakt zu Kreusel. In Otto Kappe keimte ein ungutes Gefühl. Das kannte er schon. Und die Erfahrung hatte ihn gelehrt, auf solche Gefühle zu hören. Weihnachten hin oder her. Kreusel hatten sie nicht bekommen. Also würden sie sich jetzt Thomas Gericke vorknöpfen. «Cäsar 43 an Ida 7, 1 und 13: Wir brechen den Einsatz ab.»

KAPITEL NEUNZEHN
Freitagnacht, 23. Dezember 1960

KRIMINALMEISTERIN LILLI LENNÉ war nicht gerade begeistert, als sie mitten in der Nacht aus dem Bett geklingelt wurde. Sie sollte nach Dahlem mitkommen. Nur eine Frau könne Anita und Monika Gericke zum Reden bringen. Bei diesen Worten hatte Otto Kappe so treuherzig auf die verschlafene Kollegin geschaut, die sich über ihr Flanellnachthemd noch schnell einen Morgenmantel geworfen hatte, dass die lachen musste. Mit ihren vom Schlaf zerzausten Haaren und den noch von der Bettwärme geröteten Wagen sah sie ein wenig aus wie ein kleines Mädchen. Sie bat Kappe nicht herein, obwohl dieser allzu gerne gesehen hätte, wie seine Kollegin in der Zehlendorfer Albertinenstraße lebte, in einem Haus, das Kappe der Gründerzeit zuordnete.

«Ich ziehe mich schnell an, geben Sie mir zehn Minuten! Sie warten am besten draußen, sonst denkt meine Wirtin noch, ich empfange heimlich Männerbesuch, und mein guter Ruf ist dahin», erklärte die Kollegin energisch.

Kappe feixte. Fräulein Lenné tat gemeinhin, was sie selbst für richtig hielt, und scherte sich um Dinge wie ihren guten Ruf nur dann, wenn es ihr zupasskam. Zu dieser Nachtstunde kam es ihr offenbar zupass.

Er wartete vor ihrer Haustür. Ein Hund kläffte in der Ferne. Otto Kappe merkte auf. Wegen Tollwut war in mehreren Ost-Berliner Bezirken Maulkorbzwang für Hunde angeordnet worden – in Heinersdorf, Marzahn, Biesdorf Nord, Friedrichsfelde Ost, Hellersdorf und Altglienicke. Hoffentlich schwappte die Krankheit nicht in den Westen, auch hier wurde bereits über Maulkorbzwang diskutiert. Und schon gab es Proteste von Tierschützern. Kappe verstand diese Reaktion nicht, die Maßnahme diente doch der allgemeinen Gesundheitsvorsorge. Gertrud war anderer Meinung. Erst neulich hatte sie mit ihm über Leute diskutiert, die die Bezirksämter mit Protestbriefen überzogen, weil zehntausend Tauben getötet werden sollten. Nun würde die Aktion erst im nächsten Jahr stattfinden. Ein fauler Kompromiss, fand Kappe, denn bis dahin schissen die angeblichen Friedensbringer auf alles, was das Pech hatte, sich unter ihnen zu befinden.

Nach den versprochenen zehn Minuten war Lilli Lenné da, die zerzausten Haare ordentlich gekämmt. Da die Kollegen Hans-Gert Galgenberg und Jürgen Rückert bereits hinten im Wagen saßen, setzte sie sich mit einem kurzen Begrüßungsnicken nach vorne auf den Beifahrersitz. Sie bildeten ein relativ großes Team für diesen kleinen Einsatz. Rückert war nur für alle Fälle dabei, denn das mulmige Gefühl in Kappe hatte sich noch verstärkt. Der Oberkommissar drückte das Gaspedal des VW durch.

Das Landhaus Arnimallee 8, kurz nach der Jahrhundertwende von Architekt Paul Mebes errichtet, träumte in der Nacht zum 24. Dezember 1960 im Mondlicht friedlich vor sich hin. Aus den umliegenden Gärten waberte der Nebel. Es war selbst zu dieser nächtlichen Stunde eigentlich viel zu warm für Dezember, das Quecksilber zeigte um die null Grad. Weiße Weihnachten würde es in diesem Jahr nicht geben. Hie und da ein kleines Tiefdruckgebiet, das war's aber auch schon. Die weiteren Aussichten: wechselhaft.

Als Kappe vor dem Haus die Handbremse anzog und aus dem Wagen steigen wollte, sah er im Rückspiegel eine Bewegung, einen Moment nur und so undeutlich, dass er glaubte, sich geirrt zu haben.

Zu viert standen sie schließlich vor der Haustür. Kappe klingelte Sturm. Es dauerte etwas, bis ihnen geöffnet wurde. Und Anita Gericke bat sie auch nicht herein, als Otto Kappe ihr mitgeteilt hatte, dass er ihren Sohn Thomas vor nicht allzu langer Zeit vor dem Kleinen Ballhaus gesehen habe. Zusammen mit seiner Schwester Monika. Anita Gericke wurde leichenblass, das war im Licht des Eingangsbereichs gut zu erkennen. Sie zeigte keinerlei Anzeichen der Freude, was Otto Kappe verwunderte. Immerhin hatte sie ihn um Hilfe bei der Suche nach ihrem vermissten Sohn gebeten. Er hatte recht gehabt: Hier war etwas faul im Staate Dänemark.

Kappe redete nicht lange um den heißen Brei herum. «Sie scheinen sich nicht sonderlich zu wundern, dass Ihr Junge wieder aufgetaucht ist und wir ihn mit Ihrer Tochter zusammen gesehen haben. Also ist Ihr Sohn zu Ihnen zurückgekehrt?»

Anita Gericke schüttelte stumm den Kopf.

«Aber Ihre Tochter ist inzwischen zu Hause, vermute ich.»

Anita Gericke nickte.

«Wir müssen uns mit ihr unterhalten», sagte Kappe daraufhin.

«Sie schläft», erwiderte Anita Gericke, machte aber noch immer keine Anstalten, das Quartett von der Kriminalpolizei ins Haus zu bitten.

Lilli Lenné, nicht nur mit dem schwarzen Gürtel im Judo versehen, sondern auch mit einem gewissen Durchsetzungswillen, ergriff die Initiative und marschierte kurzerhand an Anita Gericke vorbei. «Wo können wir uns unterhalten?»

Da wusste Anita Gericke, dass sie geschlagen war. «Im Wohnzimmer. Ich denke, meine Arbeitgeberin wird nichts dagegen haben. Aber seien Sie bitte leise! Sonst bin ich meine Stelle als Hauswirtschafterin gleich wieder los. Könnten Sie ...»

«... diskret sein?», vollendete Lilli Lenné den Satz. «Ja, ich denke, das können wir. Die Kollegen sind gewissermaßen die Diskretion in Person, wenn es um nächtliche Besuche bei Damen geht», fuhr sie mit einem spitzen Lächeln in Richtung Kappe fort. Der nickte folgsam.

Anita Gericke führte sie in eine gutbestellte Bibliothek. Weiche Perserteppiche dämpften die Schritte, Regale voller Folianten reichten bis zur Decke. Die Ledermöbel eines Herrenzimmers neben dem Kamin, drei sehr bequem wirkende Chesterfield-Ohrensessel aus braunem Rindsleder, ein dazu passendes zweisitziges Sofa und ein Holztisch mit Marmorplatte komplettierten zusammen mit einem fahrbaren Beistelltisch, auf dem allerlei Flaschen und Kristallflakons standen, das Ensemble aus Gemütlichkeit und Stille. Ein fast zimmerhoher Christbaum mit silbernen Kugeln, goldenem Lametta, allerlei Plätzchen, selbstgebastelten Strohsternen und einem Rauschgoldengel auf der Spitze verbreitete vorweihnachtliche Atmosphäre. «Schön», sagte Lilli Lenné.

Anita Gericke war dem Blick der jungen Frau gefolgt und nickte. «Ja, alles für die Kinder. Meine Arbeitgeberin Frau Hecht hat es mir erlaubt. Sie sagt, erst mit Kindern im Haus ist Weihnachten ein richtiges Fest. Es ist für uns das erste Weihnachten ...» Sie brach ab.

Alle wussten, dass sie in diesem Moment an ihren toten Mann und an ihren Jungen dachte. Umso mehr wunderte sich Kappe immer noch über ihre Reaktion auf die Mitteilung, dass sie Thomas begegnet waren. Doch er sagte nichts.

Anita Gericke wies stumm auf die Sessel, bot ihren ungebetenen Besuchern nichts zu trinken an.

«Also noch einmal: Ist Thomas hier? Ich habe ihn auf der Straße gesehen, das ist noch nicht lange her. Versuchen Sie nicht, uns anzulügen!», wiederholte Kappe einigermaßen scharf. Dann sank er in einen der Ohrensessel und hatte alle Mühe, einen gequälten Seufzer zu unterdrücken. Solche Polizeiaktionen wie die in dieser Nacht gingen in die Beine. Die beiden Kollegen taten es ihm nach. Lilli Lenné platzierte sich auf dem Sofa, so dass für Anita Gericke keine andere Möglichkeit blieb, als sich neben die junge Frau zu setzen.

«Nein, mein Sohn ist wirklich nicht hier. Ich habe nur Monika ins Haus kommen hören. Die halbe Nacht habe ich auf sie gewartet und mir solche Sorgen gemacht, weil ich nicht wusste, wo sie steckte. Wenn ihr auch noch etwas passiert, dann weiß ich nicht, was ich tu.»

«Wir müssen Monika sprechen», insistierte Kriminalmeisterin Lenné.

«Ich geh sie holen. Sie ist oben in unserem Zimmer.»

Anita Gericke wollte sich gerade erheben, da legte Lilli Lenné ihr eine Hand auf den Arm und hielt sie zurück. «Ehe wir mit Ihrer Tochter sprechen, möchte ich Sie noch etwas fragen: Kennen Sie einen Mann namens Anton Kreusel?»

Anita Gericke schaute sie überrascht an. «Ja, wir ... also, er ...» Sie brach ab, um gleich darauf fortzufahren: «Ich hätte nicht gewusst, was ich ohne ihn gemacht hätte. Erst der Tod meines Mannes, dann das Verschwinden von Tom – es war alles so schwer. Herr Kreusel hat sich als ... guter Freund erwiesen. Warum fragen Sie nach ihm? Kennen Sie ihn?» Ihr Gesicht bekam einen bangen Ausdruck. «Ist etwas mit ihm passiert?»

«Ja, mit ihm ist etwas», bestätigte Otto Kappe. «So ein guter Freund, wie Sie meinen, scheint er nicht zu sein. Wir suchen ihn im Zusammenhang mit dem Mord an einem Mann namens Karl Jarusch. Dazu haben wir Sie ja schon befragt.»

«Sie meinen jenen Jarusch, der uns bestohlen hat?», erkundigte sich Anita Gericke leise.

Warum nur habe ich das Gefühl, dass sie etwas weiß?, dachte Kappe, ließ sich aber nichts anmerken, sondern sagte stattdessen: «Genau den. Jarusch, Kreusel und Ihr Mann kannten sich. Und das schon seit langer Zeit. Kreusel ist kein wirklich angenehmer Zeitgenosse, wie wir inzwischen herausgefunden haben. Und wenn er jetzt bei Ihnen aufgetaucht ist, dann geschieht das nicht ohne Grund. Können Sie mir erklären, was er von Ihnen will? Dass er nur an Ihren schönen blauen Augen interessiert ist, kann ich nicht glauben.»

Anita Gericke errötete. «Doch», antwortete sie leise. «Er hat gesagt, dass er mit meinem Mann gut befreundet war. Ich könne immer zu ihm kommen, wenn ich ein Problem habe. Es ist so schwer, plötzlich allein mit allem fertig werden zu müssen, vor allem mit Tom, der sich nichts mehr sagen lässt. Ich komme einfach nicht mehr an ihn heran. Ich habe es gerade erst wieder versucht.» Anita Gericke schaute erschrocken, als sie merkte, dass sie sich verplappert hatte.

«Moment, Ihr Sohn ist also doch hier aufgetaucht? Warum haben Sie uns nicht informiert?» Jetzt wusste Otto Kappe, wen er vorhin vor der Villa im Rückspiegel seines Autos gesehen hatte.

Anita Gericke brach in Tränen aus. «Er war nur kurz da. Es ist noch nicht lange her, er hat Monika nach Hause gebracht. Er wollte sich schon wieder davonschleichen, da hab ich ihn gesehen und bin rausgerannt. Er wollte mir einfach nicht sagen, wo er die ganze Zeit steckt, warum er weggelaufen ist und was ihn umtreibt. Ich habe solche Angst um den Jungen, weil ich befürchte, dass er eine Dummheit macht. Eine Mutter spürt so etwas.»

Otto Kappe räusperte sich. Er war sich nicht sicher, ob Anita Gericke inzwischen ahnte, wer ihren Mann angefahren hatte. Nun, vielleicht war es besser, sich diesbezüglich erst einmal nur vage zu äußern. «Ich denke, Sie haben guten Grund, sich Sorgen um Ihren Sohn zu machen. Und Sie tun gut daran, sich von Anton Kreusel fernzuhalten. Wir wissen nicht genau, warum er Ihre Nähe sucht, aber eines steht fest: Er wird nicht nur wegen des Unfalls Ihres Mannes gesucht, sondern auch wegen des Todes eines Jungen vor sieben Jahren. Dieser galt lange als verschwunden. Jetzt haben wir sein Skelett gefunden.»

Anita Gericke schlug die Hand vor den Mund. «Und Anton soll etwas damit zu tun haben? Das glaube ich nie und nimmer! Er ist so freundlich, so gut. Er ist bestimmt nicht in den Unfall von Holger verwickelt. Und in den Tod dieses Jungen auch nicht.»

«Dieser Mann ist alles Mögliche, aber freundlich ist er nicht, Frau Gericke», meldete sich Lilli Lenné zu Wort.

Kappe war sichtlich unangenehm, was er jetzt zu sagen hatte. «Der Kollege Galgenberg würde sich gerne bei Ihnen umschauen, zumindest in den Räumen, in denen sich Anton Kreusel aufgehalten hat. Vielleicht finden wir einen Hinweis. Der Mann hat sicherlich jede Menge zu verstecken. Wir haben allerdings keinen Durchsuchungsbeschluss, wir brauchen also Ihr Einverständnis, Frau Gericke. Das gilt auch für das Gespräch mit Ihrer Tochter. Aber es ist in Ihrem eigenen Interesse, dass wir Klarheit bekommen.»

Anita Gericke liefen Tränen über das Gesicht. «Mein Gott, hört das denn nie auf!», jammerte sie leise.

Lilli Lenné legte ihr den Arm um die Schulter. Anita Gericke schaute sie unter ihren Tränen dankbar an.

«Nicht weinen, es wird schon alles gut», meinte die junge Kriminalmeisterin tröstend. «Sie sollten sich jetzt beruhigen und Ihre Tochter holen. Die bekommt nur Angst, wenn sie Ihre Mutter weinen sieht. Ich begleite Sie.»

Anita Gericke nickte.

«Ick komm gleich mit», fügte Hans-Gert Galgenberg an, der keineswegs begeistert über seine Aufgabe schien. Er warf seinen Kollegen einen anklagenden Blick zu, ehe er hinter Lilli Lenné und Anita Gericke aus dem Zimmer stapfte.

Jürgen Rückert grinste und nahm schon mal die Bücherregale unter die Lupe.

Knapp zehn Minuten später stand Monika Gericke vor ihnen. Komplett angekleidet, so als habe sie in dieser Nacht überhaupt noch nicht im Bett gelegen.

Otto Kappe und Lilli Lenné warfen sich einen vielsagenden Blick zu. Monika war bleich, ihre Augen sahen verheult aus.

«Moni, du musst der Polizei alles sagen, was du weißt, bitte!», flehte Anita Gericke.

Das Mädchen schaute zu seiner Mutter, kniff dann die Lippen zusammen und senkte die Lider. Monika hatte etwas zu verbergen, da war sich Kappe sicher.

Und auch Lilli Lenné schien dieser Ansicht zu sein. «Moni, wollen wir beiden Hübschen uns mal in deinem Zimmer zusammensetzen? Oder hast du Lust auf einen Mondscheinspaziergang? Ist ja nicht so kalt, und wenn du dich warm anziehst, geht es bestimmt.»

Monika nickte. «Ich geh meinen Mantel holen.» Sie flüsterte fast.

Kriminalmeisterin Lenné hatte Monika den Arm um die Schulter gelegt, als sie mit ihr nach draußen ging. So sehr viele Jahre lagen nicht zwischen den beiden, sinnierte Otto Kappe, während er ihnen nachschaute. Zwölf, dreizehn vielleicht. Nun gut, damit war die Kriminalmeisterin in etwa doppelt so alt wie die kleine Monika, aber zwischen ihnen lagen keine Welten. Sie hatte sicherlich einen besseren Draht zu dem Kind als so alte Zausel wie er, Rückert oder Galgenberg. Wo blieb der Kollege überhaupt?

«Moni, du musst mir sagen, wo dein Bruder ist», hob Lilli an, als sie auf der Straße waren.

«Das darf ich nicht», antwortete die Kleine. «Tom hat gesagt, wenn ich was verrate, dann redet er nie wieder mit mir. Und ich hab doch außer Mama nur noch ihn.»

«Monika, da ist doch was im Busch. Dein Bruder, deine Mama und du, ihr seid eine Familie, die zusammensteht, und ihr müsst doch alle dafür sorgen, dass keiner von euch zu Schaden kommt. Wenn es nichts Schlimmes ist, dann kannst du mir doch sagen, wo Thomas steckt und warum er fortgelaufen ist.»

Jetzt flossen die Tränen reichlich. Lilli nahm die schluchzende Kleine zuerst in den Arm und schob sie dann wieder von sich. «Monika, kann es sein, dass dein Bruder dabei ist, in sein Unglück zu rennen? Ich sehe dir doch an, dass du große Angst um ihn hast. Da ist etwas, das deine Mutter nicht wissen darf, nicht wahr?»

Monika nickte. Und dann kam stockend und leise die Geschichte heraus, die Holger Gericke in seinem Brief aufgeschrieben hatte. «Mama weiß nichts von dem Brief. Und ich habe Tom schwören müssen, ihr nichts davon zu sagen.»

«Deine Mutter muss das aber wissen. Wieso soll sie es auch nicht erfahren? Karl Jarusch ist tot, dein Vater ist tot ...»

«Aber dieser Anton Kreusel nicht.»

Die Art, in der die Kleine das sagte, ließ Kriminalmeisterin Lilli Lenné die Nackenhaare zu Berge stehen. «Das klang so wie ‹noch nicht›.»

Monika schaute die junge Polizistin nur an und sagte nichts, während ihr die Tränen weiter über das Gesicht rannen.

«Moni, soll das heißen, dein Bruder will Kreusel umbringen?»

Jetzt verlor Monika Gericke vollends die Fassung, ihre Schultern zuckten. «Ich weiß es nicht. Er hat gesagt, er will dafür sorgen, dass dieser Kreusel weggeht. Wo der doch an allem schuld ist. *Er* hat damals geschossen und nicht Papa. Und jetzt sind mein Vater und dieser Jarusch tot, wegen Kreusel.»

«Glaubst du, dass Kreusel seinen ehemaligen Kumpan Jarusch umgebracht haben könnte?»

Wieder schaute Monika so merkwürdig und sagte zunächst nichts. Dann nickte sie zögernd. «Ich denke schon. Aber ich weiß es wirklich nicht», sagte sie schließlich leise.

«Und dein Bruder wollte Kreusel zur Rede stellen?»

«Ja, ich glaube schon. Ich denke mir, er wollte ihm sagen, dass er ihn anzeigt.»

«Warum will er ihn anzeigen?»

«Damit er Mama in Ruhe lässt. Weil die ihn doch so mag.»

«Das kann ich verstehen, kleine Monika. Kreusel ist kein guter Mann», erwiderte Lilli und biss sich auf die Lippen. Sie war überzeugt davon, dass sich noch mehr hinter dem Vorhaben von Thomas Gericke verbarg. Außerdem war nicht auszuschließen, dass der Junge in große Gefahr geriet, wenn er Kreusel von dem Brief seines Vaters erzählte. Der Mann kannte keine Skrupel. Er würde im Zweifel ein weiteres Mal einen Jungen umbringen. «Wann will dein Bruder diesen Kreusel treffen? Wann und wo? Thomas ist in Gefahr! Anton Kreusel lässt Mitwisser seiner Schandtaten nicht einfach so davonkommen. Moni, hör auf zu heulen! Du musst uns alles sagen, was du weißt. Und danach gehst du zu deiner Mutter und klärst sie über den Brief auf. Sie hat ein Recht, die wahre Geschichte zu erfahren.» Kriminalmeisterin Lenné griff in ihre Manteltasche und zog ein seidenes Taschentuch mit handgesticktem Saum heraus. «Hier, jetzt schnäuzt du dich erst einmal und trocknest deine Tränen.»

«So ein schönes Tuch, da kann man doch nicht reinschnäuzen!», erwiderte Monika Gericke schluchzend.

«Mädel, das Tuch kann ich waschen. Deinen Bruder kann im Zweifel niemand mehr zum Leben erwecken.»

Monika sog die Luft ein. «Sie glauben wirklich ...»

«Mädchen, red schon!»

«Er wollte ins Kleine Ballhaus zurück und Kreusel abpassen», sagte Monika leise.

Lilli Lenné rannte fast ins Haus zurück. «Wir müssen sofort ins Kleine Ballhaus, sofort!», rief sie.

Otto Kappe schaute fragend. In diesem Moment kam Hans-Gert Galgenberg die breite Treppe herunter. «Nüscht gefunden», erklärte er.

«Bitte, schnell, ich erkläre alles im Auto», drängte Lilli Lenné mit einem Seitenblick auf Mutter und Tochter, die inzwischen engumschlungen beieinanderstanden.

Kappe nickte, dann hasteten er, Rückert und Galgenberg hinter der Kriminalmeisterin her, die schon zur Tür spurtete. In wilder Jagd rasten sie durch die nächtlichen Straßen zum Kleinen Ballhaus zurück.

Wie versprochen, setzte Lilli Lenné die Herren dabei ins Bild und fügte an. «Ich wollte nicht in lange Gespräche mit einer sorgenvollen Anita Gericke verstrickt werden. Monika wird ihrer Mutter alles erklären.»

«Ach, schon wieder da? Sie können wohl ohne mich nicht auskommen?», frotzelte Mickler, als sie erneut bei ihm vorstellig wurden.

«Nu machen Se keine Fisimatenten, sonst schließen wir Ihnen den Laden!», raunzte Hans-Gert Galgenberg den Besitzer des Etablissements an. «Wo ist Kreusel?»

«Weg», lautete die kurze Antwort. «Wenn Sie ihn suchen, hätten Sie vorhin nicht so hier reintrampeln dürfen. Jedenfalls hab ich ihn nicht mehr gesehen.»

«War sonst noch jemand da?»

«Ja, ein Junge hat nach ihm gefragt. Hat es ziemlich dringend gemacht, was von Leben und Tod gemurmelt. Kreusel hat schon mal von ihm erzählt. Tom heißt er, glaube ich. Anton kennt die Mutter ganz gut. Ich hab deshalb gedacht, das geht schon in Ordnung, und ihm gesagt, wohin Kreusel gegangen sein könnte. Aber ich weiß natürlich nichts Genaues.»

«Wenn Sie uns nicht sofort sagen, wo das ist, dreh ich Ihnen den Hals um! Oder nein, besser, ich sorge dafür, dass nicht nur Ihr Etablissement dichtgemacht wird, sondern Sie auch bis zum Lebensende in den Knast wandern. Ich verspreche Ihnen, mir fällt was Passendes ein», knurrte Kriminaloberkommissar Kappe nicht ganz dienstregelkonform.

«Is ja schon gut», schnurrte Mickler. «Ich sag es Ihnen: nach Schloss Brüningslinden. Übrigens, der Junge hat 'ne Waffe bei sich, glaub ich.»

Es dauerte einen Moment, bis Otto Kappe diese Nachricht verdaut hatte. «Eine Waffe? Oje, das gibt womöglich ein Blutbad! Wie kommen Sie darauf? Woher sollte er die denn haben?»

«Was weiß denn ich, woher der eine Waffe hat! Von seinen Zirkuskollegen vielleicht. Er hat mich jedenfalls um zwei Patronen für eine Beretta gebeten. Ich hab sie ihm gegeben. Da wusste ich ja nicht, dass er sich mit Kreusel treffen wollte.»

«Sie haben diesem Siebzehnjährigen tatsächlich Patronen gegeben? Nicht zu fassen! Weiß Kreusel, dass der Junge eine Waffe hat?»

Mickler schüttelte den Kopf. «Wie hätte ich denn wissen sollen, dass er plant, den Mann zu bedrohen? Ich meine, der Anton ist ziemlich dicke mit der Mutter des Jungen. Gibt jedenfalls immer damit an, dass die ihm aus der Hand frisst.»

«Das wird ein gerichtliches Nachspiel für Sie haben. Nicht zu glauben, gibt der diesem Jungen tatsächlich Patronen!»

«Der hat behauptet, er wolle schießen üben, vielleicht könne er später als Scharfschütze auf Jahrmärkten auftreten.»

«Sie hätten Thomas niemals die Patronen geben dürfen!», knurrte Kappe. «Kann ich mal telefonieren?»

Mickler nickte.

«Wir sollten los», drängte Hans-Gert Galgenberg.

«Moment», brummte Kappe, hob den Hörer ab und begann, die Wählscheibe zu drehen. «Ich hab das Gefühl, dass wir den Kollegen Rückert zurück nach Dahlem schicken sollten.»

«Wozu denn das?»

«Das ist doch sonnenklar: Er soll die Mutter holen. Wer weiß, was der Junge anstellt. Die Sache sieht nicht gut aus. Gar nicht gut. Vielleicht kann Anita Gericke ihren Sohn zur Vernunft bringen.»

KAPITEL ZWANZIG
Sonnabendmorgen, 24. Dezember 1960

OTTO KAPPE drückte das Gaspedal des VW Käfers ein weiteres Mal in dieser Nacht bis zum Anschlag durch. Eigentlich tat er das nicht gerne. Das Auto war ein neueres Modell, erkennbar an der vergrößerten Frontscheibe, die es seit 1957 gab. Außerdem hatte das Fahrzeug statt der ovalen auch eine größere eckige Heckscheibe, weshalb nicht nur Gertrud ihn «Rechteckkäfer» nannte.

«Wir haben genug Zeit», tönte Hans-Gert Galgenberg von hinten, «auch wenn es hier auf'm Rücksitz ziemlich unbequem is. Schloss Brüningslinden ist mit den Öffentlichen nich gut zu erreichen. Thomas wird anfangs wohl die Elektrische nehmen, er muss aber ein paar Mal umsteigen, zuletzt in den Bus. Das dauert. Wie viel Uhr haben wir jetzt? Stockzement, fünfe am Morgen! Kollege Kappe, du bist ein Sklaventreiber.»

«Großes Lob, Galgenberg! Ich habe selten einen solchen Kenner des öffentlichen Berliner Nahverkehrs getroffen», meinte Otto Kappe, der deshalb aber keineswegs den Fuß vom Gaspedal nahm.

Kriminalmeisterin Lilli Lenné, die neben ihm saß, sprach aus, was er dachte: «Und wenn er ein Taxi nimmt?»

«Gloob ick nich», meinte Galgenberg von hinten. «Der Junge hat kein Geld. Und fahr nich wie'n Henker, Otto, mir wird schlecht hier hinten, wenn wir uns so in die Kurven legen!»

«Mir selbst ist auch schon ein wenig übel», erwiderte Otto Kappe. «Verkneif es dir, denk an was Schönes!» Er lächelte hinüber zu Kriminalmeisterin Lenné. Diese lächelte zurück. Mit müden Augen und ziemlich übernächtigt, aber immerhin. «Wir sollten auf Nummer sicher gehen. Nicht auszudenken, wenn der Junge und Kreusel aufeinandertreffen! Thomas Gericke ist dem Mann nicht gewachsen. Bei Kreusel müssen wir mit allem rechnen, der ist gefährlich.»

«Monika wusste nicht, ob Kreusel über Holger Gerickes Brief im Bilde ist. Falls Thomas ihn damit konfrontiert, könnte es für den Jungen lebensgefährlich werden», fügte Kriminalmeisterin Lenné hinzu.

«Ick frage mir die janze Zeit, wer den anderen Jungen, den Ernst, denn nu unter den Reitstallungen verbuddelt hat», sinnierte Galgenberg. «Aber vielleicht kann uns das Thomas sagen. Oder Kreusel. Otto! Nich so inne Kurve, ick flehe dir an! Mir is immer noch ganz koddrig.»

«Schloss Brüningslinden, das kenne ich gar nicht.» Kriminalmeisterin Lenné verstand sich offenbar auf Ablenkungstaktik.

Kluges Mädel!, stellte Otto Kappe fest. «Der Kollege da hinten kennt die Lokalität. Er ist an den Wochenenden öfter da, wenn ich richtig informiert bin», gab er den Ball weiter.

«So isset. Schloss Brüningslinden is eine der am schönsten gelegenen Gaststätten Berlins. Vom fast zwanzig Meter hohen Havelufer in Kladow aus haste 'nen Blick, der is vom Feinsten. Auf der Terrasse kannste Kaffee trinken, essen und dabei die Aussicht über die Havel bis hin zur Pfaueninsel genießen.»

Als Otto Kappe eine Kurve schnitt und dabei auf die Gegenfahrbahn geriet, kam von hinten so etwas wie ein Würgegeräusch. Beinahe wären sie mit einem anderen Wagen zusammengerauscht. Das hätte gerade noch gefehlt, dachte Kappe, jetzt bloß kein Unfall! Erstens machte sich das schlecht bei einem Kriminalen am Lenkrad, zweitens galt es, Thomas Gericke zu retten, und drittens war bald Weihnachten, da hatte keine Werkstatt offen. Er verringerte den Druck aufs Gaspedal. Aber nur ganz wenig.

«Schade, dass es noch dunkel ist und wir von der schönen Aussicht nichts mitkriegen. Wissen Sie denn auch, wer das Schloss gebaut hat, Kollege Galgenberg?», fragte Kriminalmeisterin Lenné ungerührt.

Zu hören war zunächst ein Schlucken, dann erst die Antwort. «Wenn ick mir recht erinnere, hat sich Ernst Rütger von Brüning det noble Gebäude als Landsitz bauen lassen. Nich lange nach der letzten Jahrhundertwende war das, so um das Jahr 1911 herum. Dieser Rütger war der Sohn von Doktor Adolf von Brüning, Mitbegründer der Farbwerke Hoechst AG, und der Berlinerin Klara Spindler. Der Adolf ist erst 1883 geadelt worden, gloob ick. Ernst Rütger war meines Wissens Jurist, nach dem Studium und dem Referendariat ging er als Offizier zum brandenburgischen Husarenregiment von Zieten Nummer 3 nach Rathenow. Dessen Offiziere warn alle wat Feineres, also von Adel. Bekannt geworden sind sie aber nich durch Kriegstaten, sondern durch Erfolge beim Pferderenn- und -hindernissport. Rütger is viel gereist, bis nach Japan und Amerika. Als er wieder nach Hause kam, hat er beschlossen, dass er ein Schloss braucht. Ick gloobe, die Architekten Georg Siewert und Fritz Greppert habn es gebaut. Und der Schlossherr hat es mit allen möglichen Souvenirs seiner Reisen ausgestattet. Otto!»

Kappe nahm leicht den Fuß vom Gas. «Is ja gut.»

«Und wie ging es weiter?», fragte Kriminalmeisterin Lenné schnell.

«Brüning war im Sommer ständig auf dem Schloss, aber auch im Winter fast täglich. Soll illustre Gäste gehabt haben, bekannte Familien wie die Königs und die Brandis aus Neu-Kladow oder die Wollanks aus Groß Glienicke. Bereits Ende der zwanziger Jahre zog sich Rütger von Brüning auf sein Landgut bei Rosenheim zurück. Da ist er dann gestorben.»

«So ist es», bestätigte Otto Kappe. «Noch im selben Jahr hat Max Gruban, Seniorchef der Berliner Weingroßhandlung Gruban und Souchay, für ein Heidengeld die Brüning'sche Besitzung gekauft, um mit dem seinerzeit sehr beliebten und vielbesuchten Schloss Marquardt des Weinhauses Kempinski konkurrieren zu können.»

«Na, jetzt bin ich ja umfassend informiert.»

Den Rest der Fahrt schwiegen die drei. Zumal von hinten keine Beschwerden mehr zu vernehmen waren. Gemeinsam hofften sie, dass sie nicht zu spät kommen würden. In solchen Momenten, wenn der Magen krampfte, weil die innere Anspannung kaum auszuhalten war, sehnte sich Otto Kappe nach dem Ruhestand. Doch bis dahin waren es noch ein paar Jährchen.

Zwei wild dreinschauende, zum Sprung bereite brüllende Löwen aus Bronze zierten den Eingang zum Gelände des Schlosses Brüningslinden. Thomas Gericke fand, das war ein guter Ort, um Kreusel zur Rechenschaft zu ziehen. In seiner Tasche brannte die Beretta. Eine echte Waffe mit echten Patronen. Es war jene Beretta, mit der Anton Kreusel ihn gezwungen hatte, zum Messer zu greifen. In jener Nacht in der Moabiter Arminiushalle.

Kreusel hatte keinen großen Zwang ausüben müssen. Tom war zu ehrlich sich selbst gegenüber, um sich etwas vorzumachen. Er hatte Kreusel geglaubt, dass Jarusch an allem schuld war und den Vater überfahren hatte. Erneut machte sich Tom Vorwürfe, dass er den Brief des Vaters nicht früher gelesen hatte. Dann wäre alles anders gekommen und er jetzt nicht auf der Flucht.

Kreusel hatte ihn für seine Zwecke benutzt. Erneut stieg der Hass in Tom hoch, schnürte ihm die Kehle zusammen. In seinem Mund breitete sich ein bitterer Geschmack aus. Ihm war kalt bis ins Mark. Nur die Waffe in seiner Tasche schien zu glühen. Kreusel hatte sie in der Nacht, dieser schrecklichen Nacht, einfach in der Halle gelassen. «Als Erinnerung daran, wie schnell man zum Mörder werden kann, Thomas.»

Mörder, Mörder, Mörder – dieses Wort verfolgte ihn seither in jeder wachen Sekunde. Ja, das war er, ein Mörder. Deshalb konnte er niemals wieder zurück zu seiner Familie. Sonst würde er sich verraten. Die Mutter und Monika würden merken, dass mit ihm etwas nicht stimmte. Und beide würden sich seinetwegen in Grund und Boden schämen. Der Sohn, der Bruder war ein Mörder.

Wie sollte er diesen Hass erklären, der ihn für Kreusels Einflüsterungen so empfänglich gemacht und dazu veranlasst hatte, in die Halle zu kommen, angeblich um den Mörder des Vaters zur Rede zu stellen. Doch Kreusel hatte andere Pläne gehabt und ihn schließlich dazu gebracht, Jarusch das Messer in den Rücken zu rammen. Mit voller Wucht. Egal, ob Kreusel ihn benutzt, ihn angelogen, ihn mit der Waffe bedroht hatte – er, Thomas Gericke, hatte zugestochen, feige von hinten, hatte in diesen Stich all seinen Hass gelegt. Hatte ungerührt zugesehen, Eis im Herzen, wie Jarusch in die Wursttheke gekippt und verblutet war. Noch ein Stöhnen, noch einmal hatte der Mann versucht sich aufzurichten, hatte gezuckt. Dann war es vorbei gewesen.

Und dann, erst dann begann das Eis in seinem Herzen zu schmelzen, fing der Hass, der seinen Verstand und seine Gefühle umkrallte wie ein Krake, an loszulassen, während Kreusel die Beretta neben den Toten legte, mit der Linken dessen Kopf an den Haaren nach oben zog, mit der Rechten farbige Fettstifte und eine rote Clownsnase aus der Tasche angelte, dem Gesicht eine Clownsmaske aufmalte und den roten Knubbel auf die Nase drückte. Es dauerte nur Sekunden. Dann steckte er die Farben wieder ein und grinste. «So, det passt zu dem. Na, dann ham se was zu denken bei der Polizei. War nichts als ein dummer August, der Jarusch.» Dann griff er sich wieder die Waffe.

Unter anderen Umständen, zu einer anderen Zeit hätte Kreusel ihn niemals zu so etwas zwingen können, das wusste Tom genau. Da hätte er sich lieber erschießen lassen, als selbst einen Menschen umzubringen. Es war so absurd, so unwirklich. Wie ein Alptraum, aus dem man nicht erwachte. «Gut gemacht, Junge, gut gemacht!», hatte Kreusel gesagt. Und den Lauf der Waffe keineswegs gesenkt, sondern weiter auf seinen Kopf gezielt. Dann klickte es. Und noch mal und noch mal. Tom glaubte, er würde sterben. Doch es war ihm egal, er stand da wie betäubt, ohne den Versuch zu machen zu entkommen. Auf eine gewisse Weise hätte er den Tod sogar begrüßt. Doch es waren nur Platzpatronen.

Dann dieses Lachen, dieses schreckliche Lachen. Tom hatte

nicht gewusst, dass ein Lachen so bösartig klingen konnte. Der Schall bewegte sich durch die Halle, von Stand zu Stand, hoch zur Hallendecke, wurde hin und her geworfen wie ein Echo. Und schließlich warf Kreusel ihm die Beretta vor die Füße. «Da ist noch eine Patrone drin, eine echte, Thomas. Vielleicht verwendest du sie für dich selbst. Einen Menschen umzubringen, das ist nichts für Feiglinge wie dich und deinen Vater. Ach, noch was: Vielleicht solltest du das nicht hier in der Halle machen. Sonst drangsaliert die Polizei am Ende noch deine Mutter und deine Schwester. Ich hab dir ja den Schlüssel für den Notausgang an der Bugenhagenstraße gegeben. Schließ gut ab, wenn du draußen bist!»

Dann schlenderte Kreusel einfach so davon. Niemand hatte etwas bemerkt.

Und er? Er stand noch immer wie erstarrt da, hob die Waffe auf, folgte Kreusel schließlich langsam, hörte noch, wie der die Klappe zum Notausgang öffnete, durch die sie in die Halle gekommen waren. In ihm wuchs die Entschlossenheit, die letzte Patrone tatsächlich zu verwenden, um sich selbst umzubringen. Der Gedanke machte ihm noch nicht einmal Angst, er fühlte nichts. Nichts. Er bewegte sich wie ein Schlafwandler.

Das Nächste, woran er sich erinnerte, waren Stimmen. Schritte, die durch das Gewölbe unter der Arminiushalle hallten, zwangen ihn schließlich, die schreckliche Realität wahrzunehmen, die Erstarrung löste sich. Und als die Stimmen schnell immer näher kamen, verkroch er sich im Weinfass und wartete, bis sie wieder weg waren, die ganze Zeit halb in der Hoffnung, dass sie ihn finden würden. Ihm wurde gleichzeitig heiß und kalt. Er zog seine Winterjacke aus. Erst als er draußen auf der Straße war, fiel sie ihm wieder ein. Doch er traute sich nicht mehr zurück.

Seit damals lebte er in seiner persönlichen Hölle, die so unsagbar quälend war, dass keine andere, nicht einmal die Hölle, die es im Jenseits geben sollte, schlimmer sein konnte als dieser innere Schrecken.

Tom wusste genau, was er tun würde: Er würde erst Kreusel

erschießen und dann sich selbst. Bei den brüllenden Bronzelöwen, dort, wo tagsüber andere Menschen im Ausflugslokal das Leben genossen, würde er diesen Mörder richten. Und dann würde er einen anderen Mörder töten. Sich selbst. Er hatte genau zwei Patronen für Kreusel. Und eine für sich. Mickler war auf die Erklärung, warum er die Patronen brauchte, nicht weiter eingegangen, er hatte nur sonderbar geschaut. Er hatte auch nicht nachgehakt, als Thomas ihn aufgefordert hatte, Kreusel etwas Wichtiges auszurichten: Er erwarte ihn bei den brüllenden Löwen von Schloss Brüningslinden. Es gebe einen Brief seines Vaters. Er tue besser daran zu kommen, denn er wisse, wer einen Jungen namens Ernst wirklich erschossen habe.

Der Nachtwind strich Tom über das Gesicht. Warum kam Kreusel nicht?

«Ah, Thomas, da bist du ja. Hab gehört, du machst es ganz dringend. Was ist das für ein ominöser Brief, von dem Mickler gefaselt hat? Was willst du überhaupt? Hast Glück, dass ich so gutmütig bin und deine Mutter und deine Schwester mag, sonst wär ick nich gekommen.»

Tom fuhr herum. Er hatte Kreusel nicht kommen hören und brauchte einen Moment, um sich zu fangen. Dann brach es aus ihm heraus: «Du hast diesen Ernst getötet! Und du hast mich benutzt, um einen lästigen Mitwisser loszuwerden. Du hast Jarusch weisgemacht, mein Vater hätte auf seinen Sohn geschossen und du hättest versucht, ihn mit dem Motorrad zu retten. Dabei war es genau umgekehrt. Das hat mein Vater in seinem Abschiedsbrief geschrieben. In seinen letzten Momenten lügt man nicht. Du hast mich zum Mörder gemacht, meinen Vater in den Selbstmord getrieben und einen Jungen erschossen. Du bist ein Mörder. Und ein Teufel.»

Tom konnte sehen, wie Kreusels Augen im Mondlicht glitzerten. Dann lachte der Kerl dieses schreckliche Lachen. «Ach Junge, du hast dich aber auch leicht hetzen lassen.»

Tom zog die Waffe aus seiner Tasche. «Ich weiß inzwischen,

wie man den Hahn spannt, im Zirkus gibt es Leute, die einem so etwas beibringen», erklärte er leise. «Und ich weiß auch, wie man einen Menschen umbringt.»

Kreusel lachte ein weiteres Mal. «Du bist ein Feigling! Wundert mich eigentlich, dass du dich nicht gleich selbst erschossen hast, damals in der Arminiushalle. Du wirst mich nicht töten. Ich kann sehen, wie deine Hand zittert.»

«Warum? Warum hast du den Jungen umgebracht?»

Wieder lachte Kreusel, freudlos, kalt. «Ich hab ihn mit derselben Waffe erschossen, mit der du mich jetzt bedrohst. Dachte, es ist besser, sie wird bei dir gefunden und nicht bei mir. Eigentlich wollte ich einen anderen treffen, den Nebenmann von Ernst, der seinen Mund nicht halten konnte und dadurch unseren Plan zunichtegemacht hat. Aber so war es eigentlich noch besser. Der Junge war mir sowieso im Weg bei meinem Versuch, eine gewisse Dame zu erobern, die nun Edda Reiz heißt. Die hatte mir kurz zuvor erklärt, sie wolle Reiz heiraten, um für ihren Sohn einen Vater zu haben, der die Familie versorgen kann. Ich war ihr nicht gut genug. Nun, für mich ist es letztendlich etwas anders gelaufen, als ich es mir dachte, aber für die liebe Edda auch. Und für Reiz. So ist das manchmal im Leben. Ich weiß noch, wie Reiz zu mir gerannt kam, als der Junge plötzlich tot im Stall lag. Herrje, was hatte der für eine Angst, dass seine Edda glauben könnte, er habe den Jungen auf dem Gewissen! Er hat mich beschworen, die Klappe zu halten, und mir dafür monatlich ein nettes Sümmchen bezahlt. Aus dem Erbe seiner Frau. Gemeinsam haben wir Ernst begraben. Und Edda? Die frisst mir inzwischen aus der Hand. Was meinst du, soll ich ihr nicht sagen, dass ein gewisser Holger Gericke ihren Jungen erschossen hat? Ist doch eine gute Geschichte, was? Frauen sind so leicht zu belügen, mein Junge. Ebenso wie die sogenannten anständigen Menschen. Ein paar kleine Lügen – und schon hat man sie dort, wo man sie haben will. Du musst doch selbst zugeben, dass ich das gut eingefädelt habe. Hat doch alles hingehauen. Und du bist der Letzte, der jetzt noch gegen mich aussagen könnte. Komm, Junge, du musst mich nicht umbringen, du hast mich doch in der Hand ...»

Bei diesen Worten bewegte sich Kreusel blitzschnell. Und ehe Tom reagieren konnte, hielt der Mann die Beretta in der Hand, mit der er ihn hatte töten wollen. «So, Junge, dein Fehler. Ich dachte, du bist vernünftig und hältst still. Schließlich bist du wie ich ein Mörder. Aber wie es aussieht, kann ich mich nicht auf dich verlassen. Sprich dein letztes Gebet!»

«Es ist mir egal», sagte Tom. «Bring mich ruhig um!»

Kreusel spannte den Hahn.

«Das sollten Sie nicht tun!», sagte in diesem Moment eine Männerstimme. «Legen Sie die Waffe weg! Kappe, Kriminalpolizei. Meine Waffe ist auf Sie gerichtet. Ich stehe hinter Ihnen. Und da vorne im Gebüsch sind noch zwei weitere Kollegen. Einer von uns trifft Sie bestimmt, bevor Sie den Jungen erschießen.»

Kreusel fuhr herum. Und tatsächlich, da stand Kriminaloberkommissar Otto Kappe und drosch ihm mit voller Wucht auf den Arm. Kreusel heulte auf. Die Beretta fiel zu Boden. Kurz darauf klickten die Handschellen.

Tom bückte sich und hob die Waffe auf. Dann zielte er auf Kreusel.

«Thomas, lass das! Wir haben gehört, wie übel der Mann dir und deiner Familie mitgespielt hat!» Das war die Stimme von Kriminalmeisterin Lilli Lenné.

«Junge, die Kollegin hat recht. Det Schwein isses nich wert. Willst du noch weiter in die Scheiße rutschen? Lass det Ding fallen!»

«Ich bring ihn um. Versuchen Sie nicht, mich davon abzuhalten!»

Mit einem Satz sprang Lilli Lenné zwischen den Jungen und sein Opfer samt Kriminalkommissar Otto Kappe. «Thomas, mach das nicht!», sagte sie sanft. «Am Ende triffst du noch den Kollegen Kappe, und der kann für all das nichts. Anton Kreusel wird seine gerechte Strafe bekommen. Wir haben genau gehört, dass er den

Mord an Ernst zugegeben hat. Du bist doch noch so jung. Das wird dir der Richter zugutehalten. Willst du dir vollends dein Leben kaputtmachen? Denk an deine Mutter! Denk an deine Schwester!»

«Gehen Sie weg! Gehen Sie sofort da weg! Er ist schuld an allem. Und er wird sie nie in Ruhe lassen.» Thomas Gerickes Kiefer mahlten, er war leichenblass.

«O doch, das wird er, Junge, det versprechen wir dir!», dröhnte Hans-Gert Galgenberg.

Tom schaute Galgenberg kurz an. Zögerte. Dann setzte er sich selbst die Waffe an die Schläfe.

«Thomas, nein!», rief Lilli Lenné.

«Junge, det kannste nich machen, du kannst dich jetzt nich erschießen! In ein paar Stunden is Heiligabend. Wat is denn det für'n Weihnachten, an dem deine Mutter und deine Schwester nich nur um deinen Vater, sondern auch um dich weinen müssen! Deine Mama müsste übrigens gleich hier sein. Wir haben den Kollegen Rückert nach ihr geschickt. Willst du wirklich, dass sie zuschauen muss, wie du dich umbringst? Das kannst du ihr nicht antun. Sie braucht dich. Ich komm jetzt näher, gib mir die Waffe! Wird schon nicht so schlimm werden. Vielleicht musst du noch nicht mal ins Gefängnis. Wir alle wissen, wie arg du unter Druck gestanden hast. Und heute wolltest du doch eigentlich nur deine Mutter und deine Schwester aus den Klauen dieses Mannes befreien. Er hat dir gedroht, nicht wahr? Hat dich damit erpresst, dass er den beiden was antut. Schau nicht so, Junge! Wir haben begriffen, wie schlecht es dir geht. Nun komm, gib mir die Waffe!»

Tom schüttelte den Kopf, bewegte sich etwas zur Seite, versuchte an Lilli Lenné vorbei einen Blick auf Kreusel zu erhaschen.

Das waren genau jene Sekunden der Unaufmerksamkeit, die diese benötigte. Mit einem Satz war sie bei Thomas und schlug ihm die Waffe aus der Hand. Als die Beretta zu Boden fiel, löste sich ein Schuss. Der traf Anton Kreusel ins Bein. Der heulte auf und sank zu Boden. Kappe zog ihn grob wieder hoch.

In diesem Moment fuhr ein Polizeiauto mit Blaulicht vor.

Anita Gericke sprang aus dem Wagen und rannte auf ihren Sohn zu. «Tom, da bist du ja! Gott sei Dank, dir ist nichts passiert!»

«Mama!» Es klang kläglich. Thomas Gericke stand mit hängenden Schultern da. «Ich hab so viel Mist gebaut.»

«Ach Tom, das macht nichts. Wir sind doch eine Familie. Ich steh zu dir. Keine Bange, wir kriegen das schon hin.» Mit diesen Worten nahm Anita Gericke ihren Sohn ohne viel Federlesens in den Arm.

Und der Junge, bald einen Kopf größer als seine Mutter, schien in sich zusammenzusinken, sich förmlich in ihre Arme fallen zu lassen. Seine Schultern zuckten. «Verzeih mir, Mama, ich war so verbohrt!», murmelte er immer wieder.

«Ist ja schon gut, Tom, alles wird gut», war die wiederholte Antwort seiner Mutter.

Kappe wusste, gleich musste er Mutter und Sohn trennen, doch er wollte ihnen noch etwas Zeit lassen. Der Anblick der beiden hätte selbst einen Stein erweicht. Außerdem war er so unendlich erleichtert, dass alles noch einmal gutgegangen war.

Die Kollegen fühlten ähnlich, das konnte Kappe an ihren Gesichtern sehen. Er nickte Galgenberg und Rückert zu, die Kreusel zwischen sich nahmen und zum Polizeiauto führten. Kurz darauf standen nur noch Otto Kappe, Kriminalmeisterin Lilli Lenné sowie Mutter und Sohn auf dem Platz vor den brüllenden Bronzelöwen von Schloss Brüningslinden.

«Frau Gericke, Sie müssen Ihren Thomas jetzt loslassen. Wir müssen ihn mitnehmen.»

Mutter und Sohn lösten sich voneinander. «Aber es ist doch Heiligabend! Muss das denn sein? Bitte, können wir nicht noch Weihnachten miteinander verbringen? Ich verspreche hoch und heilig, dass Tom sich danach bei Ihnen meldet», flehte Anita Gericke.

Kappe hätte am liebsten zugestimmt. Und auch Lilli Lenné schaute voller Mitgefühl auf die Frau und ihren Sohn.

«Nein, das geht leider nicht», erklärte Otto Kappe schweren

Herzens. «Aber Kriminalmeisterin Lenné und ich werden alles tun, um noch heute den zuständigen Haftrichter zu kontaktieren. Vielleicht setzt er Ihren Sohn wieder auf freien Fuß. Ansonsten finden wir einen Weg, dass Sie ihn während der Feiertage zumindest besuchen können. Komm jetzt, Thomas! Kriminalmeisterin Lenné führt dich zum Auto.»

Der Junge senkte den Kopf und folgte ihr willig.

«Bitte helfen Sie meinem Jungen, Herr Kommissar! Lassen Sie meinen Tom nicht im Stich! Er ist ein guter Junge.»

Kappe sah der Kriminalmeisterin und Thomas Gericke nach, wartete, bis Thomas hinten ins Auto eingestiegen war und Lilli Lenné die Tür verriegelt hatte. «Ich weiß. Ihr Tom ist kein schlechter Mensch.»

«Versprechen Sie mir, uns zu helfen? Wenn mein Tom Weihnachten bei uns sein könnte, wäre das ein wunderbares Geschenk zum Christfest.»

«Versprochen. Ich werde tun, was ich kann.»

Otto Kappes Stimme klang fest. Jeder konnte hören, dass er es genau so meinte, wie er es sagte.

NACHWORT

Wieder einmal haben mir viele geholfen, einen Kappe-Krimi auf die Beine zu stellen. Allen voran möchte ich die Kollegen Jan Eik und Horst Bosetzky (-ky) nennen. Dazu Marcel Götze und sein sehr informatives und in unendlicher Fleißarbeit aufgebautes Portal zu den Berliner Straßenbahnen: www.berlin-straba.de. Unverzichtbar und immer fachkundig bis ins Detail ist Frau Dr. Fest, die Leiterin der Polizeihistorischen Sammlung Berlin.

Meine wichtigsten Quellen:

Berichte aus dem *Tagesspiegel*, der *Berliner Zeitung* und dem *Telegraf* in der Zeit vom 1. bis 30. Dezember 1960 sowie *Baedeckers Berlin*, 22. Auflage, Hamburg 1954.

Zum Zirkus in der DDR und dem im Roman erwähnten Pferdediebstahl, der auf einer wahren Begebenheit beruht, wobei Namen und Fakten allerdings teilweise verändert wurden:

Winkler, Dietmar. *Zirkus in der DDR. Im Spagat zwischen Nische und Weltgeltung.* Berlin 2009.

Mittmann, Wolfgang. *Tatzeit – Große Fälle der Volkspolizei* (2). Berlin 1998.

Es geschah in Berlin …

Horst Bosetzky: **Kappe und die verkohlte Leiche (1910)**
Sybil Volks: **Café Größenwahn (1912)**
Jan Eik: **Der Ehrenmord (1914)**
Horst Bosetzky / Jan Eik: **Nach Verdun (1916)**
Iris Leister: **Novembertod (1918)**
Horst Bosetzky: **Der Lustmörder (1920)**
Peter Brock: **Das schöne Fräulein Li (1922)**
Wolfgang Brenner: **Stinnes ist tot (1924)**
Petra A. Bauer: **Unschuldsengel (1926)**
Horst Bosetzky: **Bücherwahn (1928)**
Petra A. Bauer: **Kunstmord (1930)**
Jan Eik: **Goldmacher (1932)**
Klaus Vater: **Am Abgrund (1934)**
Horst Bosetzky: **Mit Feuereifer (1936)**
Jan Eik: **In der Falle (1938)**
Jan Eik: **Polnischer Tango (1940)**
Petra Gabriel: **Beutezug (1942)**
Horst Bosetzky: **Unterm Fallbeil (1944)**
Jan Eik: **Heimkehr (1946)**
Horst Bosetzky: **Razzia (1948)**
Petra Gabriel: **Operation Gold (1950)**
Jan Eik: **Heißes Geld (1952)**
Horst Bosetzky: **Auge um Auge (1954)**
Petra Gabriel: **Kaltfront (1956)**
Jan Eik: **Grenzgänge (1958)**
Petra Gabriel: **Tod eines Clowns (1960)**

Alle Bände sind auch als E-Book erhältlich.